DE VLUCHT VAN DE VIERDE OKTOBER

TOMAS ROSS BIJ UITGEVERIJ CARGO

Het verraad van '42
De vrouw die op Greta Garbo leek (met Maj Sjöwall)
De man van Sint Maarten
Koerier voor Sarajevo
Tranen over Hollandia
Omwille van de troon
De mannen van de maandagochtend
(met Rinus Ferdinandusse)
Mathilde
De zesde mei
Kidnap (met Rinus Ferdinandusse)
De klokkenluider
De dubbelganger
De anjercode
Plaats delict
De hand van God
King Kong
De tranen van Mata Hari
Schuldige plaatsen
De marionet
Het meisje uit Buenos Aires
De tweede verlosser
Kort
Onze vrouw in Tripoli
De Nachtwaker
De tweede november
De vrienden van Pinocchio
Doodskopvlinder (met Corine Hartman)
Van de doden niets dan goeds
Zwarte weduwe (met Corine Hartman)
De onderkoning van Indië
Het verdriet van Wilhelmina
De Indië-trilogie (Van de doden niets dan goeds, De onderkoning van Indië, Het verdriet van Wilhelmina)
Blonde Dolly
Voor koningin en vaderland (De dubbelganger, De anjercode, King Kong)
Bèta
Indisch Requiem
De man zonder gezicht

TOMAS ROSS

De vlucht van de vierde oktober

CARGO

2022

AMSTERDAM

Cargo is een imprint van Uitgeverij De Bezige Bij, Amsterdam

Derde, herziene druk 2022
De eerste twee drukken verschenen bij Uitgeverij Fontein
Omslagontwerp Wil Immink Design
Omslagbeeld Maurice Boyer via ANP
Vormgeving binnenwerk Peter Verwey, Heemstede
Druk en bindwerk Wilco, Amersfoort
ISBN 978 94 031 8891 1
NUR 305

uitgeverijcargo.nl

MIX
Papier van verantwoorde herkomst
FSC® C004472

Bij de productie van dit boek is gebruikgemaakt van papier dat het keurmerk van de Forest Stewardship Council (FSC®) mag dragen. Bij dit papier is het zeker dat de productie niet tot bosvernietiging heeft geleid.

Voor Iona, Daan en Pauline

‘Wanneer Den Haag zijn spel heeft gespeeld, ben ik aan zet.
Het is voorbij, blanke baas.’

Desi Bouterse, 14 augustus 1997

PROLOOG

Zondag, 4 oktober 1992

Direct na de uitslag RKC-Ajax (0-5) rent Percy Goedschalk, dertien jaar oud, tussen kleuters, koffers en dozen door, de flat uit naar het Landje, een vierkant stuk grasland tussen het Reigersbospad en de vijver in het Bijlmerpark. Vanaf het balkon op zes hoog schreeuwt zijn moeder Lucie hem na dat hij een ongenadige *bron-go*, een pak slaag, zal krijgen als hij niet precies om zes uur thuis is, maar dat hoort hij niet omdat uit de flat Kruitberg Eugene en Orlando hem nog veel harder schreeuwend tegemoet hollen, Eugene met zijn Ajax-pet op zijn kaalgeschoren kop, Orlando met zijn halskettingen vonkend in de zon, de bal steeds heen en weer op zijn luchtgeveerde Nikes.

'Vijf-nul, man! Vijf-nul! Zag je dat stiftje van Davids? Jezus, hé!'

De anderen zijn al op het Landje. Eddy, rastahaar, de vlechten dansend op zijn kop, voetbalt als de duivel zo fanatiek, en dus is het logisch dat hij Edgar Davids is, net zo logisch als Roy van Sauers met zijn één meter tachtig zich Marciano Vink noemt, en Desi Kraag op doel Stanley Menzo. Ze zijn met zijn twintigen, jongens uit de omringende flatgebouwen. Ze pielen en schoppen en dollen alsof ze werkelijk beroeps zijn. Nog niet zo technisch, maar wel al net zo meedogenloos als hun idolen. Het ene tiental stelt Ajax 1 voor, het andere FC Robin Hood, dé club uit het land van hun moeders. Hoewel, er doen twee Ghanese jongens mee vanmiddag, uit Kelbergen, maar die mogen sowieso al blij zijn dat ze mogen meespelen.

Poten beslist voor welk team je speelt, maar Percy heeft het die middag voor het uitkiezen omdat iedereen weet dat het zijn laatste wedstrijd op het Landje gaat worden. Al na een minuut krijgt hij een fantastische scoringskans, maar als zo vaak wil hij het te mooi doen en schiet hij met een omhaal de bal hoog over de bomen waarachter de flats Kruitberg en Groeneveen tegen de nog lichte hemel torenen, ver erboven het silhouet van een dalend vrachtvliegtuig.

'Percy! Klootzak!' Vloeken overstemmen het geronk van de machine en weerkaatsen tegen de flatgebouwen.

Het is dan tien over vier in de namiddag van 4 oktober 1992.

Op dat moment, zo'n zeshonderd meter boven Percy, die nu kankerend achter de bal in de bosschages aanrent, maakt het vrachtvliegtuig een flauwe bocht naar rechts in zijn daling na de lange vlucht vanaf Kennedy Airport in New York. Achter de neus van de cockpit staat aan weerszijden op de romp in forse kapitalen het woord CARGO geschilderd, erachter de cijfers 747-200, die het vliegtuigtype aangeven, en naar de staart toe alsook op de staart zelf in Hebreeuwse en Romeinse letters de naam van de Israëlische luchtvaartmaatschappij El Al.

In de cockpit van de Boeing staart gezagvoerder Aaron Fuchs vermoeid naar de flats in het wazige groen, de snelwegen als serpentines in de polders, de grijze kubussen van Schiphol met erboven de Hollandse oktoberhemel als de koepel van een reusachtige kathedraal. Naast hem praat zijn eerste officier Arnon Ohad met de verkeerstoren die als een paddenstoel uitsteekt boven de bebouwing van de luchthaven.

Fuchs houdt niet van Schiphol, al is het een makkelijke luchthaven en is de kerosine er goedkoop. Fuchs is met zijn jarenlange routine niet bijgelovig, maar de keren dat hij er met de Boeing landde is het vrijwel altijd ellende geweest. Twee jaar tevoren verloor hij ergens boven Amstelveen een vleugelklep, en nog maar tweeënhalve maand geleden, in juli, vloog de linker binnenmotor hier ergens in brand, wat uren en uren oponthoud betekende. En oponthoud wil gezagvoerder Fuchs zeker deze keer niet hebben. Niet met deze lading. Hij kijkt even om naar zijn boordwerktuigkundige Gedalya Sofer, die opzij van hem zijn instrumenten in de gaten houdt, en dan naar hun enige passagiere, de mooie Anat Solomon, die verwachtingsvol naar buiten gluurt alsof ze haar man nu al kan zien staan bij de vrachtterminal. De Boeing 747-200 schokt even als Fuchs nog meer gas terugneemt, maar de motoren blijven regelmatig brommen zodat hij zich wat ontspant bij de gedachte dat ze binnen een uur of zes op Ben-Gurion-airport, Tel Aviv, kunnen zijn. Dus dat, als de Mossad-jongens daar wat voortmaken, hij nog voor middernacht in het riante appartement van Soshanna in Ramat Aviv kan zijn.

Hij mijmert wat, hoewel hij de boordinstrumenten geen seconde uit het oog verliest, over de perfecte operatie die ochtend op het platform van Kennedy Airport.

De man van de Toren zegt: 'Oké, rechts rechts richting 100, rechts rechts richting 100.'

En Ohad antwoordt: 'Richting 100.'

'*Roger* 1862. Je snelheid is?'

'Onze snelheid is... eh... 210.'

'Oké, je hebt ongeveer zes mijl te gaan voor de landing, de snelheid is aan jullie, je hebt toestemming te landen op baan 06.'

Fuchs glimlacht en laat de machine verder dalen. Anderhalf uur Schiphol, flink wat kerosine tanken en vooral olie, en dan nog een uur of vier, vijf...

Natuurlijk heeft hij er geen idee van dat op dat moment motor drie al zo'n zes à zeven graden uit het lood hangt en dus waarschijnlijk niet meer goed vastzit aan de vleugel.

FC Robin Hood heeft met elf tegen acht gewonnen, en dus heeft Percy er zwaar de pest in. Laatste wedstrijd, twee scoringskansen verprutst, en bovendien heeft hij van zijn moeder op zijn donder gekregen omdat hij te laat thuis was. Maar tien minuten, maar toch...

In het halletje, tussen de koffers en dozen, spelen zijn twee kleine broertjes Roy en Desi met hun tweejarige zusje Eline. Ma rommelt in haar slaapkamer. Ze zingt alweer met haar hoge stem. '*Mi kondre troe mi lobi tjoe.*' Hoewel Percy maar heel weinig Sranan spreekt, weet hij wat het betekent: Ik hou oprecht van mijn land. Hij loopt de woonkamer in en zet nog steeds boos de televisie aan. Ma is vrolijk omdat ze vanavond met zijn allen teruggaan. Dat is natuurlijk bullshit, je kunt niet teruggaan als je er niet bent geweest, en Percy is nooit in Suriname geweest. Natuurlijk kent hij foto's, verhalen, namen, maar hij heeft er geen notie van hoe het er is en hoe het er ruikt, of het er leuk is en wie er nou echt wonen afgezien van oom Stanley. Oom Stanley terugzien is dan ook het enige waarop hij zich verheugt. Voor het overige heeft hij sinds Ma van de zomer zei dat ze teruggingen gehuild, gevloekt en gesmeekt of hij dan tenminste niet hier zou mogen blijven, bij Eugene, en Orlando, en Roy, Redgan, Dennis.

'Bij wie wou je dan gaan wonen, *mi boi*?'

'Ik kan toch zo bij Eugene!'

'Aja! Netty zal je zien aankomen! Luister, Percy, je zal het best naar je zin hebben daar. Het is er veel beter voor je zonder al die *sopie* en *djonko*!'

Alcohol en stickies. Wat is daartegen? Oom Stanley in Paramaribo drinkt en rookt de hele dag door, maar hij barst wel van het geld, en hij is een vriend van Bouterse! Ma weet van niks! Ma zeurt omdat Eugene en hij laatst bij Kelbergen gesnapt zijn met wat shit door zo'n lul van een wijkagent.

Percy grinnikt omdat hij bedenkt dat dat tenminste een voordeel is van weggaan, dat ze die boete in hun hol kunnen stoppen! En volgens oom Stanley kun je een fortuin verdienen in Suriname, als je de weg maar weet.

'Hoe oud ben je, Percy?'

'Als ik kom, dertien.'

'Wacht maar tot je er bent, dan zul jij wel zien dat ik een... *bigie visie* ben. Baas is *mi mati* niet voor niets!'

Bigi visie, grote vis. Dat moet wel zo zijn. Vriend van de oud-bevelhebber. Oom Stanley rijdt in een nieuwe Mercedes 300 waarvan hij een foto liet zien. Voor een nieuw huis met een groot erf. Twee mooie vrouwen op de waranda. Beter dan hier, dat moest hij toegeven.

'Of wil jij je leven lang *pinaren, boi*?'

De woonkamer is keurig opgeruimd. Morgenochtend, als het nog nacht zal zijn in Suriname, trekken de Horbs erin, van drie kamers in Kikkenstein naar vier kamers in Kruitberg. Alles overgenomen. Tien honderdjes heeft Ma in de binnenzak van zijn jack gestopt, bij zijn paspoort en vliegticket, omdat ze bang is dat de douane haar ervan zal verdenken zwart geld in haar bezit te hebben en hoopt dat ze een jongen van zijn leeftijd niet zullen fouilleren.

Op de televisie is een tekenfilm en nog voor hij kan zappen rennen Roy en Desi schreeuwend de kamer in.

'Daffy Duck! Daffy Duck!'

'Percy!'

Hij loopt terug naar het halletje.

'Help Ma even haar rits dichttrekken, ja?' Ze staat voor de kapspiegel in haar helgroene, zijden feestjurk, de achterkant open, de witte behasluiting als een drukknoop in haar glimmend zwarte vlees. 'Breng alvast alle koffers naar beneden voor de taxi. En trek je jack aan, ja? Straks kom je nog met een longontsteking aan!'

Hij pakt zijn jack. Ma schreeuwt dat de televisie uit moet en dat Roy Eline haar schoentjes moet aantrekken.

Als Percy de voordeur opentrekt hoort hij het gonzen van een ver verwijderd vliegtuig, maar schenkt daar geen aandacht aan. Hij zeult de koffers de gang op en denkt: Shit! Waarom moet ik verdomme alles doen?

Het is dan precies tien voor halfzeven in de avond van de vierde oktober 1992.

Bijna een minuut later, om 18.20.49 uur, meldt de verkeerstoren van Schiphol aan gezagvoerder Fuchs dat 'El Al-vlucht LY 1862 toestemming heeft om op te stijgen van baan 01 L'. Fuchs bevestigt dat ze gereed zijn. Hij taxiet naar de Zwanenburgbaan, niet alleen tevreden omdat ze mooi op schema liggen maar ook omdat er geen enkele bemoeienis van de Nederlandse douane met de lading is geweest. Pet af voor de jongens van El Al! denkt hij en hij stuurt de kist pal tegen de noordoostelijke wind in naar baan 01 Links. El Al of Mossad, want de nationale luchtvaartmaatschappij en de nationale inlichtingendienst werken op de buitenlandse luchthavens zo nauw met elkaar samen dat je het onderscheid niet weet. In elk geval, denkt Fuchs, zijn enkele van de functionarissen bij het vrachtplatform gezien de lading aan boord ongetwijfeld Mossad-functionarissen geweest. El Al heeft op Schiphol altijd al zijn eigen checkpoints gehad, voor passagiers net zo goed als voor vracht zodat er afgezien van de bevrachters nauwelijks Nederlanders aan te pas komen. En de Amerikaan? Want dat was de burger die hij even hoorde praten toen hij koffiedronk. Iemand die namens de Groep in New York toch ook hier de boel in de gaten hield? Dat zou best kunnen, want het was wel duidelijk dat ze niets aan het toeval overlieten.

Fuchs laat de 'G', de eerste letter van Golf zoals het vliegtuig informeel wordt genoemd, rustig optrekken, maakt een flauwe bocht naar rechts en klimt verder in noordoostelijke richting.

De Toren komt luid en duidelijk door bij de eerste officier Arnon

Ohad naast hem. 'El Al 1862, goedemiddag, klim naar vlieghoogte 90.'

Ohad zegt: '90, *Roger.*'

Fuchs laat de Boeing verder klimmen boven het Noordzeekanaal, laat hem dan naar rechts zwenken over een industrieterrein en het IJ, de voorgeschreven Pampus-route, genoemd naar het eilandje voor de kust bij Amsterdam, om zoveel mogelijk geluidsoverlast boven de Nederlandse hoofdstad te vermijden.

Het IJsselmeer glinstert in de diepte, altijd een prettig idee voor het geval dat... Het meer is daar niet veel dieper dan een meter of twee, drie, dus bij een eventuele noodlanding buitengewoon geschikt, denkt Fuchs en hij knikt even naar boordwerktuigkundige Sofer ten teken dat ze mooi hoogte winnen. En zeker nu, want je moet er toch met deze lading niet aan denken dat je ergens in een bevolkt gebied zou neerstorten. Glimlachend herinnert hij zich de instructies van lang geleden, toen hij nog bij de luchtmacht diende, om in geval van nood uit te wijken naar de Middellandse Zee, desnoods het Meer van Galilea...

'Amsterdam, El Al 1862, goedenavond,' meldt Ohad aan Amsterdam Radar. 'Ik ga voorbij 4300...'

Iemand in de verkeerstoren zegt meteen tegen de mensen van Radar: 'Kun je de KL 237 zo hebben in verband met El Al 1862, want die klimt voor geen meter...'

Met opgetrokken wenkbrauwen kijkt Fuchs naar het paneel.

'Wat lullen ze daar? We klimmen toch oké?'

Ohad knikt. 'Hij vergist zich, het KLM-toestel zit juist te laag. Ik ga versnellen om de *flaps* op te kunnen halen.'

Radar zegt: 'El Al 1862, hallo, klim naar 210.'

Ohad grijnst omdat hij dus gelijk heeft: '210, *Roger.*'

Op het klokje boven Fuchs is het dan 18.26.06 uur.

Kilometers beneden hem slaat Jan Melkman met zijn auto net van de A1 af naar de A9, zijn vrouw moe naast hem, de twee kinderen landerig op de achterbank. Melkman stuurt de wagen naar het zuidwesten als zijn vrouw plotseling geschrokken opveert: 'Wat doet die daar nou?'

Laag boven de weilanden aan hun rechterkant scheert het logge silhouet van een groot vliegtuig in de richting van de Bijlmermeer, waar de flats in brand lijken te staan in de avondzon.

Percy staat buiten, achter hem in de hal van Kruitberg vier koffers en twee met touw dichtgebonden dozen, draaglusjes eraan. Er is niemand op straat of in het park, maar ergens van een balkon klinkt stampende housemuziek. Percy kijkt op zijn duikershorloge en ziet dat het bijna vijf over halfzeven is. Hij vraagt zich af waar de taxi blijft. Het vliegtuig vertrekt om tien over negen, en van hier naar Schiphol is het zeker een halfuur, dus...

Ineens hoort hij een zwaar dreunend gezoem boven de muziek uit en verbaasd kijkt hij achterom, en dan omhoog.

Kutvliegtuigen! wil Percy zeggen, maar hij kan geen woord uitbrengen...

Ook de verkeersleider in de Toren lijkt plotseling geen stem meer te hebben. 'Waarom zette die klootzak hem niet op het IJsselmeer, godverdomme!' fluistert hij, maar zijn collega naast hem, lijkbleek, zijn ogen wijd open gefixeerd op het radarscherm, lijkt het niet te horen. In zijn oren galmt het paniekerige Engels na: '*Going down, 1862, going down, going down, copied going down!*'

Ver naar het oosten is een oranje gloed zichtbaar alsof de zon opkomt. Het is 18.36.10 uur, en opeens beginnen alle telefoons tegelijk te rinkelen.

Percy rent de benen en de longen uit zijn lijf, harder dan ooit met voetballen. Hijgend en rochelend snuift hij de schroeilucht uit zijn jack op. Hij hoort niets meer na de klap van een minuut geleden, het was alsof de wereld explodeerde. Hij ziet niets meer, zijn ogen vol gruis en stof. Zijn huid gloeit. Hij denkt ook niets meer, alsof in die ene seconde waarin de vuurbal explodeerde zijn brein als een klok is komen stil te staan. Alleen zijn armen en benen bewegen, in een razend paniektempo. Hij weet niet waar hij is of waar hij naartoe rent, hoewel hij hier al zo vaak rond heeft gestruind. Het lijkt pikkedonker om hem heen. Als een op hol geslagen blindeman botst hij tegen een boom, valt in struiken, en blijft met gesloten ogen liggen. Naast de schroeilucht ruikt hij nu ook de doordringende stank van hondenpoep. Zijn maag draait zich om en hij begint te kokhalzen. Ergens in zijn oren klinkt een droge knap en plotseling kan hij alles weer horen, alsof iemand een knop in zijn hoofd heeft omgezet: het loeien van vuur, het scheuren van beton, het hoge schreeuwen van mensen, motorgeronk en het aanzwellend gejank van sirenes. Hij tast om zich heen en schrikt van iets heets onder zijn rechterhand, zodat hij die ijlings terugtrekt. In het schemerdonker vonkt een metalen voorwerp in de gloed van de vuurzee achter hem, zilverkleurig, een soort platte doos, niet veel groter dan een pocketboek. Hij pakt het en ziet vaag dat er gekke letters opstaan, zoals de letters op het bordje naast de ingang van de moskee. Ergens in het donker gilt iemand, zo hoog dat het wel een vogel lijkt, en hij komt bij zijn positieven, krabbelt overeind met het ding in zijn hand. En hij rent weer met gloeiende wangen, ziet de zwaailichten van brandweerwagens op de Groesbeekdreef, maar ook het beeld van zo-even, dat hij nooit meer zal vergeten: de bovenste verdiepingen die traag naar beneden kwamen, wasgoed vlammend in de wind, een man die sprong, een groepje mensen dat bij de balustrade op zes hoog plotseling verzengd werd door de vuurbal.

Ma! Roy! Desi! Eline!

Het bloed bonkt achter zijn slapen terwijl hij voortrent en het metalen ding in zijn hand klemt alsof hij het nooit meer los wil laten, hoewel hij zich er niet eens van bewust is dat hij dat doet.

Het is zondagavond 4 oktober 1992, enkele minuten voor zeven.

1

Niet lang na Jims begrafenis had Margriet hem, en dus eigenlijk zichzelf, drie beloften gedaan: de eerste was dat ze zijn stem nooit zou vergeten (zoals haar overkomen was in het geval van haar ouders); de tweede dat ze zijn graf op elke vierde van de maand zou bezoeken (hij was op een zondag de vierde overleden), en de derde dat ze nooit zou hertrouwen.

Stemmen vergeet een mens in tegenstelling tot visuele waarnemingen tamelijk snel, alsof geluiden vergankelijker zijn dan beelden, maar het leek haar niet zo moeilijk om Jims stem 'levend' te houden. Ze klampte zich vast aan ezelsbruggetjes, zoals zijn stopwoordjes (*bloody fuzz!*) en zijn merkwaardige accent; bovendien waren er van hem als tweede secretaris op de Amerikaanse ambassade behoorlijk wat video- en geluidsopnamen gemaakt. Toch, met uitzondering van de eerste verwarde maanden na zijn dood, draaide ze die nooit meer af omdat ze tegen de verwachting in alleen maar pijn en wanhoop opriepen, geen troost of dierbare herinneringen.

Net als haar bezoeken aan zijn graf dat deden. Aanvankelijk had ze geprobeerd het immense verdriet te verdringen door het perk te onderhouden dat in plaats van een steen zijn lichaam bedekte – nog geen twee vierkante meter vaste planten met een klimroos, waar ze zich fanatiek op had gestort alsof het een heuse tuin was. Maar algauw werd, wat een regelmatige bedevaartstocht had moeten zijn, een martelgang waartoe ze zich nog maar eenmaal per jaar wist te dwingen, op zijn sterfdag, en dan volstond ze met het wegpoetsen van vogelpoep en vastgekleefde blaadjes van de kleine zerk, zodat de bronzen tekst tenminste leesbaar bleef.

JAMES ELLROY BRADEY
Detroit 12-01-1955 – Den Haag 04-10-1992
'Our Love Can't Die'

Vervolgens wist ze dan niet goed wat te doen. Doorgaans staarde ze enkele minuten gedachteloos voor zich uit; wat uitgerekend daar natuurlijk gek was want denken aan Jimmy deed ze onafgebroken, elk uur van de dag. Ze hield dus eigenlijk een korte pauze op de verkeerde plaats.

Het perkje was in de loop der jaren verwaarloosd, de roos doodgevroren in de laatste winter, en er groeide niet veel meer dan wat gelig gras en onkruid. Het stak verpauperd af tegen de omringende statige graven, als een krot in een villawijk, maar ze kon het desondanks niet opbrengen er vaker heen te gaan. Ze probeerde haar schuldgevoelens te verdringen door zich voor te houden dat het zo eigenlijk beter was, de weg van de natuur, hoewel ze vanzelfsprekend heel goed besefte dat het puur een kwestie van zelfbehoud was.

Ook nu, vijf jaar later, een regenachtige zaterdag, was ze hondsberoerd van het kerkhof thuisgekomen, maar dat lag dit keer niet alleen aan het verdriet of de schuldgevoelens. De oorzaak was dat ze besefte ook de derde belofte te breken.

Ze geloofde niet dat er zoiets bestond als leven na de dood, dat was een belachelijke paradox voor haar analytische geest, maar toch had ze al poetsend tegen de zerk gefluisterd: *'Jimmy, you don't mind, do you?'*

Wat had ze verwacht? Zijn stem onder de klimroos vandaan? ...*Off course not, Margy*... De stem die ze toch vergeten was.

Ashes to Ashes, Dust to Dust. In vijf jaar was een lichaam in die duingrond van Den Haag-West al voor een goed deel ontbonden. Huurgraven werden al na zes jaar geruimd zoals ze eens tot haar afgrijzen had gezien: een kleine grijper die massa's zand en aarde met verpulverde botresten omhoog had gebracht. Poederachtig gruis dat de werklui met scheppen verspreidden. Alsof het mest was geweest.

Jimmy was op haar aandringen in zijn tuinkleren begraven, al had ze zijn lichaam niet meer gezien. In de linnen broek, het kaki overhemd en het blauwe jasje die hij zo graag droeg als hij de rozenstruik in de voortuin snoeide. Vergaan tot flarden textiel om een skelet met een trouwring en een oud militair halskettinkje van het *VII Corps US Marines.*

4 oktober 1992 stond haar bij als de dag van gisteren. 's Avonds had ze, net als miljoenen anderen, geschokt naar de tv-beelden van de ramp in de Bijlmermeer gekeken. De hond sloeg aan toen er laat werd aangebeld. De ambassadeur zelf in zijn overjas op de stoep.

'Margriet, *I'm sorry, darling.*'

Jimmy was geslipt, in volle vaart op weg naar huis, iemand ingehaald bij Wassenaar, veel nat blad op het asfalt, te hard gereden, zeker 120 waar je 70 mocht, hadden ze aan de remsporen geconstateerd, in een slip geraakt en via de vangrail naar de andere kant tegen een boom geklapt. Op slag dood, het stuur in zijn borst. Ze had hem toen niet willen, maar ook nog niet mogen zien. Voorschrift bij ambassadepersoneel, had Frank Belusian, de eerste secretaris met wie Jimmy bevriend was geweest, gezegd. De Koude Oorlog mocht dan al lang voorbij zijn, je kon toch nooit weten... Wat dan? Een Rus die vanuit de bosjes een band van de Rover had lekgeschoten? Ze hadden er samen door hun tranen heen om gelachen, Frank en zij, om die idiote veronderstelling, maar vooral om het absurde beeld van een James Bond-achtige schurk met een reusachtig pistool in de druipende bosjes langs de Rijksstraatweg.

Vanzelfsprekend had autopsie het politierapport bevestigd: in een slip van de weg geraakt. Zo bespottelijk simpel, zo zinloos en dom dat je zou willen dat er juist wél sprake was geweest van een communistische huurmoordenaar.

Omdat zijn lichaam zo verminkt en verbrand was, hadden ze haar afgeraden naar het rouwcentrum te gaan. Ze had daar wezenloos mee ingestemd maar het later betreurd; nog heel lang sindsdien had ze nachten wakker gelegen met de afgrijselijkste spookbeelden op haar netvliezen van hoe hij eruit zou hebben gezien in dat smeulende wrak.

Van de eerste maanden na de begrafenis herinnerde ze vrijwel niets, behalve dat ze tot nieuwjaar bij haar broer en schoonzus was geweest. Een vroege, inktzwarte winter. Een kersverse weduwe in een jong gezin dat ondanks alles kerst had gevierd. Opgewonden kinderen, die maakten dat ze zich veel eenzamer voelde dan in haar eigen lege huis in Den Haag. Eenmaal weer thuis had ze alles onveranderd gelaten behalve hun slaapkamer. Ze had het tweepersoonsbed op zolder gezet en was in de logeerkamer gaan slapen. In het voorjaar was ze weer begonnen op school, aanvankelijk voor tien van de achtentwintig uur. Ze had alleen de eerste twee klassen en hoefde niets voor te bereiden en maar weinig na te kijken. 'Benoem de naamvallen en vertaal: *Marcellus ambulat in horto*.'

Vreemd genoeg was ze zijn eerste sterfdag bijna vergeten, tot ze in de krant had gelezen dat de Bijlmerramp voor de eerste keer werd herdacht. Drieënveertig slachtoffers van wie ze zich had voorgesteld hoe ze zich die rampzalige avond ergens aan een hemels loket samen met Jimmy hadden ingeschreven als een groep reizigers in een hotel. En op de een of andere manier had ze nooit meer aan zijn dood kunnen denken zonder direct ook te denken aan dat schimmige gevolg van die drieënveertig haar onbekende flatbewoners, net als hij verminkt en verbrand.

Ongeveer een jaar daarna had ze Marius ontmoet, op een van

die verschrikkelijke ouderavonden in de aula, een week voordat de herfstrapporten werden uitgereikt. Marius Hillenius, vader van Thomas uit 2c. Een man die al een tijdje had staan wachten tot ze klaar was met een stel zeurderige ouders. Type diplomaat, had ze meteen gedacht, of een manager bij een bank. Een veertiger met een fors postuur en grijs sluik haar. Alleenstaand. Als ze dat niet al had geweten, was dat ogenblikkelijk duidelijk geworden door het wat gekreukte overhemd waaraan bij zijn embonpoint een knoopje ontbrak. Een man die zich kleedde zoals zovelen van zijn generatie en milieu: een antracietkleurige broek met omslagen, ruitjesoverhemd, sportief jasje met elleboogstukken, stropdas met embleem. De betere herenmodezaak, de Bijenkorf. Ze had er onwillekeurig een pijp of een sigaar bij gedacht. En het studentencorps, een roeivereniging. Ze had hem nooit eerder ontmoet, had daarentegen zijn ex-vrouw verwacht, maar hij had uitgelegd dat ze verhinderd was. Bovendien hadden Thomas' resultaten: vijf onvoldoendes, waarvan een vier voor Latijn, hem zo verontrust dat hij zelf wilde komen. De reden was als zo vaak bij jongens van zijn leeftijd: met net dertien eigenlijk nog te jong voor de tweede klas, te speels. Marius had gezegd te overwegen de jongen een tijdje bij zich in huis te nemen omdat zijn ex-vrouw nauwelijks aandacht aan hem schonk. Dat had, zoals ze dat wel van andere alleenstaande vaders kende, niet rancuneus geklonken, maar eerder timide alsof hij zich ervoor verontschuldigde ooit met die vrouw getrouwd te zijn. Het gesprekje had nog geen tien minuten geduurd. Ze had hem aangeraden de jongen niet te laten verkassen maar bijles te laten geven, en hij had gevraagd of ze hem iemand kon aanbevelen.

Tot haar verbazing was ze hem de dag erop tegengekomen in de supermarkt bij haar om de hoek – later had hij toegegeven, wat ze toen al vermoed had, dat hij als een verliefde puber haar adres had opgezocht en haar vanuit zijn auto aan de overkant van het plantsoen naar buiten had zien komen. Hij had haar iets te drinken aangeboden – voor haar gevoel was het een eeuw geleden dat iemand dat had gedaan. En al was hij dan de vader van een leerling, een contact dat niet bepaald door de schoolleiding werd toegejuicht, het vooruitzicht eindelijk weer eens met een man in de kroeg te zitten in plaats van met haar schoonzuster of een vriendin, had haar doen instemmen.

Hij bleek advocaat op een groot kantoor in de binnenstad dat gespecialiseerd was in bedrijfsovernames. Een bedachtzame man die steeds naar het juiste woord op zoek scheen, en over een kurkdroge humor beschikte die haar wel beviel. Hij rookte inderdaad pijp en dronk, wat ze ook al had vermoed, oude jenever. Hij was in alle opzichten anders dan Jimmy, die een kettingroker van sigaretten was, bourbon dronk en graag het hoogste woord voerde, welk onderwerp ook ter sprake kwam. Marius was een luisteraar en, al had dat dan waarschijnlijk met zijn vak te maken, gaf haar de indruk ook werkelijk geïnteresseerd te zijn.

Een week later waren ze gaan eten, tot haar opluchting heel gewoontjes in een eetcafé, de week daarop weer, en vervolgens was dat een vaste gewoonte geworden, elke vrijdagavond een paar borrels in het café bij haar om de hoek en daarna een etentje. Ze waren een paar keer naar een concert geweest en een keer naar de schouwburg. Niets meer. Geen avances van zijn kant, geen voorstellen die verdergingen dan een glaasje-na-afloop. Hij had haar maandenlang ten afscheid op een wang gekust. Aanvankelijk had ze gedacht dat het tactiek was, en anders verlegenheid, maar al snel had ze begrepen dat hij gewoon zo in elkaar zat. Dat was een hele geruststelling, niet alleen omdat ze niet anders zou hebben gewild, maar vooral ook omdat ze zich krampachtig vastklampte aan haar derde belofte, die ze toen al ruim twee jaar gestand had gedaan. Want met 'hertrouwen' bedoelde ze natuurlijk 'verliefd worden' of, vager, 'gevoelens koesteren voor' en dat was exact de reden dat ze invitaties van mannen tot dan toe had afgewimpeld.

Verliefd was ze nooit op hem geworden, maar haar gevoelens waren in de loop van de tijd wel meer dan vriendschappelijk geworden, al wist ze niet goed wat dat 'meer' dan inhield.

Met Jim was het hartstochtelijk geweest, overrompelend, zowel in positieve als negatieve zin, elke minuut van de jaren dat ze samen waren geweest. Lachen en huilen hadden elkaar afgewisseld als de seizoenen. Bij Marius was het weer altijd gelijkmatig, kalm, en ook dat beviel haar goed, al was het maar omdat hij niet, zoals Jim, zo overweldigend haar leven binnendrong. De tegenstellingen tussen de twee mannen pleitten alle eigenlijk voor Marius. Dezelfde muzikale smaak als zij, Brahms, Mozart, Telemann, in plaats van Jims moderne, onbegrijpelijke jazz. Marius was lid van een leesclub en las romans – Tolstoj, Bellow, Potok –, terwijl Jimmy dol was geweest op gewelddadige thrillers. Jimmy werd agressief van drinken, Marius nog kalmer dan hij van nature al was. Jimmy was met geen stok een museum of kathedraal in te krijgen; ze kon Marius geen groter plezier doen dan hem uit te nodigen voor een tentoonstelling. Jimmy wilde elk uur van de dag en de nacht vrijen, het liefst met een pornofilm op de video en haar aangekleed als een goedkope hoer, Marius drong nooit aan, en het frivoolste cadeau dat hij haar ooit had gegeven was een doosje mascara geweest.

Trouwen. Het was een even verontrustende als geruststellende gedachte.

'Wil je met me trouwen?'

Jimmy had gevraagd: 'Waar zullen we trouwen?'

Dat was het verschil tussen beiden. Jim had nooit gevraagd of ze wel iets wilde, was er altijd van uitgegaan dat de een zei wat de ander al dacht, en dat had ze ook geloofd. Jimmy en zij een tweeeenheid. Pas later, ouder geworden, had ze zich zijn dominantie gerealiseerd.

Achtendertig jaar was ze nu. Vrouwen van haar leeftijd hadden doorgaans al schoolgaande kinderen, zoals de ex van Marius, die haar een medelijdende, wat cynische blik schonk toen ze elkaar op Thomas' verjaardag hadden getroffen. Ze had zich buitengesloten gevoeld, als een kind dat in een nieuwe klas binnenkomt; een opa en oma van Thomas die haar hadden genegeerd, een oudere broer van Marius die zich kennelijk gedwongen had gevoeld haar op te vangen met stomvervelende verhalen over zijn wetenschappelijke carrière, gesprekken over mensen en dingen waar ze geen weet van had, Marius als altijd stil, bedachtzaam. Toen had ze opeens hevig terugverlangd naar Jimmy, de verjaardagen en partijen bij zijn ouders thuis in de oude wijk van Detroit, een huis vol lawaai en muziek, etensgeuren, drank... zijn begerige handen die haar op de trap betastten, de kleine kinderen die hen gillend van het lachen hadden betrapt...

Thomas was dat jaar blijven zitten, wrang genoeg vanwege haar vak Latijn, maar ook als dat niet was gebeurd, had ze gewild dat hij naar een andere school was gegaan. Tot dan toe was hij elk weekend bij Marius, van zaterdagochtend tot zondagmiddag laat, zodat zij de weekends thuis was gebleven. Ze had gezegd dat ze niet tussen vader en zoon wilde komen, een leugentje om bestwil, want ze ergerde zich elke minuut aan de jongen: een warrige, in zichzelf gekeerde puber, van wie ze vond dat hij over het paard was getild. Ze had Marius niet voor het blok willen zetten, de keuze tussen haar en zijn zoon niet willen afdwingen, maar ze was er wel aan toe geweest toen zijn ex tot haar onuitsprekelijke opluchting een nieuwe baan had gekregen in Amsterdam en daarnaartoe was verhuisd. Sindsdien kwam de jongen nog maar eens per maand en soms in de vakanties, zodat ze meer en meer bij Marius was gaan wonen. Het was de bedoeling om in het komende voorjaar te trouwen, nadat ze het huis had verkocht. Hoeveel groter het ook was dan Marius' woning, hoe mooi en dierbaar het ook was... Ze had er van alles aan veranderd, maar het was en bleef Jims huis. En nog altijd waren er momenten dat ze meende hem te horen, in zijn werkkamer, zijn snelle voetstappen op de trap, af en toe zelfs zijn stem die de hond riep om uit te gaan, al was ze er dus al lang niet meer zeker van of het zijn stem ook was.

Het dier sprong tegen haar op toen ze nog in haar jas naar de keuken liep om het eten te geven. 'Af, Zooey! Af!'

Ze prakte het gemalen vlees door de brokjes, goot er wat melk bij en zette de etensbak achter de keukendeur. In de verte klonk de bronzen slag van de Badkapel. Ze keek op haar horloge, zag dat het vijf uur was, en holde net naar boven om te douchen toen de bel in het trappenhuis weergalmde. Geërgerd snelde ze de trap af. Achter het raampje in de voordeur schemerde het bolle, rode gezicht van een oudere man. Pas toen ze opendeed zag ze verwonderd dat hij onder zijn zwarte overjas een priesterboordje droeg. Zijn ogen waren heel lichtblauw.

'Goedemiddag. Mevrouw Bradey?'

Zijn stem klonk onverwacht zacht, het Engels aarzelend, alsof hij niet goed wist hoe hij de naam uit moest spreken.

Ze knikte, half in de verwachting dat hij hier voor een of ander liefdadig doel was, en zocht naar een excuus om snel van hem af te zijn.

De priester glimlachte opgelucht en haalde uit de binnenzak van zijn jas een dubbelgevouwen witte enveloppe. 'Iemand vroeg mij u deze brief te overhandigen. Alstublieft.'

Verrast fronste ze haar wenkbrauwen. 'Wie?'

'Het spijt me, maar degene die hem mij gaf vroeg me uitdrukkelijk dat niet te zeggen.'

Aarzelend nam ze de enveloppe aan. Er stond geen afzender op. Aan de voorzijde had iemand in keurig handschrift geschreven: 'Aan mevrouw M. Bradey persoonlijk.'

'Hij stierf vanochtend vroeg.'

Geschrokken keek ze op.

'In de volle genade van onze Here Jezus.' De glimlach zweefde nog om zijn lippen, geruststellend. 'Ik heb hem in Diens naam vergeven, omdat ik zeker weet dat u aan zijn verzoek zult willen voldoen, mevrouw Bradey.' Een fractie van een seconde meende ze een glimp van medelijden in zijn lichte ogen te zien, toen groette hij vriendelijk en liep het tuinpad af naar het openstaande hek.

'Wie bent u?'

'Een kind van God, zoals hij en u.'

'Wat?'

Zijn forse gestalte verdween achter de heg, zijn voetstappen gingen verloren in het hoge getingel van de tram op de Scheveningseweg. Verward staarde ze naar de enveloppe, en ze schrok op van Zooey die nu pas uit de keuken aan kwam rennen.

'Wat ben jij nou voor een waakhond! Naar je mand, hup!'

Ze sloot de deur en liep nerveus de woonkamer in. Iemand die vanochtend was gestorven? 'Aan mevrouw M. Bradey persoonlijk.' Wie dan? Waarom?

Van haar secretaire pakte ze de briefopener en ze sneed de enveloppe open. De binnenzijde was van hetzelfde lichtblauw als de ogen van de priester. Er zat slechts een velletje papier in, een in vieren gevouwen gelinieerd blocnotevel, beschreven in hetzelfde keurige handschrift als de enveloppe, de krullen van de letters ouderwets, net als de spelling.

's-Gravenhage, 3 oktober 1997

Geachte mevrouw Bradey,

U kent mij niet en helaas zal dat het geval blijven. Nu mijn leven hier ten einde loopt, heb ik in overleg met de pastoor die u deze brief zal overhandigen besloten mijn geweten te ontlasten van het verschrikkelijke geheim dat ik de afgelopen vijf jaar met mij mee heb moeten dragen. U zult mijn wens helaas moeten respecteren dat ik omwille van mijn belofte niet meer kan zeggen dan onderstaande. Op de avond van 4 oktober 1992 kregen een collega en ik opdracht het lichaam van uw man, James Ellroy Bradey, uit het mortuarium van een verpleegtehuis in Hoofddorp te halen en...

Het hart bonkte haar in de keel, en met grote ogen staarde ze naar zichzelf in de vergulde spiegel boven de schouw. Wat was dit? Een grap? Een krankzinnige grap? Jimmy in een verpleegtehuis? Wie had dit briefje geschreven?

...van een verpleegtehuis in Hoofddorp te halen en per ambulance naar de voormalige Ursulakliniek te Wassenaar te brengen. Pas enkele dagen nadien las ik dat uw man diezelfde avond niet ver vandaar om het leven zou zijn gekomen bij een verkeersongeluk. Het lichaam dat wij in Hoofddorp ophaalden was ernstig verminkt en verbrand. Ik heb nooit geweten wat de reden is geweest waarom zijn dood gemaskeerd diende te worden, al neem ik aan dat het te maken had met het werk dat uw man voor de Amerikaanse ambassade verrichtte. Anderen zullen mogelijk zeggen dat deze bekentenis egoïstisch is, en misschien is dat ook zo, maar ik kan niet anders. Ik hoop dat u daarvoor begrip zult kunnen tonen en mij, al kent u mij dan niet, zult kunnen vergeven. Ik wens u Gods kracht toe dat op te brengen.

Koude rillingen liepen haar over de rug, en ze voelde zich plotseling zo slap dat ze steun moest zoeken aan de secretaire, haar blik wezenloos op de ingelijste foto waarop Jimmy haar toelachte vanaf het strandje bij Guana Bay op Sint Maarten, het zonlicht vonkend op het legerkettinkje om zijn gebruinde nek.

Jimmy's lichaam in een verpleegtehuis in Hoofddorp?

Als bevroren las ze de korte tekst opnieuw. Een gek? Ze zou het willen geloven, maar welke gek zou zoiets vijf jaar later verzinnen? En waarom? Die priester? 'Een kind van God, zoals hij en u.'

Ernstig verminkt, verbrand. Jimmy's Rover was in brand gevlogen, een andere automobilist was zo moedig geweest hem eruit te trekken. Een man die op de begrafenis was geweest en haar had gecondoleerd...

Jimmy had die namiddag op de ambassade moeten overwerken en was daarna naar een receptie gegaan in de ambtswoning van de ambassadeur in Wassenaar. Hij had haar nog gebeld dat het uit kon lopen omdat hij daar onverwacht een oude studievriend had ontmoet.

Naar de Ursulakliniek. Dat was de kliniek waar hij inderdaad naartoe was gebracht, niet ver van de plaats van het ongeluk.

'...kregen een collega en ik opdracht het lichaam van uw man, James Ellroy Bradey, uit het mortuarium van een verpleegtehuis in Hoofddorp te halen...'

Collega?

'U zult mijn wens helaas moeten respecteren dat ik omwille van mijn belofte niet meer kan zeggen dan onderstaande...'

Belofte. Priesters. Priesters legden een belofte af...

Opeens rende ze naar de erker en keek met kloppende slapen door de grote ramen de laan af in de richting die de pastoor was gegaan. Bij de hoek stak een man met een hond over, een auto flitste langs, maar geen spoor van de priester. Boven de toren van het Congresgebouw trok een vliegtuig zijn condensspoor tegen de donkerende lucht. Ze huiverde en bleef een minuut of wat roerloos staan, tot het geblaf van de hond tot haar doordrong.

2

Vrijwel elke dag betreurde Jaap van Leeuwen het dat hij het contract had getekend dat hem drie jaar lang aan de Republiek Suriname bond. Liever heimwee dan Holland, zeiden ze wel eens, maar in zijn geval gold dubbel en dwars het omgekeerde. Hoe had hij ooit zo stom kunnen zijn te denken dat emigratie de oplossing was voor zijn problemen? Zijn enige echte probleem was verdomme zijn impulsiviteit geweest!

In plaats van te luisteren naar de vrienden die het hem hadden afgeraden, had hij, koppige klootzak die hij was, zijn kont tegen de krib gegooid en hen uitgemaakt voor een stelletje burgers die hun pensioen nastreefden in hun doorzonwoningen. 'Jaloers, jongens?'

Jezus, ze moesten eens weten! Ja, natuurlijk schreef hij brieven waarin hij enthousiast over zijn werk en het land vertelde. Wat moest hij anders? De kloterige waarheid vertellen? Dat niemand hier een poot uitstak? Dat je koelkast het soms dagen begaf omdat er geen stroom was? Dat er geen water uit de kraan kwam omdat ze onder je neus de loden leidingen sloopten? Dat je je kont maar met een vaatdoek afveegde omdat een rol toiletpapier honderd gulden kostte, als het al te koop was? En als je tenminste zo gelukkig was een keer je salaris te hebben gekregen? Schrijven over de hitte waardoor je lamgeslagen maar thuisbleef? De telefoon die nooit scheen te functioneren? De creolen die je probeerden te bestelen, de Hindoestanen die je probeerden te tillen, de Chinezen die je even hard bedrogen, de Javanen die je nooit aankeken? De militairen met hun grote bek? De hoeren die je op elke hoek van de straat aanklampten? Suriname, als er één van godvergeten plek op de wereld was, dan was het wel Suriname. De hel. Met Paramaribo als brandpunt.

Hij moest knettergek zijn geweest die ochtend in Den Haag op de ambassade toen hij zijn handtekening in zesvoud zette. 'Dokter Van Leeuwen, we verheugen ons op de samenwerking.' Natuurlijk waren ze blij met hem geweest, en natuurlijk hadden ze gelogen dat hij geselecteerd was uit een groep van twintig kandidaten. Wie anders zou er zo gek geweest zijn hier ooit naartoe te willen?

Drie jaar lang doktertje spelen. Nu, na bijna vijf maanden, leek het levenslang.

Somber liep hij de trap op naar zijn afdeling. In de gangen rook het naar gestoomde rijst en gebakken kip, alsof het geen ziekenhuis was maar een van de eetstalletjes aan de Waterkant. Een verpleegster groette hem onderdanig in het voorbijgaan, maar hij deed alsof hij haar niet opmerkte, duwde de deur van zijn kamer open en hapte ogenblikkelijk naar adem vanwege de droge hitte die als een stalen plaat tegen hem aan sloeg. Duizelig en vloekend knipte hij de airco aan.

Vanuit zijn raam had hij zicht op twee zwarte jongens die tussen de auto's op de parkeerplaats scharrelden. Soms bukten ze zich, raapten iets op en staken dat in de kontzak van hun gerafelde jeans. Peuken. Aan het einde van de dag zouden ze er misschien voldoende hebben om een doosje te vullen met tabak. Zoeken naar sigaretten in plaats van naar werk. De economie van het land in een notendop.

Op zijn bureau lagen de dossiers van de dag, een torenhoge stapel die altijd maar scheen te groeien in plaats van af te nemen. Hij ging zitten, stak een sigaret op en bladerde mismoedig door het bovenste dossier – twee jongens die de afgelopen nacht zwaargewond waren binnengebracht na een steekpartij buiten discotheek Touche – toen de intercom kraakte.

'Dokter Van Leeuwen met spoed naar de poli. Dokter Van Leeuwen naar de poli graag.'

De polikliniek bevond zich op de parterre van een gloednieuwe aanbouw, geschenk van het Nederlandse ministerie van Volksgezondheid. Hij had horen vertellen dat er ruim dertien miljoen Nederlandse guldens mee waren gemoeid, waarvan meer dan de helft via de Ontwikkelingsbank naar rekeningen van inheemse ambtenaren, officieren en aannemers in Cayenne en Miami was verdwenen. Het klonk hem al lang niet meer onwaarschijnlijk in de oren.

Er zat roest op de T-balken, er liepen scheuren door het cement, en de grote ramen leken besneeuwd door de uitwerpselen van de honderden papegaaien in de palmen. Het gekrijs van de *pokais* overstemde soms zelfs de sirenes van de ambulances zodat spoedhulp vaak te laat kwam. Maar ook dat was normaal in een land waar tijd een hoogst relatief begrip was.

Ondanks het vroege uur was het eivol in de kliniek. Veel kleine kinderen die achter elkaar aan renden alsof het een schoolplein was, hun moeders kwetterend in groepjes bijeen, een man die languit op de tegelvloer sliep, naast hem een kooi met zangvogeltjes, een jonge jongen met een bebloed gezicht, een ander met een enorme gettoblaster als een kist op zijn schouder, de vage dreun van reggae hoorbaar uit zijn *earphones*, een stokoude Indiaanse vrouw met sneeuwwit haar tot op haar knieën. De geuren van haarolie, van Parbo-bier en van ongewassen lijven. Boven de balie hing het portret van de vorige president, Venetiaan, alsof de directie zich niet had willen neerleggen bij de uitslag van de jongste verkiezingen. Bij zijn nadering kwam de corpulente gestalte van Urmi, de almachtige receptioniste, overeind.

'Wat is er?'

Tot zijn verbazing beduidde ze hem met een wat samenzweerderige blik in haar bolle ogen haar te volgen.

‘*Tu* soldaten, *datra*.’

Verwonderd volgde hij haar door de dubbele deuren een schemerige gang in.

Twee soldaten, wat was daar zo bijzonder aan dat ze niet net als alle anderen op hun beurt wachtten? Sinds de vorige regering waren de militairen, zoals dat heette, teruggeplaatst in hun kazernes. Wat je ook kon zeggen van Venetiaan, hij had het wel voor elkaar gekregen dat het afgelopen was met hun grote bekken en kapsones. Of hadden ze die weer sinds Bouterses stroman Wijdenbosch president was geworden? Zwijgend volgde hij Urmi’s schommelende achterwerk de gang door, het geluid van haar teenslippers kletsend op de tegels, tot ze bij een deur stilhield en die na een klopje opende.

Twee militairen stonden naast een veldbed waarop een zwarte jongen in T-shirt en shorts lag, roerloos, ogen gesloten, een dikke laag zweet op zijn voorhoofd. In de kamer hing de doordringende geur van braaksel, dat kennelijk net was afgeveegd met een doek die in een hoek lag.

Een van de soldaten, een luitenant, zag Van Leeuwen aan de strepen op zijn tuniek, stak een sigaret op ondanks het bordje VERBODEN TE ROKEN. Van Leeuwen had het al lang afgeleerd er iets van te zeggen. Beiden hadden hun uzi-machinepistool aan een draagband voor hun buik. De man die niet rookte droeg de rode baret van de elitetroepen.

Urmi sloot de deur en de geluiden uit de poli maakten plaats voor die van het autoverkeer op de Prinsesselaan.

‘Wat is er?’

In de inktzwarte ogen van de luitenant las Van Leeuwen minachting voor de *bakra*, de witte Nederlander.

‘Hij moet behandeld worden.’ De stem van de militair klonk zacht, maar de toon was onmiskenbaar bevelend.

‘Wat heeft hij dan?’

‘Koorts.’

‘Is hij al bij een arts geweest? Bij een poli?’

Paramaribo telde tal van particuliere dokters die dikwijls over een eigen polikliniekje beschikten.

De militair schudde nauwelijks merkbaar zijn hoofd en trok verveeld aan zijn sigaret.

Van Leeuwen fronste. Waarom hadden ze de jongen hier gebracht? Een maatje van ze? Eentje uit de Memre Boekoekazerne? Maar dan zouden ze hem beter naar het dichterbijgelegen Diaconessenziekenhuis aan de Johan Bodegravenlaan hebben kunnen brengen.

‘Is hij militair?’

‘Nee.’

Dus niet. Hadden ze hem ergens op straat of op een erf gevonden? Hij zag er niet uit als een van de vele bedelaars of psychiatrische patiënten die in de stad rondzwierven. Politieagenten probeerden die mensen wel in de ziekenhuizen kwijt te raken, maar militairen had hij dat nog niet zien doen. In elk geval hoorde de jongen niet hier zonder verwijzing, militairen of niet. Hij keek even naar Urmi, zag de waarschuwende blik in haar ogen, en bedwong zijn opkomende woede om hun brutaliteit waarmee ze haar vast en zeker overrompeld hadden. Hij mocht dan een verdomde *bakra* zijn, hij was hier de arts en niet een of andere voetveeg.

‘Sorry, maar we nemen niet op zonder verwijzing.’

‘Dr. Graanoogst wil dat hij hier wordt behandeld.’

‘Wat?’ Verbouwereerd staarde Van Leeuwen naar de spottende zwarte ogen tegenover hem.

Urmi lachte nerveus. ‘Doctor Graanoogst, dokter, de vriend van *basi*. De Bevel, weet u wel.’

Ergens op de gang het gemurmel van stemmen, het hoge gerinkel van een zaktelefoon, plotseling overstemd door het gejank van sirenes. De airco siste. Nog steeds verbaasd keek Van Leeuwen naar de jongen.

Graanoogst. Een hoge pief. De bevelhebber. *Basi.* Hoewel er al twee bevelhebbers sindsdien waren benoemd, wist iedereen, ook Van Leeuwen, dat met die term nog steeds Desi Bouterse werd bedoeld. En net zo goed wist hij hoe invloedrijk de voormalige sergeant nog was – wéér was, sinds hij zijn geld en macht van het leger naar de landspolitiek had overgeheveld. Een keer had hij dat zelf ervaren, toen Bouta's lijfwachten een Hindoestaan voor de ogen van wat lachende politieagenten met hun leren knuppels hadden afgeranseld, midden op het Onafhankelijkheidsplein, omdat de man demonstratief zijn middelvinger naar het kantoor van de vroegere legerleider had opgestoken.

Wat had deze jongen met Bouterse en die Graanoogst te maken?

Een jaar of achttien, schatte hij hem. Een typische creool. Het zweet glinsterde in het pikzwarte kroeshaar dat bij de oren was weggeschoren. Over zijn T-shirt heen hing een dikke gouden schakelketting, wat braaksel eraan vastgekleefd. Aarzelend boog hij zich voorover en wipte een ooglid op. De jongen was bewusteloos, want de pupil zat weggedraaid in een hoek, maar was niet onnatuurlijk groot. Uit zijn iets openstaande mond kwam niet alleen de zurige lucht van braaksel maar ook een geur die hij meende te herkennen als van gal. Naast de linkermondhoek glommen drie grote pukkels waar zichtbaar aan was gekrabd. Het zweet liep er in grillige stroompjes overheen, als miniatuurriviertjes in een berglandschap. Malaria? Het kon, hoewel je het niet veel bij inlanders tegenkwam. Het grootste deel van de kustvlakte bij Paramaribo was vrij van de gevreesde malariamuskiet.

'Waar komt hij vandaan?'

'Moengo.'

Moengo, een roodbestoft mijnstadje bij de Marowijnerivier, niet ver van Frans-Guyana. Van Leeuwen was er een keer geweest, zomaar een dagje uit, met de bus uit Paramaribo. Een streekcentrum dat draaide op de mijnbouwmaatschappij Suralco die er bauxiet dolf, maar waar verder weinig te doen was. Malariavrij.

'Hoe heet hij?'

De luitenant liet de peuk vallen en zette er demonstratief zijn hak op. 'Percy Goedschalk.'

Waarom was Goedschalk bewusteloos? Galblaasontsteking? Dat was onzin, dan zou hij hier schreeuwend van de pijn moeten liggen.

'Hoelang is hij al buiten bewustzijn?'

'Sinds gisteren.'

Het geritsel van papier deed hem opkijken en hij zag hoe de luitenant een bundel Amerikaanse dollars uit de borstzak van zijn tenue haalde en die Urmi toestak.

'Hij moet meteen behandeld worden, *aj*?'

'*A boen.*'

Opnieuw voelde hij woede in zich opkomen, niet om het geld – zeker honderd dollar, die Urmi met haar zeven kinderen en god mocht weten hoeveel andere afhankelijke familieleden ongetwijfeld heel goed kon gebruiken –, ook niet om het machtsvertoon waarmee het werd gegeven, maar omdat het wel duidelijk was dat ze hem, de witte Nederlander, de *bakra*-dokter, wilden laten voelen dat hij er eigenlijk niet toe deed. Jezuschristus nog aan toe, zwarten die niet eens hersens genoeg hadden om de lagere school af te maken! In Nederland zouden ze in hun handen mogen knijpen als ze op de vuilniswagen mochten staan! Honderd dollar, of meer. Waarom zoveel? *Basi?*

Met trillende handen keek hij toe hoe Urmi de bankbiljetten in de zak van haar schort stak. Geen van beide militairen keek hem aan toen ze langs hem heen liepen en de kamer verlieten.

'*Bigaas*,' zei Urmi grinnikend.

Bigaas. Kapsones. Dat maakte haar niet uit. Ze was haar hele leven aan kapsones gewend, eerst van de Nederlanders, toen van haar eigen landgenoten.

Er voer een rilling door het lichaam van de jongen, heel even kreunde hij zacht.

‘Laat hem maar naar de III brengen,’ zei hij. ‘Ik kom straks wel even bij hem langs, na de ronde.’

‘*Da tatra.*’

Terug in zijn kamer bedacht hij dat Pien die middag terug zou komen van een tripje met de ambassadeur en de leden van de Kamercommissie uit Nederland naar de binnenlanden en dat ze het vast en zeker op prijs zou stellen als hij haar nog opzocht voor een borrel. Pien, de perfecte gastvrouw van Hare Majesteits vertegenwoordigers in deze bananenrepubliek. Het lichtpuntje in de duisternis hier. Vast en zeker zou ze moe zijn, niet zozeer van de excursie: drie dagen langs dorpen, in prauwen, berghellingen op, als wel van het wezenloze gezelschap uit Nederland dat als een kleuterklasje achter haar aan zou hebben gesjouwd met de onnozelste opmerkingen en dat zich slechts erom zou hebben bekommerd of de snapshots van het landschap wel gelukt zouden zijn. Jacqueline Roell. Reddende engel in deze hel.

Opgevrolijkt door het vooruitzicht van een mooie avond ging hij achter zijn bureau zitten, stak de gedoofde sigaret weer op en staarde naar de parkeerplaats, maar hij zag de cultureel attaché van de Nederlandse ambassade voor zich, zoals ze zich over hem heen boog, het silhouet van haar naakte lichaam goudomrand door het licht van de maan boven de Surinamerivier.

De jongen die op dat moment op een brancard door twee zwetende broeders naar de derde verdieping werd gebracht, was hij weer vergeten.

3

Ze had niemand iets over de brief verteld, zelfs Marius niet. Niet alleen omdat het allemaal absurd was – hoe langer ze erover nadacht, hoe absurder –, maar ook omdat ze in haar verwarring niet zou hebben geweten hoe erover te beginnen.

’s Avonds in het restaurant had hij gevraagd waarom ze zo nerveus en afwezig was, maar toen ze gezegd had last te hebben van migraine – wat niet eens een leugen was –, had hij voorgesteld haar naar huis terug te brengen en alleen de honneurs waar te nemen op het afscheidsfeest van een collega van zijn kantoor. Marius, zorgzaam en galant als altijd. Soms zelfs op het benauwende af, al was ze er nu dankbaar voor geweest. Toch had ze, ook uit schuldgevoel, op het punt gestaan hem bij het afscheid het briefje te laten zien. Dat ze het niet had gedaan, had nog een reden. Hoe gelijkmoedig en attent Marius ook was, hij bleek kinderachtig jaloers als Jimmy ter sprake kwam. De eerste keer dat dat was gebeurd, had hij haar tamelijk wanhopig aangekeken, wat ze toen nog had geïnterpreteerd als medeleven. Daarna had hij echter alleen maar nors, soms zelfs ruzieachtig gereageerd en ten slotte had hij gevraagd of ze die naam niet meer wilde noemen. Aan de ene kant begreep ze dat wel, ze had ook over Jim verteld als over de prins op het witte paard, maar aan de andere kant was het natuurlijk belachelijk dat een man van zijn leeftijd en met zijn positie nog zo puberaal kon reageren. Jaloezie was ook de reden dat hij liever niet bij haar thuis kwam, al was daar nog maar weinig wat aan Jimmy herinnerde.

Toch had ze evenmin over het briefje verteld aan haar schoonzusje Tilly, die ze als een vriendin beschouwde.

Omdat het absurd was. Onwezenlijk. Steeds onwezenlijker alsof het nooit was voorgevallen. Maar in het geheime laatje van de secretaire, nog geen tien centimeter onder Jimmy's portret, lag een velletje blocnotepapier dat iemand had beschreven, had dichtgevouwen en in een enveloppe had gestopt. Geschreven op 3 oktober. De volgende dag laten brengen door een priester. De vierde. Jimmy's sterfdag. Dat was al zo toevallig dat je bijna niet anders kon denken dan dat het een gek of een sadist betrof, maar die gedachte was natuurlijk net zo verontrustend al alle andere. Want wie dan? Iemand die hoe dan ook van Jimmy wist. En van haar.

'Ik hoop dat u daarvoor begrip zult kunnen tonen en mij, al kent u mij dan niet, zult kunnen vergeven. Ik wens u Gods kracht toe dat op te brengen.'

Kon een gek zoiets schrijven? En dan een priester sturen? Een priester die een anoniem briefje bracht waarin een stervende beweerde dat hij vijf jaar geleden Jims lichaam uit een verpleegtehuis in Hoofddorp naar Wassenaar had gebracht?

'Het mortuarium van een verpleegtehuis in Hoofddorp...'

Waarom dan?

'...al neem ik aan dat het te maken had met het werk dat uw man voor de Amerikaanse ambassade verrichtte.'

Het klonk bespottelijk! Verontrustend bespottelijk. Toch had ze het opgezocht in de telefoongidsen op school.

Hoofddorp bleek maar één verpleegtehuis te hebben. Bornholm. Dat zei haar niets en natuurlijk had ze niet gebeld. Wat zou ze hebben moeten vragen?

Een stervende. Hoewel het handschrift op de enveloppe en de brief keurig en vast was, zag ze onwillekeurig een oude man in een ziekenhuisbed voor zich die met trillende handen de boodschap opschreef. Een man, want de priester had het over een 'hij' gehad.

Als het geen gek was… geen sadist… als de priester werkelijk een priester was en niet zelf het briefje om god mocht weten wat voor reden had geschreven, was de schrijver dan in Den Haag gestorven? Dat leek haar wel, 's-Gravenhage. Schreven niet alleen oudere Hagenaars het zo? Hoeveel mensen stierven er elke dag in de stad? Rooms-katholiek? Dat moest haast wel. Een man die met een collega een opdracht had gekregen. Die een belofte had gedaan om te zwijgen. Dat laatste kon niet anders dan op die opdracht slaan. Een belofte die hij had verbroken in zijn stervensuur. Die priester had haar adres geweten, want het stond niet op de enveloppe. Hoe wist hij dat? Van de stervende? Een priester. Uit Den Haag? Hij was doelbewust weggelopen, alsof hij de weg kende. Hoeveel priesters waren er in de stad? Zou ze hem herkennen als ze hem weer zag?

'…al neem ik aan dat het te maken had met het werk dat uw man voor de Amerikaanse ambassade verrichtte.' Wat bedoelde hij in godsnaam?

Zou ze zich onsterfelijk belachelijk maken als ze Frank belde? Frank Belusian, Jimmy's collega die met haar had zitten janken die nacht van zijn dood. Ze had hem in geen maanden gezien, de laatste keer was bij toeval in de stad, hij met een jonge mooie vrouw, kennelijk gehaast.

'Margriet! *How's life?*'

Frank Belusian, die er op zijn vijftigste nog steeds uitzag als Robert Redford in *Three Days of the Condor*, een van zijn lievelingsfilms. Frank, die nog steeds werkzaam was op de ambassade.

'Woon je nog op de Van Oldenbarneveltlaan? *I'll phone you soon, darling!*'

Natuurlijk had hij dat niet gedaan. Waar zouden ze over hebben moeten praten? Die saamhorigheid na Jimmy's dood, toen ze door hun tranen heen hadden gelachen om de paranoia van de veiligheidsmensen, was alleen maar veroorzaakt door de drank en de emoties van het moment. Frank was Jimmy's vriend geweest, en daarom de hare. Niet andersom.

Uiteindelijk had ze enkele dagen later de ambassade gebeld, toch wat gekwetst omdat de telefoniste haar haar naam liet herhalen alvorens door te verbinden.

'Margriet! *I was just about to phone you, darling.*'

Ze glimlachte om het leugentje. 'Frank, kan ik je ergens over spreken?'

'Natuurlijk, *darling. Anytime.*'

'Vanmiddag?'

Dat kon natuurlijk niet, maar wel vroeg in de avond. Tussen twee van zijn afspraken in, in De Posthoorn tegenover het ambassadegebouw.

Als altijd was hij te laat en rook hij naar Four Roses, Jimmy's favoriete bourbon. Het eerste waar hij naar vroeg, was haar indruk van de mooie vrouw met wie ze hem de laatste keer had gezien. 'We gaan komend voorjaar trouwen.'

Ook wat dat betreft dus nog geen steek veranderd. Frank betaalde alimentatie aan twee exen. De nieuwe vlam was een Française en werkte in een galerie aan het Noordeinde.

'*And you?*'

Ze vertelde over Marius maar niets over haar eigen trouwplannen alsof ze zich ervoor schaamde tegenover iemand die Jimmy had gekend.

'*A lawyer? A lawyer's opinion is worth nothing unless paid for!*'

Het was druk in het café, veel oudere Hagenaars in afwachting van een voorstelling in de schouwburg.

Ze schoof hem het briefje toe nadat hij een tweede drankje voor hen had besteld.

Tot haar verbazing had hij een bril nodig om het te kunnen lezen. En hij schrok, net als zij had gedaan, van de tekst.

'*Jesus, what's this?*'

‘Snap je het Nederlands?’

‘Ja. Hoe kom je eraan?’

Ze vertelde over de priester.

De schrik in zijn ogen had plaatsgemaakt voor ongeloof en verwondering. ‘Een gek?’

‘Ik weet het niet. Het lijkt me niet. Waarom zou een gek zoiets bedenken?’

Fronsend las hij de tekst weer. ‘*It’s nonsense.* Je weet zelf dat Jim in Wassenaar geslipt is.’

Ze zweeg en nipte van haar Campari.

‘*Jesus Christ*, Margriet, *you don’t believe this, do you?* Hij was op die receptie, *darling, remember*?’

Op het Lange Voorhout druilde de motregen in de melkwitte halo’s van de straatlantaarns.

‘*Darling, listen, this is what they call a fool’s job!*’

‘God, Frank, ik weet het niet!’ Geïrriteerd zette ze haar glas neer en ze stak een sigaret op. ‘Hoe weet hij dan van Jim? En van toen? Waarom zou iemand al die moeite nemen?’

‘*All catholics are crazy, darling. That’s why they’re catholic!*’ Hij schudde zijn hoofd en dronk zijn glas leeg. ‘Misschien is het iemand die een oude krant las. *They mentioned his name in the papers, didn’t they? Same weirdo, you know.* Misschien heeft hij je naam opgezocht in de telefoongids. Je noemt je toch nog steeds Bradey…?’ Hij kneep zijn ogen samen. ‘Ben je de afgelopen tijd gebeld door iemand die meteen weer ophing?’

Ze staarde naar een oudere man achter hem die een krant zat te lezen. Een paar dagen geleden had er inderdaad iemand gebeld die zei verkeerd verbonden te zijn. Ze had nog schoolmeesterachtig gezegd dat hij het verkeerde nummer had gedraaid, maar toen was er al opgehangen. Kon het, wat Frank zei? Een of andere idioot die een practical joke uit had willen halen? Iemand die al die moeite had genomen voor een rotgrap? Het klonk even belachelijk als de tekst in het briefje.

Geruststellend legde hij zijn hand op de hare. '*Listen, darling.* Ik snap dat je in de war bent...' Hij wees met zijn hoofd naar het briefje. 'Morgenochtend bel ik die kliniek, *all right*? Als de politie Jim daar toen naartoe heeft gebracht, moet iemand daar, hoe zeg je dat, *notes* hebben gemaakt, *don't you think*? Ik bedoel, hier staat iets over een ambulance... *Someone had to sign for...*' Tot haar verrassing keek hij plotseling stralend over haar schouder en kwam overeind. 'Mylene! *You look like Cindy Crawford's beautiful twinsister!*'

Nog voor ze zich omdraaide rook ze de geur van een duur, zwaar parfum. Achter haar stond Franks Française. Een korte nertsjas op een kort leren rokje, lange benen in glanzend zwarte nylons, de regen als pareltjes op blond, opgestoken haar. Terwijl de vrouw Frank haar wang toestak, nam ze Margriet bijna spottend op, alsof ze wilde zeggen geen enkele concurrentie van haar te vrezen. Heel even dwaalden haar ogen nieuwsgierig naar het briefje voor ze verveeld om zich heen keek.

'We moeten opschieten, Frank!' Haar Franse accent was minstens even zwaar als Franks Amerikaanse.

'*I know, chérie.*' Hij boog zich naar Margriet en kuste haar vaderlijk op haar haar. '*Don't worry, darling. I'll phone you tomorrow.*'

Ze knikte. 'Dank je wel.'

Terwijl hij afrekende, wachtte de Française bij de deur zonder Margriet verder nog een blik waardig te keuren, maar toen ze voor de ramen langs liepen, was het duidelijk dat de vrouw naar haar vroeg.

Ze stak een sigaret op, bestelde nog een Campari en staarde naar het plein. Ze dacht aan de warme zomeravond dat Jimmy haar naar Saurs restaurant had meegenomen, daarna dolverliefd met haar in de nacht langs de doodstille Lange Vijverberg had gelopen en haar, aangeschoten en lacherig tegenstribbelend, in een schuit van de gemeentereiniging achter het Mauritshuis had getild. Toen was hij naar het eilandje in de Hofvijver geroeid, waar ze voor de eerste keer met elkaar hadden gevrijd, op zijn overjas, tussen de struiken, met ver weg het geluid van de laatste tram. In het schijnsel van de lampen aan het Binnenhof had ze de schuit weg zien drijven. En hij was vloekend in het water gegleden om hem terug te halen. Ze glimlachte toen ze zich probeerde voor te stellen wat Marius zou hebben gedaan. Marius zou sowieso nooit naar het eilandje zijn geroeid! Ze keek op haar horloge en kwam overeind.

Geen seconde was ze zich ervan bewust dat de oudere man die een tafeltje verder de krant had zitten lezen, haar naar buiten volgde en rustig afwachtte tot ze wegfietste alvorens naar zijn auto te lopen.

4

Waar hij zich ook in vergist had, was het klimaat. In Nederland had Van Leeuwen de winters vervloekt, het lange seizoen waarin alles leek afgestorven en het donker als in een graf overheerste. Het was een aantrekkelijk vooruitzicht geweest om in het najaar met zevenentwintig graden buiten te zitten in het besef dat ze in het vaderland de cv aan hadden, te zwemmen als ze daar vloekend en slippend in het pikkedonker naar hun werk gingen en in je blote donder door je huis te lopen als ze in Holland tochtstrips aanbrachten. Hij had zich, nog geen halfjaar geleden, maar voor zijn gevoel jaren en jaren, niet kunnen voorstellen dat hij ooit zou smachten naar de wisseling van de seizoenen, naar Hollandse regen in plaats van tropische plensbuien, waardoor je tot op het bot verkleumde. Zevenentwintig graden mocht leuk klinken als je vanuit je flat in Utrecht-West uitzicht had op de verregende, desolate snelwegen, maar aangenaam was het allerminst. Nu, in de zogenaamde Grote Droge Tijd, was de warmte zo afmattend dat je maar één ding wilde, naar huis, waar dan bleek dat er geen water was of dat je airco het weer eens had begeven. In een houten huis koelde het vanwege de hoge luchtvochtigheid bovendien zo snel af dat je prompt verkouden werd, en in een stenen huis, zoals Van Leeuwen had gehuurd, hielden de muren de hitte vast als in een oven, zodat je nog tot diep in de nacht lag te zweten.

Ondanks de airco en ondanks dat hij onder zijn doktersjas alleen een chirurgenbroek droeg, transpireerde hij hevig onder de sterke lamp boven de microscoop. Het apparaat was een ouderwetse joekel, zoals vrijwel het gehele instrumentarium in het hospitaal gedateerd was, maar het was nog prima geschikt voor het onderzoek dat Van Leeuwen wilde doen. Het bloedmonster tussen de glazen plaatjes was afkomstig van de jongen die de vorige dag bewusteloos door de twee militairen was binnengebracht. Het was de afgelopen nacht door Van Leeuwens oudere collega Joseph Kenton afgenomen. Kenton was een creool die begin jaren zestig in Amsterdam had gestudeerd en zich er nog steeds op voorstond dat hij als enige Surinamer actief was geweest in de toenmalige provobeweging. In dierbare herinnering daaraan verplaatste hij zich nu nog op een witgeschilderde fiets door Paramaribo. Hij zag er niet alleen uit als Louis Armstrong, hij had ook diens rauwe stemgeluid, zodat het voor de hand lag dat zijn bijnaam 'Satchmo' was. Kenton had Van Leeuwen verteld dat Percy Goedschalk de neef was van een territoriaal commandant, majoor Stanley Goedschalk, die op zijn beurt weer de neef was van Dr. Henck Graanoogst, een belangrijk adviseur van de president en vriend van Bouterse.

'Zo werkt dat hier, Jaap, Al die maten van Bouterse toen hebben carrière gemaakt. Zo houdt hij ze aan een touwtje. Ons fameuze patronagesysteem.'

Van Leeuwen had nooit van die majoor Goedschalk gehoord, maar dat 'toen' begreep hij zonder verdere toelichting, dat sloeg natuurlijk op de moorden die Bouterse en de zijnen in december 1982 hadden gepleegd om aan de macht te komen. Het was typerend dat Kenton het daarover had. Van Leeuwen, die overigens net als de meesten van zijn beroepsgroep absoluut niet in politiek was geïnteresseerd, had in Suriname nooit iemand anders over die moorden of over Bouterses staatsgrepen gehoord. Als de voormalige bevelhebber ter sprake kwam, en dat gebeurde tamelijk vaak, was dat in positieve en bewonderende zin: de man die het gemaakt had. Het 'hoe' scheen niemand hier een bal te interesseren. Maar Kenton wel.

Van Leeuwen mocht hem graag, al was het maar omdat hij net zo genadeloos kon schelden op zijn moederland als Van Leeuwen op het zijne.

'Satchmo' was een van de weinige Surinamers die uit idealisme waren teruggekeerd nadat het land in 1975 onafhankelijk was geworden, al betwijfelde hij de zin daarvan. 'Want wie verdomme wilde hier zo nodig *independent* zijn? Toch niemand behalve die *motjo-pa* van Bruma en Arron? Het was gewoon een kwestie bij jullie van schuldgevoel afkopen, man. Zo'n Joop den Uyl die in zijn broek scheet voor een nieuw Indonesië, maar daar was geen sprake van! Suriname is een Nederlandse uitvinding, dat was het in de zeventiende eeuw, dat was het in 1975 en eigenlijk is het dat nog.'

'Waarom ben je dan teruggekomen?'

'Het is mijn land toch!'

Van Leeuwen wist dat de echte reden Kentons vrouw Louisa was, die in Nederland jaren had zitten verpieteren in een doorzonwoning in Lelystad, waar hij in het Zuiderzeeziekenhuis had gewerkt. Louisa had terug gewild naar haar familie, zoals eigenlijk elke Surinamer in *bakra*-land. Alleen waren zij gegaan, drie jaar geleden, toen het ernaar uitzag dat de democratie het zou gaan redden onder Ronald Venetiaan. Die droom was inmiddels verstoord, maar toch: Liever Suriname dan heimwee. De enkele keren dat hij bij de Kentons thuis was geweest, in hun fraaie huis aan de Anton Dragtenweg, had hij geamuseerd de discussies tussen Joseph en Louisa aangehoord over de jonge republiek, Joseph kankerend op alles wat niet deugde, Louisa met een onwrikbaar geloof en vertrouwen in de toekomst.

'En *yu*, Jaap?'

Dan schipperde hij wat tussen hun beider standpunt in; natuurlijk moest je een jonge democratie kansen en tijd gunnen, natuurlijk waren er kinderziekten net zo goed als, om maar in vaktermen te blijven, postnatale depressies, maar aan de andere kant, wie was de dokter en welke medicijnen waren afdoende?

Kenton had de oom van de jongen, Stanley Goedschalk, een aardige vent genoemd, al was hij dan militair commandant van het district Marowijne – wat je natuurlijk niet werd als je niet goed bij Bouterse lag. Zonder Bouterse kon je, zoals ze hier spottend zeiden, zelfs geen liter benzine krijgen! Maar Goedschalk was een rassoldaat, zonder enige politieke aspiratie, en hij had zijn positie min of meer te danken aan zijn neef, de invloedrijke Henck Graanoogst die het kabinet van president Wijdenbosch, een van Bouterses marionetten, leidde. Vandaar de twee militairen die de jongen hadden binnengebracht, had Van Leeuwen gedacht. Familierelaties, daar scheen dit hele landje op te draaien.

Kenton was er volgens zijn notitie niet aan toegekomen Percy Goedschalk zelf te onderzoeken, maar hij had er inderhaast onder gekrabbeld dat de zweren bij de mond van de jongen en de bittere adem verontrustend genoeg hadden geleken om hem nog in de nacht op de isoleerafdeling te laten opnemen. Zwetend stelde Van Leeuwen de lenzen bij en focuste moeizaam op het bloedmonster. Achter zijn slapen zinderde een vage hoofdpijn, gevolg van een korte nacht.

Pien was inderdaad kapot geweest van de driedaagse trip met de Nederlandse parlementariërs. Met een vliegtuigje naar het Nassaugebergte, de bekende tocht naar het Brokopondostuwmeer, vandaar per korjaal over de Gran Rio naar Djoemoe voor een ontmoeting met het grootopperhoofd van de Saramaccaners, dan weer met een vliegtuigje naar het oosten, naar Apoera vlak bij de grens met Guyana. Dat laatste om het bezoek op kosten van de belastingbetaler te legitimeren. Apoera was na de onafhankelijkheid opgeblazen tot statusproject, betaald door de Nederlandse minister Pronk van Ontwikkelingssamenwerking, hoewel niemand in Nederland, hij ook niet, erin had geloofd. Terecht, wist Van Leeuwen, want alle plannen voor een spoorweg, hernieuwde bauxietontginning en het uitbaggeren van de Corantijnrivier waren in het water gevallen, en de miljoenen van Pronks begroting waren verdwenen naar nooit te traceren bankrekeningen. Tachtig kilometer verroeste rails liepen nu dood in het oerwoud, de kades aan de rivier lagen er verlaten bij als een verwaarloosd kerkhof en de airstrip werd alleen gebruikt voor *bakra*-toeristen en het jaarlijkse bezoek van Kamerleden uit Holland die er uit koloniaal schuldgevoel nooit de klok over zouden luiden in de vergaderzaal naast het Binnenhof. Als ze het al niet wegspoelden met de rum die de indianen uit het aangrenzende Washabo op last van de ambassadeur als welkomstdrankje moesten schenken. Rum met een ongehoord hoog alcoholpercentage, wist Van Leeuwen uit ervaring. Van de zeven parlementariërs waren er vier, een vrouw en drie mannen, direct na de maaltijd (steevast geroosterde *pingo*, bosvarken) al zo zat als een aap geweest, de man van het CDA was zelfs gekleed in het bekrooste zwembad gesprongen. Maar een van de anderen, een fanatieke jonge vrouw van GroenLinks, had bij afwezigheid van de tijdelijk zaakgelastigde Pien tot in de vroege ochtend lastiggevallen met vragen over de indiaanse cultuur, de democratisering van het land, de ontwikkelingen in onderwijs en gezondheidszorg, en vooral over de emancipatie van de Surinaamse vrouw. Van Leeuwen grinnikte hardop. Emancipatie van de vrouw, wat moest je daarmee in een land waar het gemiddeld maandinkomen net toereikend was voor een week huishoudgeld? En de volgende maand al niet eens meer. Wat zou zo'n parlementair vrouwtje per jaar verdienen? Anderhalve ton? Twee?

'En weet je wat het ergste was?'

'Nou?'

'Ze is ook nog geheelonthoudster. Of we ananassap hadden. Dat had ze ergens gehoord, dat we hier ananassap hebben!'

'Jezus. Wat zul jij geleden hebben.'

Pien was als een blok in slaap gevallen.

Hij was tegen haar warme lichaam aan gekropen, maar had de slaap niet kunnen vatten door de geluiden van de waterpomp, het piepen en ritselen van de hagedissen die elkaar ergens in het duister bevochten en het krijsen van de apen in de Palmentuin niet ver van Piens huis achter de Residentie. Al die uren had hij nagedacht over het contract dat hem hier bond en hoe ervanaf te komen. En vooral over wat dan te gaan doen. Wat dan? Huisarts in Oud-Beijerland, arts nummer zoveel in een of ander provinciaal ziekenhuis?

In de ochtend had ze hem wakker gekust en zuchtend gezegd dat ze naar de ambassade vertrok om het gezelschap te begeleiden naar een expositie van Surinaamse kunstenaars, waarna een bezoek aan de universiteit op het programma stond.

Pien, die haar baan net zo haatte als hij de zijne. Jacqueline Roell, dochter uit een adellijke Haagse familie, haar vader jonkheer en oud-griffier van de Eerste Kamer. Kunsthistorica die zich had laten omscholen op Buitenlandse Zaken en inmiddels gemerkt had dat het diplomatieke wereldje nog kleiner en benauwder was dan het museale.

Hij tuurde door het oculair en staarde naar de duizenden rode en witte bloedlichaampjes, geloofde even zijn ogen niet en begreep toen in een flits waarom de antibiotica die hij de zwarte jongen had toegediend geen enkel effect hadden gehad. Althans, hij begreep waarom de diverse virussen in dat magere nog onvolgroeide lijf zich niet lieten bestrijden, en tegelijkertijd herinnerde hij zich een college van een paar jaar geleden: bacteriën die voor een gezond mens volstrekt ongevaarlijk zijn, kunnen bij een patiënt zonder witte bloedcellen dodelijk verlopende infecties veroorzaken. Ondanks zijn verbijstering was hij gefascineerd door het beeld dat op hem overkwam als een klein universum waarin pijlsnel sterren verkleurden, afstierven en verdwenen. Als versteend noteerde hij zijn bevindingen, de wijze waarop de lichte sterretjes krompen en verdwenen, de snelheid waarmee dat gebeurde, zijn hand als een natte spons op de blocnote.

Wat was dit? Aids? Die andere, ebola? Daar leek het in de verste verte niet op. Wat had die knul in godsnaam onder de leden?

5

In de trein had Hansen begrepen dat hij mogelijk een anonieme nominatie had verspeeld. Volgens *De Telegraaf* van de man tegenover hem zouden die dag 29 op de 10.000 Nederlanders met griep in bed blijven. Bij dertig was er sprake van een epidemie. Hansen kon zich niet herinneren daar ooit eerder het slachtoffer van te zijn geweest. Hij soesde weg op het ritme van de trein, een hoofd vol watten, zijn gedachten bij zwarte kindertjes bedekt met zweren, in een landschap dat net zo heet was als zijn voorhoofd.

Nog geen uur tevoren had hij overwogen zich ziek te melden. Gedeeltelijk was het plichtsgetrouwheid die hem daarvan had weerhouden, maar veel meer nog het naargeestige vooruitzicht op een dag alleen in het appartement met uitzicht op eindeloze rijen verregende kassen. Dus had hij zichzelf ertoe gedwongen op te staan en in elk geval thee te drinken. Kokhalzend had hij twee Antigrippines ingenomen, die op het station al waren uitgewerkt zodat hij duizelig met zijn tas in de trein was gestapt.

Hoewel hij volgens een vast ritme steeds een andere coupé nam – op maandag de eerste, op dinsdag de tweede, enzovoort, met nu en dan een variant door eersteklas te reizen, soms ook een trein eerder of later – zou hij met gemak het signalement van vrijwel al zijn medepassagiers kunnen geven. Een van de eerste dingen waarop een operationeel ambtenaar van een veiligheidsdienst leert te letten, zijn de mensen om hem heen. Hansen was bovendien in de jaren tachtig rechercheur geweest met de taak zich onder demonstranten en krakers te mengen en nadien over hen te rapporteren. (Een van de – vele – klachten van zijn ex-vrouw was geweest dat hij de emoties had van een dossierkast. Dat was niet helemaal waar, hij had ze alleen veel beter onder controle dan de meeste anderen.)

Hij wist dat de man met *De Telegraaf* tegenover hem een drogisterij bezat in het winkelcentrum achter het BVD-kantoor en dat de kalende man naast hem op een ingenieursbureau in Leidschendam werkte. Schuin achter hem zat, zoals elke ochtend Roelof Gerbrands, een vermoeid ogende dertiger die op de juridische afdeling van de dienst werkte. Natuurlijk hadden Hansen en hij elkaar op het perron begroet, en passant, net zoals ze de drogist en de ingenieur en al die andere forensen begroetten die dagelijks zo'n tien minuten de grauwe intimiteit van een treincoupé met elkaar moesten delen. Wanneer het ter sprake kwam, was Gerbrands advocaat en was Hansen werkzaam op de afdeling beleggingen van een bank. In zijn aktetas zaten, net als in die van Gerbrands, stukken die dat bevestigden. Beiden liepen steevast, zoals ook deze winderige oktoberdag, tussen de anderen mee naar de uitgang van het station Leidschendam, vanwaar het, met een kleine omweg langs de bank, slechts enkele minuten lopen was naar het fantasieloze gebouw van de Binnenlandse Veiligheidsdienst.

Ofschoon hij ze dagelijks en zonder nadenken minutieus uitvoerde, vond Hansen de voorzorgen hopeloos ouderwets. Ze stamden uit de dagen dat de dienst zich nog bespied waande – door journalisten, door Russische en Chinese agenten, door wraakzuchtige gedupeerden, door actievoerders. Nu klonk dat onzinnig en paranoïde, maar toen was de gedachtegang erachter niet onlogisch geweest.

Zelf had Hansen de Koude Oorlog nauwelijks bewust meegemaakt. Een oorlog-achter-de-schermen ontgaat zelfs de meeste volwassenen, laat staan een kind. Wel herinnerde hij zich de ontzetting van zijn vader toen de radionieuwsdienst op een warme zomerochtend in 1968 had gemeld dat Russische troepen Praag waren binnengevallen, maar hij had dat toen, tien jaar jong, niet begrepen. Vele jaren later, als rechercheur bij de Politie Inlichtingendienst, had hij brochures en boekjes moeten lezen waarin het Rode Gevaar werd beschreven, toen al verwaterd tot een vage ideologie voor linkse studenten, antimilitaristen en terroristische jongeren. En net als voor veel van zijn generatiegenoten was het communisme voor hem pas reëel geworden toen het al stierf, bij de verbrokkeling van het Sovjetrijk en de val van de Berlijnse Muur.

Dat was eind 1989. Het jaar erop had Hansen gesolliciteerd bij de BVD, nog in een van de twee oude gebouwen aan de Kennedylaan in Den Haag. Het was een logische stap geweest voor een man die jarenlang opsporingswerk had verricht en de dertig was gepasseerd. Dat vond hij toen zelf, en zo had de dienst dat ook gehonoreerd. Hansen had sindsdien nooit getwijfeld aan de zin van het werk, ook niet toen na de val van de Muur de taken van de BVD werden herzien, de organisatie drastisch veranderde, de oude stek in Den Haag werd verruild voor het monstrueuze kantoorgebouw dat hij nu betrad, en de grote animator van al die veranderingen, Docters van Leeuwen, gedesillusioneerd opstapte. Ook niet toen het nieuwe hoofd een praalzuchtige nietsnut was gebleken en zelfs niet toen Hansens vrouw Marina hem verliet, met hun zoontje, na vier jaar huwelijk waarin ze hem meer niet dan wel had gezien, zonder dat hij daar een plausibele verklaring voor had kunnen geven.

Terwijl hij zich in het trappenhuis realiseerde dat hij zelfs de koffie in de kantine niet kon ruiken, vroeg hij zich weer af of hij zou zijn opgestaan als De Niet hem niet de vorige dag over Neervoort had geïnformeerd.

'Hij heeft verdomme op zijn sterfbed over Bradey zitten lullen!'

Hansens feitelijk geheugen was bijna even goed als zijn visuele. Bradey was een Amerikaan geweest. Een vent die sprekend op John Travolta leek, al was zijn gezicht toen Hansen het zag afgrijselijk verminkt en verbrand. 4 oktober 1992. Die datum was niet moeilijk te onthouden, de dag van de ramp in de Bijlmermeer. Bradey was een van zijn eerste operationele klussen geweest. Met Neervoort. Samen hadden ze de opdracht gekregen het lijk van de Amerikaan uit een verpleegtehuis in Hoofddorp te halen en naar een kliniek in Wassenaar te brengen. De reden was niet meegedeeld, zoals zo vaak bij dat soort klussen, die je meestal net zo snel vergat als je ze uitvoerde. Maar die avond zelf was om nooit te vergeten. Zowel op de heen- als de terugweg had de nachthemel boven Amsterdam in brand had gestaan, een loeiende oranje gloed in het zuidoosten van de stad, flitsen als bij een blikseminslag, een kakofonie aan stemmen en geluiden op de radio in de ambulance. Massa's mensen stonden beangst en opgewonden naast hun auto's op de vluchtstroken te kijken alsof de jongste dag was aangebroken. En natuurlijk hadden ze in de verkeerde veronderstelling de ambulance nagekeken. Een Boeing van El Al neergestort op de Bijlmer. Het deed Neervoort, die de oorlog nog had meegemaakt, denken aan de geallieerde bombardementen op het Bezuidenhout. Hij had verteld over zijn moeder, wier eerste zorg niet haar kinderen maar het antieke servies had gegolden.

Neervoort was enkele dagen geleden aan prostaatkanker overleden. Waarom had hij op zijn sterfbed over de Amerikaan gepraat? IJlen onder invloed van morfine? En hoe wist De Niet dat dan? Neervoort was al ruim een jaar met ziekteverlof.

Hansen stapte de lift uit en liep over donkergrijs tapijt een gang in. Het zweet stond hem op de rug, elke voetstap bonkte achter zijn ogen. Op de deur die hij na een klopje opende, was een aluminiumbordje met VERGADERKAMER 12 bevestigd. Het vertrek werd net als de gang door tl-buizen verlicht, de ramen waren afgeschermd door brede lamellen. Er stond geen ander meubilair dan een trapeziumvormige metalen tafel met stoelen. Op de tafel lag een dunne lichtgrijze dossiermap. Er zaten vier mensen: drie mannen en een vrouw. Douma, De Niet en Santen zag Hansen wekelijks, Maria van Lennep eens per maand. Ze was een kleine, tengere vrouw van onbestemde leeftijd, haar huid gebruind en gelooid, haar witte haar kort en opgeschoren als een jongenskop.

'Morgen, Lucas,' zei ze. 'Koffie?'

Hansen maakte een grimas. 'Dank je.'

'Ziek?'

'Een beetje.'

'Je ziet eruit alsof je een nacht hebt doorgehaald,' zei De Niet wantrouwig.

Hansen glimlachte mismoedig en nam plaats tegenover Santen, die hem even uitdrukkingsloos opnam en vervolgens geeuwend in zijn ogen wreef. Douma krabbelde iets in zijn agenda.

Hansen zag dat de lichtgrijze map het codenummer K-23 droeg. Het zei hem niets, behalve dat het dossier afkomstig moest zijn van de eigen sectie O. Linksboven stond het stempel *highly confidential*, zoals op alle operationele dossiers.

De platte telefoon midden op tafel rinkelde en Maria nam op. Ze volstond met korte bevestigingen, en toen ze ophing zei ze niet waarom er was gebeld. Ze pakte haar hoornen bril en zette hem met de ene hand op haar neus terwijl ze met de andere hand het dossier naar zich toe trok. Het verhaal ging dat ze ergens in de jaren vijftig was begonnen als secretaresse van de toenmalige directeur van het Kabinet van het Hoofd. In een gedenkboek van de dienst uit de jaren zeventig werd ze vermeld als eerste onderdirecteur van het Centrale Archief. Volgens oudgedienden was ze een onecht kind van de laatste gouverneur-generaal van Nederlands-Indië en was ze jong weduwe geworden van een van de pioniers van de dienst. Ze was al hoofd van de sectie O toen Hansen op de afdeling kwam.

'Gisteren werd Hans Neervoort op Ockenburgh begraven,' zei ze. 'We hadden een uitnodiging voor de begrafenis ontvangen. Theo van Seggelen is erheen gegaan omdat hij hem het beste heeft gekend. Hij en zijn vrouw waren bevriend met de Neervoorts.' Ze sloeg de map open. 'Na afloop praatte Theo met Anneke Neervoort en ze vertelde hem dat Hans de dagen voor zijn dood zeer neerslachtig was, wat hij natuurlijk als normaal beschouwde, maar dat hij die laatste nacht heel erg opgelucht was. Hij had gezegd dat de pastoor van het ziekenhuis hem had vergeven en dat hij zijn ziel nu bevrijd voelde van de loden last van de afgelopen jaren. Natuurlijk dacht ze in haar emoties dat hij dat algemeen bedoelde. Van Seggelen trouwens ook, tot hij in die aula een verpleegster van dat ziekenhuis sprak, een zekere Ria Troost...'

Douma keek verrast op en krabbelde weer iets in zijn agenda. Hansen wist zeker dat hij die naam opschreef. Douma verzamelde namen die met het beroep van de dragers ervan hadden te maken. Hansen had hem ooit blij gemaakt met iemand die O. bij 't Vuurtje heette en hoofd brandbestrijding ergens op de Peel was.

'Die Ria Troost bleek Neervoort de laatste maanden te hebben verpleegd en was nogal op hem gesteld geraakt. Ze vroeg Theo of hij een zekere mevrouw Margriet Bradey kende en of zij ook op de begrafenis was...' Maria keek op en richtte haar donkere ogen op Hansen. 'De vrouw van James Ellroy Bradey dus.'

Hansen knikte en trok even met zijn mond vanwege de pijnscheut achter zijn ogen.

'Theo zei natuurlijk dat hij geen mevrouw Bradey kende en vroeg wie dat was. Dat wist die Ria Troost niet, maar ze zei dat Neervoort haar een week geleden gevraagd had na te gaan of die vrouw nog op het adres Johan van Oldenbarneveltlaan 24 in Den Haag woonde. Ria Troost had dat gedaan. Ze nam aan dat Neervoort haar voor zijn eigen begrafenis wilde uitnodigen...'

'Jezus,' zei Santen zachtjes.

De Niet stak afwezig een sigaartje op en ofschoon de rook zijn kant op kringelde, kon Hansen niets ruiken. Hij moest er niet aan denken nu een sigaret op te steken.

'De avond dat hij stierf,' zei Maria, 'was zij degene die een pastoor van het ziekenhuis opriep omdat het wel duidelijk was dat het einde naderde. Neervoort en zijn vrouw waren rooms-katholiek. Die pastoor is een zekere Pieter Martens. Hij heeft geen parochie meer, maar is sinds zijn emeritaat ziekenhuispastor in het Rode Kruis. Op een gegeven moment belde hij Ria Troost in de verpleegsterskamer en vroeg haar te komen. Dit speelt de derde oktober. Ze dacht natuurlijk dat Neervoort stervende was, maar de reden was een stuk banaler. Martens wilde een enveloppe. Ze haalde die bij de administratie en toen ze ermee terugkwam, hoorde ze Neervoort toen datzelfde adres, Johan van Oldenbarneveltlaan 24, noemen.' Ze nam een slokje van haar koffie en keek weer naar Hansen. 'Theo was indertijd net als jij en Neervoort betrokken bij Bradey en logischerwijze trok hij de conclusie dat Neervoort daar iets over had verteld aan die pastoor.'

Hansen trok een strip Antigrippine tevoorschijn en drukte er een tablet uit terwijl hij zich afvroeg waarom Van Seggelen niet aanwezig was.

'Wat vertelde hij?' vroeg Douma.

Maria sloeg enkele pagina's om. 'Hij blijkt op zijn sterfbed een brief gedicteerd te hebben waarin hij zegt dat hij en een collega op 4 oktober 1992 het lijk van James Bradey uit het mortuarium van een verpleegtehuis in Hoofddorp haalden en het per ambulance naar de Ursulakliniek in Wassenaar brachten. Hij zegt dat hij pas later begrepen heeft dat Bradey daar zogenaamd bij een auto-ongeluk op de Rijksstraatweg om moest komen. Hij suggereert dat dat te maken heeft met Bradeys toenmalige werk op de Amerikaanse ambassade.'

'Jezus,' zei Santen weer.

Terwijl hij zich een bodempje koffie inschonk, bedacht Hansen dat Neervoort meer had geweten van die Bradey dan hij. Neervoort had de leiding gehad die vierde oktober. Zijn geweten ontlast voor hij stierf, dat klonk pathetisch, maar het hoorde wel bij Neervoort, een zachtaardige, bedachtzame man. Ontlast waarvan?

'Die verpleegster zei tegen Theo dat Neervoort erop had gestaan dat de pastoor die brief persoonlijk aan Margriet Bradey zou overhandigen. Ze woont alleen en geeft Klassieke Talen aan het Sorghvlietgymnasium...'

Hansen begreep het. Een alleenstaande, werkende vrouw aan de Johan van Oldenbarneveltlaan. Oude herenhuizen waar je met gemak binnenkwam. Een mannetje van de PID die zogenaamd iets verdachts had gezien en poolshoogte had genomen. Bijvoorbeeld. De brief gevonden en overgeschreven. Hij slikte het tablet door met de koffie. Bradey was werkzaam geweest bij de Amerikaanse ambassade, dat had hij toen wel geweten, en hij herinnerde zich dat hij zich indertijd had afgevraagd of de Amerikaan voor de CIA had gewerkt, zoals zoveel mensen op de ambassade en het consulaat.

'Wat heeft ze gedaan nadat ze die brief kreeg?' vroeg Douma.

'We weten dit pas sinds Neervoorts begrafenis. Het lijkt erop dat ze niet goed heeft geweten wat ze ermee aanmoest. Voor zover we hebben kunnen nagaan, heeft ze er niet met haar vriend, een advocaat hier in de stad, over gesproken. Ze heeft er evenmin iets over gezegd tegen haar schoonzusje, met wie ze tamelijk *close* is.' Maria bladerde door het dossier.

Vanaf zijn plaats zag Hansen een op een vel geniete portretfoto van een donkerharige vrouw van achter in de dertig. Een smal aardig gezicht met lachende ogen, een kleine neus, een hoog rimpelloos voorhoofd.

'Gistermiddag belde ze echter een ex-collega van haar man op de ambassade, Frank Belusian, eerste secretaris daar.'

'Belusian,' zei Douma. 'Die CIA-man?'

'Ja,' zei Santen, de ogen gesloten. 'Hier gekomen tijdens het gezeik met de kruisraketten. Oorspronkelijk NAVO. Een vrouwengek, maar wel clever.'

Hansen glimlachte om de tegenstelling.

'Bradey en hij waren bevriend,' zei Maria, 'maar het contact met zijn weduwe verwaterde.' Ze glimlachte even wrang alsof ze zich iets herinnerde. 'Margriet Bradey maakte vervolgens een afspraak met Belusian in De Posthoorn aan het Lange Voorhout. Ze liet hem daar volgens Zaat, die haar schaduwde, de brief van Neervoort lezen. Niet erg, natuurlijk.'

Nee, dacht Hansen. Niet als Belusian een CIA-man was. Waar ging dit dan om?

Santen trok een oog open. De Niet tuurde peinzend de rook van zijn sigaartje na. Hansen vroeg zich af of ze toestemming hadden gevraagd voor het afluisteren van de telefoon in de Van Oldenbarneveltlaan. En als dat zo was, wat de opgegeven reden dan was. Een lerares Klassieke Talen. 'In het belang van de staat' vermoedelijk. Dat was het meestal. Wat was het belang van Bradeys dood geweest? De Niets aanwezigheid begreep hij. De Niet had Neervoort en hem indertijd de opdracht gegeven. Die eerste secretaris Belusian was CIA, Santen onderhield de contacten met de CIA, dat was dus ook logisch. Maar Douma? Douma's portefeuille omvatte voor zover hij wist joodse en zionistische groeperingen in het land.

'Belusian bagatelliseerde het en suggereerde een slechte grap of een gek, maar hij zei haar desondanks toe contact op te nemen met de voormalige Ursulakliniek. Natuurlijk heeft men daar slechts de relevante gegevens over Bradey.'

Natuurlijk, dacht Hansen, dus wat dan? Wat was de reden dat ze hier zaten? Bradey. CIA. Wat dan nog? Neervoorts brief was belangrijk genoeg geweest om Zaat een schaduwopdracht te geven. Zaat, een van de oudgedienden met wie eigenlijk niemand raad wist. Een grijze man die Hansen inderdaad zo tussen het stoffige publiek van De Posthoorn zag zitten. Wat was de reden dat ze vijf jaar geleden met Bradeys lijk naar die kliniek waren gereden? Een loden, verzegelde kist, een dikke glasplaat waarachter een half verbrand en geschonden gezicht schemerde. CIA? Wat dan? Het irriteerde hem dat zijn gedachten leken te smoren in de watten achter zijn voorhoofd en voorzichtig masseerde hij zijn slapen met zijn vingertoppen.

'Belusian belde Margriet Bradey terug om te zeggen dat het politierapport van toen juist was en dat haar man volgens zijn informatie uit zijn brandende auto direct naar die kliniek was gebracht. Hij zei opnieuw dat iemand waarschijnlijk een grap met haar uit wilde halen. Ze zei dat ze zich dat niet meer kon voorstellen...'

Hansen stopte de massage. 'Waarom niet?'

Maria schonk zichzelf koffie in. 'Bradey had die vierde oktober tegen haar gezegd dat hij moest overwerken en daarna naar een receptie in Wassenaar zou gaan. Hij belde haar later dat het daar wat zou uitlopen omdat hij een oude kennis uit de Verenigde Staten had ontmoet, een man die bij hem op de universiteit had gezeten. Dat was een smoesje, maar hij maakte het te mooi. Hij noemde, waarschijnlijk om overtuigend te klinken, namelijk ook de naam van die kennis...'

'Die er niet was,' zei Douma.

'Die toen dood en begraven was,' zei Maria. Ze keek even in het dossier. 'Een zekere Isaac Edelstein, die in de zomer van 1984, acht jaar voor Bradey hem dus als dekmantel gebruikte, stierf aan leukemie.'

'Jezus,' zei Santen.

'En Margriet Bradey herinnerde zich die naam,' zei Hansen. De druk was van zijn slapen verdwenen en hij voelde zich plotseling een stuk beter, hoewel hij wist dat dat niet door de aspirine werd veroorzaakt. Edelstein.

'Ja. Op de een of andere manier kwam ze achter Edelsteins ouderlijk adres en ze kreeg zijn moeder aan de lijn.'

Het was even stil. Ergens op de gang achter de deur floot iemand het 'Wilhelmus', dat plotseling afgebroken werd door een diepe rokershoest.

Hansen besloot de vraag te stellen die hem al minutenlang door het hoofd spookte. 'Wat was er met die Bradey?'

Aan de reacties van de anderen zag hij dat hij de enige was die er niet van op de hoogte was. Het ergerde hem minder dan dat het hem bevreemdde. De roker op de gang floot weer.

'Shit,' zei Douma. 'Weet je dat niet?'

Hansen keek Maria aan en zij beantwoordde zijn blik alvorens de thermoskan te pakken.

'James Bradey,' zei ze terwijl ze koffie in haar bekertje schonk, 'zat in de El Al-Boeing die die avond op de Bijlmer stortte.'

Hansen staarde haar aan, de gedachten malend achter zijn klamme voorhoofd. De aanwezigheid van Douma werd hem nu duidelijk. Had Neervoort met al zijn verhalen over het bombardement op het Bezuidenhout het toen al geweten? Plotseling realiseerde hij zich dat hij de koffie kon ruiken.

Onwillekeurig schoof hij Maria zijn bekertje toe. De vraag naar het 'waarom' van Bradeys aanwezigheid toen in die Boeing kwam natuurlijk in hem op, maar hij stelde hem niet. Nog niet. In plaats daarvan vroeg hij: 'Waarom is Van Seggelen er niet?'

Maria glimlachte. 'Griep.' Ze schonk zijn bekertje vol en bestudeerde vervolgens haar aantekeningen. 'We gaan ervan uit dat Belusians verhaal haar overtuigde, maar er is een kleine kans dat mevrouw Bradey alsnog zal willen nagaan of haar man die avond werkelijk op die receptie was. Dat lijkt een te verwaarlozen risico. De toenmalige ambassadeur is al enkele jaren geleden naar de Verenigde Staten teruggekeerd en afgezien van Belusian heeft ze geen contacten op de ambassade. Die verpleegster Ria Troost is dit weekend naar haar ouders. Ze lijkt me ook geen risicofactor, maar desondanks… Verder bestaat de kans dat mevrouw Bradey die pastoor Martens zal willen spreken… Ze kent zijn naam niet en hij heeft vanzelfsprekend zijn biechtgeheim, maar het lijkt verstandig haar de eerstkomende weken te blijven volgen.'

De Niet knikte en doofde zijn sigaartje.

Hansen besloot de vraag te stellen.

'Is bekend waarom Bradey in dat vliegtuig zat?'

Haar bruine ogen namen hem een kort moment indringend op alvorens ze het dossier oppakte en overeind kwam.

'Nee,' zei ze, maar uit de blik die ze vervolgens met De Niet wisselde, maakte Hansen op dat ze loog.

6

De tuin van Henck Graanoogst had veel weg van een jungle, een jungle gehuld in mist. Een dichte nevel hing als het kleverige web van een reuzenspin tussen de takken van de *tjemara's* en avocado-bomen. Daarboven reikten de kolossale bladeren van de konings-palmen naar de alweer strakblauwe lucht. Op het ondergelopen erf, niet ver van de stoel waarop Stanley Goedschalk zat, dobberden afgewaaide mango's en avocado's als speelgoedbootjes in de kleigele plassen regenwater. *Sibi busi*. 'De bosbezem'. Plensregen.

Enkele malen in de Grote Droge Tijd kletterden stortbuien als watervallen uit de wolken zodat huizen, straten en groen in elkaar overvloeiden alsof iemand een beker water over een aquarel had gegooid. De wind rukte en trok aan alles wat los en vast zat: luiken, goten, telefoonpalen, de jonge bananenaanplant, auto's, elektriciteits-kabels, de vlaggen bij de Nationale Assemblée, vergeten wasgoed, het pontveer achter de Centrale Markt. Kranten, afval en meterslange palmbladeren waaiden door tuinen en straten en verdwenen achter het watergordijn dat het zicht tot enkele meters beperkte.

Weti alen. Witte regen. Die even onverwacht ophield als hij was begonnen. Als bij toverslag de zon en de warmte terug, de zoete geur van de *faja lobi*, de dampen tussen het gebladerte waarin de ara's en apen alweer krijsten. Een hond die terugblafte, een auto die rochelend startte, het gefluit van zangvogeltjes schril verstoord door de hese stem van Percy Sledge: '*When a ma-han loves a woman...*'

Percy...

Heel even dwaalden Stanley Goedschalks sombere gedachten

af naar een aangeschoten, witte Amerikaanse toeriste die hem had opgepikt in de Sunshine en erop had gestaan dat hij met haar meeging naar haar hotelkamer omdat ze het nog nooit met een *blackman* had gedaan.

'*What is to fuck in your language?*'

'Daar hebben we een heleboel woorden voor.'

'*So?*'

'*Beri*,' had hij lacherig geantwoord. '*Bonk*.'

'*Bonk? Jesus Christ! I want you to bonk me, okay?*'

Een bibliothecaresse uit Arizona, knettergek, maar hij was wel meegegaan naar het Torarica. *Why not?* Hij had genoten van de blikken bij het zwembad en aan de bar, van het gefluister in het casino toen hij met haar was binnengekomen.

De herinnering aan haar wond hem weer op maar veroorzaakte tegelijkertijd een schuldgevoel omdat hij in zijn geilheid totaal vergeten was Percy in het ziekenhuis op te zoeken, zelfs niet meer aan hem had gedacht. Al lag de jongen dan in coma, het was evengoed ontzettend lullig, dacht Goedschalk, temeer daar hij er niet eens bij was toen ze Percy hadden gevonden. Zijn adjudant had hem vanuit de kazerne in Moengo gebeld dat de huisarts er geen raad mee wist en overbrenging naar Paramaribo wenselijk achtte. Vanuit het kampement bij Poesoegroenoe had hij Henck Graanoogst gebeld, die Percy had laten halen, en zodra hij kon had hij het vliegtuigje genomen naar Paramaribo.

Over de witte muur tegenover hem rende een hagedis, zelf bijna net zo wit, het kopje flitsend heen en weer om de insecten te verschalken voor hun vleugeltjes droog zouden zijn. Onder de steunbalken van de waranda hingen tientallen vleermuizen, bewegingloos als zeemleren lappen, hun doordringende strontgeur mengde zich alweer met die van de bloemen. In de verte klonk de toeter van het veer naar Meerzorg. De plassen op het erf verdampten razendsnel in het helle zonlicht.

Graanoogst kwam uit de tuinkamer en zette zwaar ademend twee djogo-flessen Parbo op de tuintafel.

'Ik mag hangen als ik weet waar die *kkalaka* is!'

Goedschalk grinnikte. *Kkalaka*. Kakkerlak. Het was zo ongeveer het ergste scheldwoord dat de beschaafde intellectueel Graanoogst kon bedenken. De *kkalaka* in kwestie was zijn huisbediende, die ongetwijfeld ergens lag te slapen. Hij leunde achterover en dronk uit de ijsgekoelde literfles. Tussen de palmen door kon hij de contouren van de huizen aan de Van Rooseveltkade alweer onderscheiden. Bij de tuinmuur scharrelden twee kleine apen op zoek naar afgewaaide mango's. De hagedis kroop over het roerloze lijf van een leguaan die boven op de muur lag en nam ogenblikkelijk diens grijsgroene kleur aan.

Graanoogst haalde zijn sigarettenkoker uit de borstzak van zijn *bamborita*, die bedrukt was met paars-gele vogels tegen een helgroene achtergrond.

'Weten ze niet wat Percy onder de leden heeft?'

'Niet toen ik belde. Alleen dat het waarschijnlijk een besmettelijk virus is en dat ze hem daarom op de isoleer hadden gelegd.' Stanley staarde naar de hagedis die de rug van de slapende leguaan schoonlikte. 'Die Nederlandse arts heeft met Joseph Kenton gepraat en die heeft besloten om bloed op te sturen naar het Academisch Ziekenhuis in Amsterdam.'

'Amsterdam?'

Graanoogst trok zijn wenkbrauwen op en Goedschalk wist wat hij dacht. Amsterdam. Dat kon niet anders betekenen dan dat ze hier iets niet konden. Wat niet? Een besmettelijk virus. Het kon heel goed. Nog steeds heersten er ziekten die niemand kon verklaren of genezen, oerwoudziekten waar soms zelfs marrons die er hun hele leven hadden gewoond aan bezweken. Boze krachten. Goedschalk glimlachte even bij het beeld van een slechte winti uit een reageerbuisje en reikte over tafel naar de rode weekendtas op een tuinstoel.

Met een hand rommelde hij tussen jeans, T-shirts, ondergoed. Spullen van Percy die hij de vorige avond naar het hospitaal had willen brengen. Onder de tafel stond zijn eigen witte koffer, met gouden initialen.

'Weet jij wat dit is?'

Uit de tas diepte hij een plat doosje op. Het zonlicht vonkte op gevlekt metaal.

'Ik dacht eerst dat het een soort cassetterecorder was, maar dat is het niet.'

Graanoogst boog zich voorover. Aan de voorzijde van het apparaat, niet hoger dan twee centimeter, bevonden zich enkele zwarte toetsen, met witte letters erboven. Letters die hem Arabisch leken.

'Het gaat niet open. De scharnieren van het deksel zijn gesmolten.'

Graanoogst pakte het apparaatje op. Het woog nauwelijks meer dan zijn sigarettenkoker. De plastic kap was half verkoold en vertoonde dikke bobbels als gezwellen. Ernaast liep een gekartelde scheur door een geblakerd zilveren plaatje waarop tussen de vreemde lettertekens het woord RAFAEL leesbaar was.

'Hoe kom je eraan?'

'Het lag in Percy's klerenkast. Het moet van belang zijn, want hij had het bij de foto's van Lucie en de kinderen gelegd.'

Goedschalk trok een mapje uit de weekendtas. Er zaten enkele kleurenfoto's in van een jonge, mollige creoolse en van enkele kleine kinderen. Graanoogst herkende in de vrouw Stanleys overleden zuster Lucie, Percy's moeder. Geen vader. Lucie had nooit willen zeggen wie haar zwanger van Percy had gemaakt. Vandaar dat hij de familienaam van zijn moeder droeg. En van haar broer, zijn oom Stanley.

'Ik heb het nooit gezien. Waarschijnlijk heeft ze het hem cadeau gedaan, in elk geval moet hij het toen bij zich hebben gehad want het heeft in de fik gestaan.'

Graanoogst knikte en legde het apparaatje weer neer. Hij herinnerde zich de eerste keer dat hij Percy Goedschalk ontmoette nog heel goed. In het najaar van 1992. Een kleine, schuwe jongen met brandwonden op zijn gezicht en zijn handen, weggedoken in een hoekje van Stanleys huis in Moengo. Stil. Volgens Stanley werd hij ettelijke malen per nacht schreeuwend wakker. Later was hij hem nog eens tegengekomen, tijdens Brasa Dey, het Onafhankelijkheidsfeest, een snel gegroeide magere jongen die nog steeds niet veel zei. Stanley had hem op de middelbare school in Paramaribo gedaan, maar dat was misgelopen; in militaire dienst had hij niet gewild en sinds die tijd 'hosselde' hij, zoals zoveel van zijn leeftijdgenoten: verkocht sigaretten, toiletpapier, etenswaren, en reed gasbommen voor het gasbedrijf rond. Tot afgrijzen van Stanley, omdat het natuurlijk allerminst paste voor een volbloed neef van een militair commandant. De laatste tijd scheen hij voor een handelaar langs de Marowijne op zeldzame papegaaien te jagen, die op de zwarte markt wel driehonderd gulden per exemplaar opleverden. Mogelijk had hij daar dat virus opgelopen.

'Hoelang moet hij in het Lands blijven?'

'Dat hangt van z'n toestand af. In elk geval tot de uitslag binnen is uit Holland.'

Graanoogst inhaleerde en keek naar Stanleys koffer.

'Ik zal Bea straks vragen de logeer voor je klaar te laten maken. Wanneer wil je naar hem toe?'

'Zo meteen.'

De apen hadden de leguaan ontdekt. Een van de twee trok hem aan zijn staart en schudde eraan alsof het reptiel een stuk touw was. De hagedis rende de boom in maar de leguaan leek niets te merken, de kop met gesloten ogen schuin naar de zon geheven.

'Hoe was het in Poesoegroenoe?'

Goedschalk nam zijn laatste slok bier. 'Loos alarm. Er was een melding dat de Ndyuka's de Indonesiërs gedreigd hadden de zaak in brand te steken, maar daar was niets van waar. Ik heb er voor de zekerheid wat mannen achtergelaten.'

Graanoogst knikte. Er waren voortdurend geruchten dat de marrons zich verzetten tegen de kap van hout. Helemaal ongelijk kon hij hun niet geven, maar aan de andere kant betaalden de Indonesiërs er grif voor, cash in dollars. En als er tegenwoordig iets nodig was, dan was het geld.. Hijzelf had nog niet eens zo lang geleden tijdens een regeringstrip een oude *Granman* ontmoet, die hem op audiëntie had ontvangen onder een van vocht doortrokken portret van de voormalige Hollandse koningin. 'Onder koningin Juliana waren er altijd voedsel en medicijnen, meneer!'

Stanley Goedschalk, dacht Henck Graanoogst, aan de ene kant kwam diens onverwachte bezoek hem niet uit, aan de andere kant juist wel. De vraag was of ze Stanley nu al in dit stadium zouden durven inlichten. Hij was door Bouterse persoonlijk opgeleid en benoemd tot militair commandant van het Marowijnedistrict, dat schiep een band. Stanley en hijzelf waren neven van moederszijde en familiale banden waren traditiegetrouw sterker dan beroepsmatige. Hij had al eerder aan Stanley gedacht. Na Shanti's verbijsterende verhaal was hij een noodzakelijke bondgenoot geworden. Shanti had voorgesteld dat zij Stanley eerst alleen zou opzoeken in Moengo, maar waarom niet meteen van de gelegenheid gebruikgemaakt nu hij hier was? Voorzichtig natuurlijk, zoals ze dat tot nog toe bij iedereen hadden gedaan.

De apen hadden genoeg van de leguaan en sprongen achter elkaar aan door de kruinen van de bomen in de richting van de Palmentuin.

'Wil je iets anders? Bea bracht gisteren een lekkere malt mee.'

Eigenlijk had Goedschalk willen bedanken, maar hij kon de net geboden gastvrijheid niet weigeren. '*Ah boen.*' Graanoogst stond op en stak zijn voeten in zijn instappers. Zwart zijden sokken, zag Goedschalk afgunstig, zeker vierhonderd gulden per paar, vooropgesteld dat je er hier al aan zou kunnen komen. Graanoogst had ze de afgelopen zomer in Den Haag gekocht, net als de Italiaanse instappers en het Rolex-horloge dat hij droeg. Neef Henck, die regelmatig tussen Paramaribo en Den Haag pendelde in opdracht van de regering. Niemand in de familie had verbaasd gestaan toen hij ruim dertig jaar geleden een beurs had gekregen om in Nederland te gaan studeren. Hij en nog enkele uitverkorenen, onder wie Joseph Kenton van het Lands Hospitaal. Vanzelfsprekend had hij, als zoon uit een goed evangelisch gezin, aan de Vrije Universiteit van Amsterdam gestudeerd. Goedschalk herinnerde zich nog goed de eerste keer dat Henck was teruggekomen, een paar jaar later. Hij had verteld over Amsterdam en de provo's. 'Er zijn daar feessies, jongen, waar de vrouwen naakt rondlopen, helemaal beschilderd, met cirkels rond hun tieten. Witte vrouwen, man, en ze willen je allemaal, soms met zijn vieren tegelijk. Groepsseks noemen ze dat. Allemaal willen ze een zwarte man, weet je wel, gewoon omdat ze die niet kennen. Allemaal *bonkie bonkie*!'

Goedschalk grijnsde bij de gedachte aan de dronken bibliothecaresse van de afgelopen nacht. Er was wat dat betreft maar weinig veranderd, al vertelde Henck nu nooit meer dergelijke verhalen als hij terugkwam uit Nederland. Hoewel, als Chef-Kabinet kwam je daar vast en zeker in kringen waar de mooiste vrouwen zich verdrongen.

Hij nam een sigaret van Graanoogst aan en zag diens oude Hindoestaanse tuinman tussen de tamarindes aan het einde van de tuin opduiken. Ergens op de Grote Combéweg klonk een sirene. Percy Sledge had plaatsgemaakt voor een lokaal bandje dat in het Sranantongo over hetzelfde onderwerp zong.

Eén whisky, dacht Goedschalk, en dan naar Percy in het ziekenhuis. Hij moest proberen om met Joseph Kenton te praten en niet met die *bakra*-arts Van Leeuwen. Als ze iets wisten, zou Kenton het hem wel vertellen. Percy... Het ging te ver om te zeggen dat hij de jongen als zijn zoon beschouwde, maar toch, hij was het kind van zijn *sisa*. Even dwaalden zijn gedachten af naar Lucie, meteen het beeld voor ogen dat Percy jankend had geschetst. 'Ze stonden daar op de galerij, oom Stanley, Roy en Desi en mama met Eline... en toen niet meer, opeens niet meer...'

Hij had indertijd een uitnodiging ontvangen voor de rouwdienst in de Bijlmer, maar was niet gegaan. Waarom zou hij? Percy was al bij hem en van Lucie of van de andere kinderen was niets meer gevonden, net als van zoveel anderen. Drieënveertig slachtoffers hadden de Nederlanders gezegd, maar het waren er zeker driemaal zoveel geweest.

'We hebben vanavond een dinertje.'

Licht hijgend daalde Graanoogst met zijn bijna honderd kilo het trapje naar de waranda af, voor zijn kolossale buik droeg hij een zilveren dienblad waarop een fles whisky vervaarlijk naast twee glazen schommelde. Black Label, een nog niet aangebroken liter.

'Geen ijs, neem ik aan?'

'Nee, dank je,' zei Goedschalk. Verdomme, dacht hij, een dinertje! Hoe kwam hij daaronderuit? De dinertjes van Henck en Bea Graanoogst waren ongeveer even saai als een toespraak van Jules Wijdenbosch. En dat gold ook voor hun gasten, die veelal uit de culturele kliek afkomstig waren. En bovendien had de Amerikaanse gevraagd of hij die avond met haar wilde eten. In bed, dacht Goedschalk, want haar uitnodiging had ondubbelzinnig op hun seksuele escapades geslagen.

'Er was eergisteren een bijeenkomst op de residentie van De Cantecleer. Een parlementaire delegatie uit Holland.'

Goedschalk verschoof zijn stoel een stukje om niet in de zon te hoeven kijken en hield zijn glas op zodat Graanoogst in kon schenken. Politiek interesseerde hem niet, maar natuurlijk wist hij dat met de spotnaam De Cantecleer de Nederlandse zaakgelastigde werd bedoeld. Een oudere man die hier al jaren zat. Aardige kerel met een bekakt accent die regelmatig met gasten langskwam op een tripje naar de Commewijnerivier. Een jonkheer, zodat zijn medewerkers hem naar een figuur uit een Hollands stripverhaal hadden genoemd.

'Ik sprak na afloop met een jonge parlementariër. Aardige kerel! Hij nodigde Lucien Hofwijk en mij uit voor, wat hij noemde, een persoonlijk gesprek. Natuurlijk ging het ook over Desi, dat snap je.'

Stanley maakte een grimas en nam een flinke slok whisky. Natuurlijk. De laatste maanden was er een continue stroom van berichten over de lachwekkende Nederlandse pogingen om Bouterse uit te laten leveren. Was het niet om de toestanden in 1982, dan wel om zijn zogenaamde cocaïnehandel. Allebei flauwekul. Die jongens toen in Fort Zeelandia waren geen heilige boontjes geweest, zoals ze zich dat voorstelden in Holland, en niemand had Desi Bouterse ooit op drugshandel kunnen betrappen. Je vroeg je af waar die lui zich mee bemoeiden als je hoorde wat er openlijk in Amsterdam op straat werd verkocht.

'Je weet dat ze hem naar Den Haag willen halen?'

'*So what?* Bouta is toch diplomatiek onschendbaar als Adviseur van Staat?'

Graanoogst knikte glimlachend. 'Dat zei ik ook tegen die jongeman. Heel reële vent. Heet Eduard Vos.'

'O,' zei Goedschalk ongeïnteresseerd en hij keek steels op zijn horloge: het was bijna drie uur. Die ene whisky, dacht hij, en dan naar Percy. En wie weet kon hij nog bij de Amerikaanse langsgaan voor hij hier werd verwacht voor dat verdomde dinertje.

'Hij vertelde me dat er binnen zijn partij langzaamaan toch anders wordt gedacht als het om ons gaat. Een belangrijke club in het Hollandse kabinet. Ze zien wel mogelijkheden om, laat ik het zo zeggen, tot een wat normalere relatie te komen, zeker nu wij een beetje op dreef raken. Hij bleek verrassend goed op de hoogte van de jongste ontwikkelingen hier. Wat geen wonder is, bleek…'

Stanley vroeg zich af waarom Graanoogst, die anders tamelijk zwijgzaam was over zijn werk, ditmaal zo spraakzaam was.

'Volgens Shanti Radakishun is hij de *coming man* van zijn partij.'

Met een ruk keek Goedschalk op. '*Sa n'en?*'

Graanoogst kneep geamuseerd zijn ogen toe. 'Je komt te weinig in de stad, *brada*. Shanti is hier al een week. Ze logeert in het Torarica.'

Verbluft staarde Goedschalk naar de tuinman die nu bij de dubbele garage bezig was de *hangalampoe* op te binden, voor zijn geestesoog het lichtbruine lichaam van een meisje dat uitdagend voor hem uit rent over het witte zand van KoriKori en dan gillend van het lachen in de vloedlijn op hem wacht. Shanti. De dochter van Jaggernath Radakishun, Bouterses vroegere vriend en vertrouweling die door het Jungle Commando van Ronnie Brunswijk was vermoord, niet ver van Moengo. De rebellen hadden zijn hoofd ingesmeerd met stroop en hem vervolgens ingegraven in een termietenheuvel. Er was alleen een schoongevreten skelet van hem overgebleven. Hoelang geleden? Tien jaar? Elf? Shanti was naar familie in Nederland gegaan. Shanti terug?

'Waarom?'

Graanoogst riep naar de tuinman en gebaarde dat hij de planten tot boven de goot wilde. '*A no so*, Mohan!' Hij nam een teugje en stak toen een verse sigaret op. 'Kleine Shanti is groot geworden, *boy*. Ze is fractie-assistente van die partij en volgens die Vos komt ze in het parlement als hun opiniepeilingen juist blijken.'

'Zo!' zei Goedschalk, meer geïmponeerd door het feit dat ze weer terug was dan door Graanoogsts informatie over haar politieke carrière. Shanti Radakishun, Hindoestaanse, slim als de duivel, mooi als een filmster. Er was ooit een fotograaf geweest die op eigen kosten pin-upfoto's van haar had gemaakt. Dat geld had hij dubbel en dwars terugverdiend, want Shanti, in haar minieme zwarte bikini, had zowat in elke kazernekamer gehangen. Ook in de zijne.

Dus ze was de politiek in gegaan. De appel die toch niet ver van de boom was gevallen. Maar waarom had ze haar belofte verbroken om nooit, maar dan ook nooit terug te keren naar het land waar haar vader vermoord was?

'Ze komt om een uur of vijf,' zei Graanoogst. Hij glimlachte vriendelijk en keek op zijn Rolex. 'Als je ook nog zaken voor je neef moet regelen in het hospitaal, kun je maar beter haast maken, denk je niet?'

7

Dus Jimmy had gelogen!

De schok die dat besef veroorzaakte was nog heftiger dan de emoties die het antwoord van de oude vrouw aan de andere kant van de oceaan had opgewekt.

'Isaac? Who are you for God's sake? Izy died twelve years ago!'

Jimmy had gelogen, hoe hard ze het ook wilde ontkennen. Waarom in godsnaam? Voor zover ze wist had hij dat nooit gedaan. Opscheppen, de zaken aandikken, fantaseren, dat had allemaal in zijn karakter gelegen, zelfs leugentjes om bestwil (*'Just a white lie, honey, I didn't want to hurt you!'*), maar ze had hem nooit op een bewuste leugen kunnen betrappen. Waarom?

De anonieme brief had haar beziggehouden als een lastige vertaling. Het moeilijker werk van Ovidius, een pittig stuk Tacitus. Je begreep er niet veel van, dus vertaalde je maar letterlijk, losse zinsdelen die ogenschijnlijk geen verband met elkaar hadden. Een woord dat niet aansloot tot je de context begreep. Maar wat was hier de context?

Stel, had ze geredeneerd, stel het absurde geval dat de anonieme briefschrijver de waarheid zei, niet de gek was voor wie Frank Belusian hem hield, dan had Jimmy dus niet op die receptie in Wassenaar kunnen zijn. Ze had die redenering eerst belachelijk gevonden, zeker toen Frank had gebeld dat het politierapport bevestigde dat ze Jimmy rechtstreeks van de plaats van het auto-ongeluk op de Rijksstraatweg naar de kliniek hadden gebracht.

'*Really, darling*, zet het uit je hoofd! Ga anders naar de politie met die brief.'

Hoe aardig dat advies ook bedoeld was, het was onzinnig. Want wat kon de politie er in 's hemelsnaam mee aan?

Ze had overwogen Jims oude secretaresse te bellen. Zij zou ongetwijfeld nog weten of hij op die receptie was geweest. Toen realiseerde ze zich dat Deborah haar enkele jaren geleden een verhuisbericht had gestuurd. Een enveloppe met een postzegel uit een of ander Arabisch land die ze had weggegooid. Iemand anders? Afgezien van Frank en de secretaresse had ze eigenlijk nooit meer dan oppervlakkig contact gehad met personeel van de ambassade. Ze had er nooit naar getaald, zich bij de enkele gelegenheid die ze dan wel had bezocht niet op haar gemak gevoeld tussen alle vrouwen die elkaar blijkbaar wekelijks zagen op hun clubjes en tennismiddagen.

Ten slotte was ze naar de zolder gegaan om Jims oude zakagenda's te zoeken. Die had ze bewaard, met wat andere persoonlijke paperassen, al had ze sinds Marius overwogen ze alsnog weg te doen. Op 4 oktober 1992 stond niets vermeld over een receptie in Wassenaar, maar dat zei haar niet veel. De agenda's waren voor privégebruik; op de ambassade had Deborah dat soort zaken voor Jimmy bijgehouden. Toch was ze in de war geraakt toen ze zag dat hij een receptie van het Franse consulaat enkele dagen later wel had genoteerd.

Edelstein, Isaac Edelstein. Ze herinnerde zich nog als de dag van gisteren, zoals ze zich naderhand opeens alles van dat rampzalige etmaal precies herinnerde, dat Jimmy die naam had genoemd: 'Sorry, *honey*, maar ik loop hier een vent tegen het lijf met wie ik honderd jaar geleden op Cornell zat...'

Ze had nog een spottende opmerking gemaakt, zoiets van: 'Schat, als je me nou bedriegt met een ander, verzin dan tenminste een naam die aannemelijk klinkt!'

Isaac Edelstein. Een pasfoto van een wat papperig joods jongensgezicht, keppeltje achter op het al dunnende hoofdhaar geschoven. Jaargang 1975-1976 in de jaarboeken van Cornell University. Jimmy leek als twee druppels water op John Travolta in *Grease*. Een wat cynische blik naar de camera, de blik van 'Kom maar op!' die hem er arroganter deed uitzien dan hij was. 1975. Twintig jaar oud. Een jonge god, zeker vergeleken met Isaac Edelstein die toen al kalend was geweest. Afkomstig uit Boston. Meer dan twintig jaar geleden. Ze had er, nerveus, niet op durven hopen, maar de inlichtingendienst buitenland had het adres in het jaarboek bevestigd, al was het telefoonnummer gewijzigd. Pas nadat ze de schriftelijke overhoring van klas 2B had nagekeken en het halfzes was, had ze zich moed ingedronken met een glas sherry en vervolgens dat nummer gedraaid. En de hardhorende moeder aan de lijn gekregen.

Isaac Edelstein was dertien jaar geleden gestorven. In 1984. Gestorven aan leukemie. Perplex had ze ze zonder meer opgehangen, haar ogen gefixeerd op het joodse gezicht dat haar wat onnozel aanstaarde, op al die andere anonieme gezichten, maar niet meer op Jimmy.

Waarom had hij tegen haar gelogen? Had hij wel gebeld vanaf die receptie, of was dat ook niet waar geweest?

De brief...

Ineens was het tot haar doorgedrongen dat ze Frank niet had gevraagd of híj daar was geweest. Waarom ook? Het moest haast wel. Als eerste secretaris mocht je niet ontbreken op een receptie bij de eigen ambassadeur aan huis.

Met bevende handen had ze een tweede sherry ingeschonken en hem gebeld, eerst tevergeefs op de ambassade, daarna thuis.

'Frank, sorry, nog even met Margriet.'

Op de achtergrond had ze een Franse popsong gehoord, en ze had geweten dat de Française bij hem was, want Frank was, net als Jimmy, een groot liefhebber van moderne jazzmuziek.

'Stoor ik?'

'*No, no, not at all.*' Hij hijgde licht.

Dus wel. De muziek werd wat zachter gezet.

'Ik wou je nog iets vragen. Ik weet dat het bespottelijk klinkt, maar was jij die avond óók op die receptie bij Melville III?'

'Wat voor...? *Yes, off course...*' Een kort bijna geamuseerd lachje. '...Jim was er echt, Margriet. We hebben het er nog over gehad dat hij zo verstandig was geen druppel te drinken, *remember*?'

Ze herinnerde het zich weer, ook al omdat de politie dat had gezegd. Het ongeluk had niets met alcohol van doen.

'*So, darling, please...*'

'Frank, wist je dat hij daar langer bleef omdat hij een oude vriend uit de States tegenkwam?'

Het was even stil gebleven. Wat waren ze aan het doen, Frank en die Française in haar leren rokje? Waren ze aan het vrijen geweest? Jimmy! Jimmy die het juist prettig had gevonden als er dan werd opgebeld. '*It changes rhythm, honey!*'

'Nee. Waarom vraag je dat?'

Ze had verteld over Isaac Edelstein en het telefoontje dat ze met diens oude moeder had gepleegd.

'*Oh come on!* Hij moet zich vergist hebben, *don't you think?* Misschien was het iemand anders en heeft hij twee namen door elkaar gehaald. Je ziet spoken, *darling, really...!*'

Natuurlijk had Jimmy zich niet vergist. Nadat ze dat grapje over smoesjes en vreemdgaan had gemaakt, had hij nog gezegd dat Isaac Edelstein ongeveer de laatste persoon op aarde was die aan edelstenen deed denken.

'Margriet, *listen...*'

Verward had ze geluisterd naar Franks vaderlijke raadgeving zich geen muizenissen in haar hoofd te halen.

Toen ze Marius onverwacht over het tuinpad zag aankomen, was ze blij dat ze kon ophangen. Blij was ze ook, al mocht ze dat dan niet tonen, dat er problemen bleken te zijn met Thomas op de school in Amsterdam, zodat ze gedwongen werd haar gedachten te verzetten. De jongen was op het schoolplein betrapt met XTC-pillen en daar stond schorsing op. Bovendien had hij een herfstrapport met vijf onvoldoendes.

'Wat kan ik doen, verdomme?'

Het beste wat hij zou kunnen doen was Thomas naar de havo laten gaan. De jongen was net zeventien en al twee keer blijven zitten, alleen dankzij de wisseling van school nog op het vwo. Hij was er gewoon niet geschikt voor, maar Marius wilde dat niet erkennen.

'Ik ben zelf tweemaal blijven zitten op het gym.'

'Maar hij is zijn vader niet.'

'Lieverd, daar gaat het niet om. Het is geen kwestie van intelligentie, hij is intelligent genoeg. Het is een kwestie van discipline en sinds hij bij zijn moeder is, is die alleen maar minder geworden. Ik betaal verdomme drie mille per maand en het enige wat ze doet is het uitgeven aan haar uitjes en vakantietripjes!' De rancune, altijd versterkt door de paar borrels die hij de vrijdagmiddag op kantoor dronk.

In een impuls had hij besloten de jongen het weekend mee te nemen naar een huisje van vrienden bij Oosterend op Terschelling.

'Gewoon eens achtenveertig uur als mannen onder elkaar. Wat denk je?' Hoewel ze de zin daarvan had betwijfeld, had ze er niets voor gevoeld erover te discussiëren en ze had beaamd dat het wel goed zou kunnen zijn, opgelucht dat hij haar niet meevroeg.

Ze was gaan koken en na het eten hadden ze nog enkele borrels gedronken. Bij het opstaan wist ze dan ook niet goed meer hoe laat hij die nacht weg was gegaan, wel dat ze met elkaar naar bed waren geweest en dat ze daarbij steeds had moeten denken aan het papperige gezicht van de overleden Isaac Edelstein.

Waarom had ze opnieuw niets tegen Marius gezegd? Omdat hij

niet herinnerd wilde worden aan Jimmy? Of omdat ze bang was voor zijn reactie, die ongetwijfeld dezelfde zou zijn als die van Frank? Spoken... Spoken waren verschijningen die na iemands dood rond bleven dolen.

Het was zaterdag, tegen twaalven, een wolkeloze hemel. Ze fietste langs auto's die dicht opeengepakt langs het trottoir stonden – de laan waar ze woonde was nog de enige van de statige negentiende-eeuwse wijk waar men vrij kon parkeren. Gezinnen die in de aangrenzende winkelstraat de inkopen voor het weekend gingen doen. Zelf ging ze steevast tegen sluitingstijd omdat ze een hekel had aan het gedrang en het wachten.

Tijdens het ontbijt had ze geaarzeld of ze toch niet dat verpleegtehuis in Hoofddorp zou bellen en ten slotte had ze het gedaan. Een vriendelijke vrouw had tot haar opluchting heel gewoon gereageerd toen ze wat klungelig de vraag naar opname in het mortuarium had gesteld. 'Ik denk dat dat hier nog wel ergens zal zijn, mevrouw, maar het is zaterdag, dus degene die daarover gaat is er niet. Misschien kunt u maandag terugbellen en vragen naar de heer Van Dongen.'

Ze had die naam opgeschreven en daarna de telefoongids van Den Haag gepakt. Eerst gezocht bij Pastoraat, wat niet voorkwam, daarna onder Ziekenhuizen, waar tot haar verbazing geen aparte vermelding stond van zielszorg. Vervolgens had ze gebeld met de centrale van het Bronovo, het eerste het beste ziekenhuis dat haar te binnen schoot, waar een receptioniste haar de naam van de daar werkzame pastor had gegeven. Een pastoor Gevers die in de Rozenstraat woonde.

Ze had eerst Zooey uitgelaten en het pas enkele uren later aangedurfd het opgegeven telefoonnummer te bellen, bij voorbaat al gegeneerd om de vraag te stellen, en eigenlijk opgelucht toen ze de ingesprektoon kreeg te horen. Toch had ze besloten langs het adres te gaan. Was het werkelijk zo'n idiote vraag? Kent u een pastoor die al wat ouder is, een gezette man met lichtblauwe ogen die misschien hier in Den Haag in een ziekenhuis werkt?

En wat als die Gevers zo'n man niet kende? Als de briefschrijver een goed katholiek was geweest, had hij waarschijnlijk zijn eigen pastoor aan zijn sterfbed willen hebben. Als hij al niet thuis was gestorven... Hoeveel pastoors of priesters waren er in de stad? Wat als die Gevers toevallig de man was die haar de brief had gebracht?

Ze remde wat af en fietste langs het huis, een kleine tussenwoning met bloeiende planten voor de ramen. Bij de hoek stapte ze af, liep met de fiets aan de hand over de stoep terug en voelde zich bij elke stap onzekerder en belachelijker. '*Mihi res, non me rebus, subjurgere conor.*' De brieven van Horatius. 'Ik beproef de dingen aan mij te onderwerpen, en niet zelf aan de dingen onderworpen te worden.'

Op nog geen meter van de voordeur bleef ze geschrokken stilstaan. Uit het schuurtje kwam een man. Lang, een donkerblauwe jopper en jeans, een bos krullend haar boven een mager, tanig gezicht. Hij trok een ouderwetse herenfiets achter zich aan en duwde toen de deur achter zich dicht. Hij wilde al naar de straat lopen toen hij haar opmerkte.

'Kan ik u helpen?'

Ze aarzelde. 'Ik kom voor pastoor Gevers.'

Hij fronste. 'Sorry, maar ik ben al te laat.'

Ze zweeg even verbluft en zag aan zijn geamuseerde blik dat hij de reden begreep.

'Ik had u iets willen vragen.'

'Als u me bij kunt houden, kunt u wel meefietsen.' Hij liep naar de straat. 'Ik moet naar het Rode Kruisziekenhuis. Ken ik u?'

Hij wachtte galant tot ze opstapte en liet haar aan de binnenkant rijden.

'Nee. Mijn naam is Margriet Bradey. Ik zou graag...'

Hij pakte haar bij een arm. 'Pas op. We moeten hier naar rechts.'

Toen ze de hoek om waren nam ze hem even op. Een aantrekkelijke man ergens achter in de dertig, begin veertig, een man die eruitzag alsof hij een vrij beroep uitoefende, veel aan sport deed, met wie je waarschijnlijk een avond heel leuk uit kon gaan.

Hij grinnikte alsof hij haar gedachten had geraden. 'Wat verwachtte u? Een gezellige dikbuik in het zwart met een Brabantse tongval en roze koontjes van de bourgogne?' Hij knipoogde. 'Geeft niets, hoor. Ik moet me zowat elke dag legitimeren.'

'Ik dacht dat u in het Bronovo werkte.'

'Ik moet een zieke collega vervangen.' Hij nieste, lachte. 'Ik ben er zelf ook nog niet helemaal overheen.'

Ze merkte dat hij wat inhield zodat ze bij kon blijven.

'Ik zoek juist een collega van u.'

'Aha. Nou, als het dezelfde is, zou ik niet bij hem langsgaan als ik u was. Het lijkt wel of iedereen griep heeft!'

Ze lachte terug. 'Ik weet alleen hoe hij eruitziet.'

Ze beschreef de man die de brief had gebracht zo goed mogelijk.

'Lichtblauwe ogen?'

'Ja.'

Ze sloegen de Sportlaan in.

'Sorry, het zegt me niets. In welk ziekenhuis werkt hij?'

Verward schudde ze haar hoofd. 'Ik weet het niet.'

Ze voelde zich opgelaten door het onnozele antwoord en was blij dat hij er kennelijk geen aandacht aan schonk.

'Is het heel brutaal om te vragen waarom u hem zoekt?'

Daarop had ze het antwoord klaar. 'Een oude buurvrouw van me viel eergisteren op straat en werd door hem geholpen. Hij belde voor haar het Bronovoziekenhuis, dus ik nam aan dat hij daar werkte, en zo kwam ik achter uw naam. Die buurvrouw wilde hem een bedankje sturen.'

'Ach. Niets ernstigs, hoop ik?'

'Gelukkig niet.'

Hij minderde vaart bij de oprijlaan naar het hospitaal. 'Bradey, zei u?'

'Met een a. Een Ierse naam.'

'Dat dacht ik al.'

Ze stonden naast elkaar, hij zeker anderhalve kop groter dan zij. Mensen met bloemen liepen langs hen heen naar de ingang.

'Het spijt me dat ik u niet verder kan helpen, maar ik moet helaas opschieten.'

Ze knikte. 'Het doet er ook niet toe. In elk geval mijn hartelijke dank...'

'Graag gedaan. Ik hoop dat het goed gaat met uw buurvrouw.'

Toen ze wegfietste voelde ze zich opnieuw opgelaten, ditmaal vanwege de leugens. Leugens om bestwil? Jimmy die gelogen had. Waarom? Een vrouw? Dat was onzin, want ondanks al zijn verhalen en opschepperijen was hij monogaam geweest, daar was ze van overtuigd. En wat dan nog? Dat verklaarde de brief toch niet? Of was het allemaal stom toeval? Want hij was op die receptie geweest, wie hij daar dan ook had ontmoet. Frank was er zeker van, en de rapporten van de politie bevestigden dat ze hem naar de Ursulakliniek hadden gebracht.

Een aardige man, die Gevers, een vent met humor. Gek dat een knaap van zijn leeftijd die er zo uitzag pastoor was. Natuurlijk had ze een stereotiepe pastoor, zo'n Felix Timmermans-type voor ogen gehad, en het huis en de bloeiende cyclamen voor de ramen hadden dat beeld alleen maar versterkt. Hij kende de priester niet die de brief had gebracht. Dat hoefde niets te zeggen, de briefschrijver kon net zo goed thuis zijn overleden, maar toch...

Had Frank gelijk? Een gek? Een practical joker met een morbide gevoel voor humor? Maar waarom dan? Waarom?

Hansen keek haar na tot ze uit het zicht was verdwenen. Hij streek met een hand door zijn haar en haalde toen een pakje Gitanes tevoorschijn. Hoewel het grieperige gevoel nog niet helemaal over was, had hij zijn smaak en reuk weer helemaal terug. Een aardige vrouw, die Margriet Bradey, niet mooi, maar je kon je er wel iets bij voorstellen in bed. Naïef, al loog ze niet slecht, maar ongetwijfeld had ze het antwoord over die buurvrouw al van tevoren bedacht. Na haar telefoontje had ze er uiteindelijk de tijd voor genomen om naar Gevers' huis te gaan. Hij stak een sigaret op en keek naar de hal waar bezoekers in groten getale af en aan liepen. Gevers' telefoon hadden ze direct gestoord nadat ze het Bronovo had gebeld om informatie en ze zijn naam had doorgekregen. Biechtgeheim, had Douma in de bijeenkomst op de dienst gezegd, die Martens heeft toch een biechtgeheim, dus waar maken we ons druk over? Douma werd oud. Het ging er niet om dat die pastoor zou praten, waarschijnlijk zou-ie dat inderdaad niet. Het ging erom dat Margriet Bradey dan zou kunnen beredeneren in welk ziekenhuis hij was geweest op de dag dat de brief was gedateerd. Dan was het een fluitje van een cent voor haar om na te gaan dat er die nacht een stervende zijn geestelijke hulp had ingeroepen en dat dat Neervoort was geweest. Zodra er gebeld was dat ze haar huis aan de Van Oldenbarneveltlaan had verlaten, was Gevers thuis opgepikt door een rechercheur in een taxi die zei namens het Bronovo te komen, waar een patiënt met spoed om hem had gevraagd. Simpel het beroep op de zielenherder. De taxi zou weg zijn als hij, in de veronderstelling dat er een vergissing in het spel was, weer naar huis zou willen. Het Bronovo lag een aardig eindje weg. Iemand zou zijn fiets hebben gestolen, op klaarlichte dag. Hij zou zich vast en zeker voornemen voortaan de deur van het schuurtje af te sluiten, ook als hij de fiets morgenochtend tegen de gevel zou aantreffen. Simpel.

Hansen keek op zijn horloge, gooide de sigaret weg en liep het ziekenhuis binnen terwijl hij zich weer afvroeg waarom James Bradey indertijd in dat El Al-toestel had gezeten.

'Goedemiddag,' zei hij tegen een van de baliemedewerksters.

'Mijn naam is Neervoort. Jan Neervoort. Kunt u me misschien vertellen op welke afdeling ik zuster Troost kan vinden? Ria Troost? Ik zou haar graag even willen spreken over mijn broer, die hier vorige week is overleden.'

8

Het had Stanley Goedschalk niet verbaasd dat Joseph Kenton ook uitgenodigd was voor het diner, al kon hij de goedmoedige arts niet zo gauw rijmen met de andere gasten. Voor zover hij wist was Kenton geen liefhebber van 'zitjes', de praatfeestjes waarop de intellectuelen en wie daarvoor doorgingen elkaar de ogen uitstaken, maar hij was wel Graanoogsts oude studievriend uit Amsterdam en hoewel hij daarna nog lang in Nederland was gebleven, hadden ze altijd contact met elkaar gehouden, ook al huldigde Kenton politieke standpunten die mijlenver af stonden van die van de directeur van het Kabinet van de President. Goedschalk was eigenlijk eerder aangenaam verrast door Kentons onverwachte aanwezigheid, omdat hij vroeger die middag geen dienst in het ziekenhuis bleek te hebben, evenmin trouwens als de Nederlandse arts Van Leeuwen. Zijn bezoek aan Percy had dus bitter weinig zin gehad. De hoofdverpleegster van de afdeling had niets kunnen zeggen over diens toestand, zodat hij een tijdlang door het dikke glas naar de roerloze Percy had gekeken die er met alle slangen aan en in zijn lijf had uitgezien als een robot. Ten slotte had hij Percy's weekendtas aan de verpleegster gegeven en erop aangedrongen, hoe onnozel dat ook klonk gezien Percy's bewusteloosheid, de foto's van Lucie en zijn broertjes en zusje op het nachtkastje te plaatsen. Maar eenmaal buiten op de bloedhete Koninginnestraat was hij plotseling bevangen door twijfel. Wat als Percy nu bijkwam en die foto's zag? Zou hij dan niet denken zelf dood te zijn? Verdomme! dacht Stanley geïrriteerd. Even overwoog hij terug te gaan, maar hij vond het toch te stom om die verpleegster uit te moeten leggen waarom hij het verzoek weer in wilde trekken. Het was nog vóór vieren en hij had aanvankelijk via de Sommelsdijkse Kreek en de Palmentuin naar het Toraricahotel willen doorsteken, maar de gedachte aan seks met de Amerikaanse was hem onverwacht zo tegen gaan staan dat hij rechtdoor was gelopen naar de Waterkant, waar hij een tijdje met een schaafijsje naar de drukte op de rivier had gekeken. Vervolgens was hij langzaam door het oude buurtje achter de Grote Combéweg teruggewandeld naar het huis van Henck en Bea Graanoogst. Shanti, besefte hij maar al te goed, was er natuurlijk de oorzaak van dat hij absoluut geen zin meer had in die Amerikaanse slet. Sinds Graanoogst had verteld dat ze in het land was, had hij vrijwel voortdurend aan haar gedacht, nerveus opgewonden alsof hij geen volwassen vent van vijfenveertig was, maar nog steeds de half volgroeide puber die ziek van liefdesverdriet tot 's avonds laat rond haar ouderlijk huis spookte.

En toen hij, langzaam slenterend om vooral toch maar niet te vroeg te zijn, pas na vijven het oude koloniale huis bereikte, had hij last van zijn maag en moest hij zichzelf tot rust brengen door eerst nog een sigaret te roken.

Tot zijn teleurstelling was ze er nog niet omdat het bezoek van de parlementariërs aan de universiteit bleek uit te lopen. Maar in de grote serrekamer en op de waranda bevonden zich al zo'n tien mensen, onder wie Joseph Kenton. Verbaasd was Goedschalk over de aanwezigheid van David Elstak, een jeugdig ogende vijftiger die hij in geen tijden had gezien. Elstak was midden jaren tachtig zijn commandant geweest hier in Paramaribo, maar had zijn militaire loopbaan verruild voor een zakelijke carrière bij een bank op Curaçao. Zo te zien, dacht Goedschalk, boerde hij daar goed, want zijn kostuum en sieraden verraadden uitgaven die een veelvoud van zijn eigen maandsalaris bedroegen. Elstak bleek op vakantie te zijn en logeerde bij zijn broer in Meerzorg.

'Stanley! Moet jij geen koppensnellen in de bosjes, *mi brada*?'

Brada. Bloedbroeder. Dat waren ze inderdaad geweest tijdens de maandenlange raids in de binnenlanden op jacht naar de rebellen van het Jungle Commando. Daar hadden ze het een tijdje over tot Elstak werd aangesproken door Lesley Kamperveen, ook een oud-militair, die directeur was van het radiostation ABC.

Goedschalk kende niet iedereen persoonlijk, maar hun gezichten en namen kende hij wel. De meesten kwamen tamelijk frequent voor op televisie of in de societyrubrieken van *De Ware Tijd* en het *Dagblad Suriname*. Negen mannen en een vrouw uit de upper ten van de stad, mensen die bij de Onafhankelijkheid in 1975 net klaar waren geweest met hun opleiding en dus in gespreide bedjes waren beland. Kiener dan veel leeftijdgenoten die na 1980 niet binnen de Nieuwe Orde pasten en nu verarmd in de regio woonden of gefrustreerd naar Nederland waren vertrokken. Terwijl de uitgesproken tegenstanders van die Orde verdwenen of dood waren. De tien waren nu veertigers en vijftigers die een vooraanstaande positie in de economische, culturele en politieke wereldjes bekleedden. Mensen als Gerard Rusland, topambtenaar van Justitie; Herman Asmus, president-directeur van Bouwcom NV, het aannemersbedrijf dat in samenwerking met het Nederlandse Ballast Nedam de langverwachte brug over de Coppenamerivier ging bouwen; Lucien Hofwijk, die ooit korte tijd minister van Cultuur was geweest. De vrouw was Fatma Girjasing, vooraanstaand lid van de Hindoestaanse oppositiepartij VHP. Als hun gesprekken niet over politiek gingen dan wel over de laatste culturele hoogtepunten in de stad en het was dus niet vreemd dat Goedschalk zich tamelijk ontheemd voelde en blij was Kenton aan te kunnen spreken met de vraag naar Percy.

'Ik was vanmiddag bij hem op bezoek.'

'Ah ja.' Kenton lachte verontschuldigend. 'Ik had mijn vrouw beloofd te winkelen. Cadeautjes, *you see*? Wij gaan morgenochtend een maand met vakantie naar Nederland.' De lach maakte plaats voor een bezorgde frons. 'Eerlijk gezegd weten we het niet, Stanley. Zijn afweersysteem maakt geen witte bloedlichaampjes aan, zie je. Witte bloedlichaampjes spelen een grote rol bij de verdediging tegen infecties en virussen. Ik heb samen met mijn collega om een test in Amsterdam verzocht. Ik ga daar langs zodra ik kans zie en...' Kenton zweeg abrupt, zijn donkere ogen verrast op de waranda achter Goedschalk gericht. ''t Is niet waar! Shanti!'

Met een ruk draaide Goedschalk zich om. Tussen de open tuindeuren stonden drie mensen, een vrouw en twee mannen. Shanti droeg een witlinnen jurkje; in haar gitzwarte opgestoken haar had ze een helrode *faja lobi* gestoken, om haar hals hing een gouden medaillon en aan haar oren bengelden gifgroene smaragden aan lange gouden hangers. Ze merkte hem niet op hoewel ze hem rakelings passeerde toen ze op Bea Graanoogst toeliep, haar hakjes klikkend op de plavuizen. 'Bea! *Fa yu tan?*'

Goedschalk hoorde haar hoge lach en voelde zich tientallen jaren terug in de tijd geslingerd, luisterend naar diezelfde stem die hem plagerig toeriep te komen en haar te pakken, daar op het strand van KoriKori, haar hoge kirrende lach als ze voor hem uit rende met haar gladde lichtbruine lijf de golven in. Kenton zei iets tegen hem maar hij verstond het niet. Hij knikte op goed geluk en gulpte zijn whisky naar binnen, terwijl hij zijn ogen niet af kon houden van haar ranke gestalte, haar lange nek waarin enkele strengen haar krulden. Een *faja lobi*, dacht Goedschalk wazig, de bloem die de liefde symboliseert, die creoolse vrouwen bij hun huwelijk dragen.

'Nog mooier dan toen ik haar de laatste keer in Nederland sprak,' zei Kenton, en nu verstond Goedschalk hem wel, al gaf hij opnieuw geen antwoord. Iemand tikte hem op zijn schouder en toen hij geschrokken omkeek, ontmoette hij Graanoogsts geamuseerde blik.

'Zal ik je voorstellen, boy, of wil je liever zelf het initiatief nemen?'

Op dat moment had ze hem gezien, haar bruine ogen wijd open in ongeloof, dan de verbaasde lach terwijl ze aarzelend op hem toeliep.

'Stanley? Stanley Goedschalk van de Midden Kwattaweg?'

Het eten was vanwege het Hollandse bezoek Surinaams, ongewoon voor Bea, die tijdens haar verblijf in Nederland een fanate voorliefde voor de Franse keuken had ontwikkeld en haar twee Chinese dienstmeisjes tot wanhoop kon drijven met lijstjes boodschappen die nergens waren te krijgen. Nu had ze de kokkin opdracht gegeven een typisch creools diner te maken, maar dan toch zo uitgebreid dat het wel een heel kookboek leek. *Djoera gos*, gevulde *sopropo*, *stofoe pangpoeng*, *sotoe amsoi*, een schaal met gestoofde *kwiekwies*, saté en kokossausen.

'Dat u vooral niet denken mag dat we hier alleen pom of BB met R eten!'

De twee Hollanders zaten kennelijk letterlijk in hun maag met de grote porties peulen en zoete aardappelen, want ze aten steeds langzamer tot Shanti hen te hulp schoot en zei dat het niet verplicht was alles op te eten. De oudste van de twee, een kalende oudere man die hevig transpireerde in een slecht zittend gekreukeld zomerkostuum, had Goedschalk een slappe hand gegeven en zich voorgesteld als Diederik Schouten. De ander, een gebruinde dertiger met een vogelkop vol krullend haar en een jongensachtige lach, was degene over wie Henck Graanoogst die middag had gesproken, Eduard Vos.

Natuurlijk werd de grap gemaakt dat de saus was getrokken van de ingewanden van de spinnenkopaap zodat beide Hollanders nog aarzelender naar hun borden keken tot Bea hen uit de droom hielp. 'Niks hoor! Dat daar is *djoera gos*, gestoofd rundvlees, heel gewoon met pindasaus!'

Shanti had tussen hen in gezeten, aan het andere eind van de tafel, maar toen de diensters de koffie met likeur en het *fiadoe*-gebak serveerden, had ze van stoel geruild met Hardjoprajitno, de kleine Javaanse adviseur van de vroegere president Chin A Sen.

'Hè, hè... eindelijk. Al die politiek, daar wordt een mens maar moe van!'

'Het is toch je job, ja?'

Terwijl hij haar vuur gaf, rook Goedschalk de aangenaam bittere muskusgeur van een parfum. Zou ze getrouwd zijn? Een vriend? Tot dan toe hadden ze eigenlijk volstaan met herinneringen.

'Je lijkt geen dag ouder, weet je?'

Ze lachte en blies plagerig de rook naar zijn gezicht. 'Hoe oud ben ik dan, denk je?'

'Negenendertig... op 15 april word je veertig. *Ya?*'

'Goh! Dat je dat nog weet!'

Hij grinnikte en schonk haar likeur bij uit de in een zilveren houder gevatte fles. 'Zal ik dat vergeten? De partijen op Geyersvlijt? Weet je nog dat je vader bootjes had gehuurd toen je zestien werd en dat we daarmee naar Peperpot zijn gevaren?'

'Nee.'

'Hè? *Na wan dyote*'!'

Ze lachte weer, het lamplicht weerkaatste in haar ogen. 'Natuurlijk wel, jongen! Wie vergeet de eerste keer nou? Sorry...'

Elstak, aan haar andere zijde, vroeg haar iets. Goedschalk dronk en rookte en staarde langs de gasten naar de tuin waar de lantaarns het gebladerte gifgroen deden oplichten, de stemmen om hem heen als het geruis van het water in de Pauluskreek waar ze het bootje tussen het riet hadden gemeerd. Shanti naakt in het licht van het lampionnetje aan de mast. Hij zo misselijk van de zenuwen dat hij had moeten overgeven en zijn mond had gespoeld met rivierwater.

De eerste keer... Al had het niets voorgesteld en al was je nadien met vele anderen naar bed geweest, op de een of andere manier hing er rond die eerste keer een soort mystiek waas dat je inderdaad je leven lang niet vergat.

'Ik hoor dat u bevelhebbend commandant van het district Marowijne bent...'

Hij schrok op uit zijn overpeinzingen. Vos' heldere ogen namen hem vriendelijk vragend op.

'Ik begreep van uw neef Henck Graanoogst dat u bij de laatste lichting rijksgenoten hoort die in Nederland is opgeleid.'

'Ja,' zei Goedschalk. 'Eerst in Gilze en daarna in Heerlen.'

Op Vos' bruinverbrande gezicht blonk het zweet als folie in het lamplicht. Hij leek Goedschalk nauwelijks ouder dan dertig. 'Heerlen... is dat ook niet de plaats waar de heer Bouterse zijn militaire carrière begon?'

'Ja, maar wel langer geleden. Hij is bijna tien jaar ouder dan ik.'

Vos knikte en nam een slokje uit zijn longdrinkglas. 'Maar toch ook nog onder kolonel Vink?'

'Ja,' zei Goedschalk verrast. 'Dat klopt, die heeft ons beiden getraind. Kent u hem?'

'Niet persoonlijk. Ik begreep dat hij hier lang gewoond heeft.'

'Ja.'

'Ja, ja. Veel Nederlandse oud-militairen die lang overzee waren blijven graag hangen, hè? Ik heb ze vorig jaar ook op de Antillen ontmoet. En geef hun eens ongelijk!' Vos lachte enkele gouden kronen bloot. 'Hij was hier toch militair attaché voor het koninkrijk begin jaren tachtig?'

Heel even bekroop Goedschalk het gevoel dat de ander vragen stelde waar hij het antwoord zelf al lang op wist, vragen die een ander doel hadden dan belangstelling tonen, maar in de helblauwe ogen tegenover hem zag hij niets anders dan beleefde nieuwsgierigheid. Hij wilde dat de man met iemand anders een gesprek aanknoopte zodat hij met Shanti verder kon praten.

'Ja.'

Vos glimlachte alsof het er niet toe deed. 'En bent u nog wel eens nadien naar Nederland teruggegaan?'

'Eén keer. Naar Amsterdam. In het voorjaar van 1990.'

'O ja?' vroeg Shanti. 'En waarom heb je mij dan niet opgezocht?'

Natuurlijk had hij Lucie toen gevraagd of ze wist waar Shanti woonde, maar Lucie had het niet geweten en de naam Radakishun had niet in de telefoongids van Amsterdam gestaan. Hij had gedacht dat ze misschien getrouwd was.

'Ik was er maar een paar dagen om m'n zus en haar kinderen op te zoeken.'

'Natuurlijk,' merkte Vos op. 'Ieder van u heeft wel familie in Nederland, is het niet?'

'Ik niet meer,' zei Goedschalk en hij doofde zijn sigaret.

'O nee? Zijn ze geremigreerd? Dat gebeurt gelukkig steeds meer, nietwaar?'

'Nee,' antwoordde Shanti zachtjes. 'Stanleys zus en haar kinderen zijn omgekomen bij de vliegramp in de Bijlmer.' Ze schudde haar hoofd. 'Ik las haar naam toen in de krant. Zo erg! Ik had een oom die er woonde, oom Soetra, weet je wel, maar hij had geluk want hij was die avond bij mij in Den Haag. Ik hoorde van Bea dat Lucies oudste nu bij jou woont.'

Graanoogst fluisterde Vos iets toe. De jonge man knikte vriendelijk naar Goedschalk. 'Ik zie u straks hopelijk nog.' Hij aarzelde, alsof hij nog iets wilde zeggen, maar keerde zich toen om en volgde Graanoogst naar de waranda.

'Henck vertelde me net dat hij in het ziekenhuis ligt,' zei Shanti. 'Wat heeft hij? Iets ernstigs?'

'Ik weet het niet. Ik heb het net aan Kenton gevraagd. Ze denken aan een of ander virus, maar hij weet het niet zeker en...'

Stanley zweeg omdat op dat moment Gerard Rusland met een knipoog van verstandhouding naar hem achter Shanti opdook.

'Waar hebben jullie het over? Hartsgeheimpjes van vroeger?'

Shanti lachte. 'Ah ja. *Ala pir tifi a no lafu*, Gerard! Ik was toen nog een keurig *Koeli*-meisje. Nee hoor, we hadden het over Stanleys zus, die bij de ramp in de Bijlmer is omgekomen met haar kinderen...' Ze keek weer naar Stanley. 'Hoe heeft je neef het eigenlijk overleefd?'

'Hij wachtte buiten met de koffers op een taxi. Ze zouden die avond het vliegtuig hiernaartoe nemen. Ik had in Moengo een baantje voor Lucie geregeld bij de Post. Percy heeft geluk gehad omdat hij in paniek is weggerend, al zat hij onder de brandwonden...'

'*Terrible!*' zei Rusland. 'Ik wist helemaal niet dat hij daar was.'

'Ik eerst ook niet,' zei Shanti. 'Maar het was ook een chaos, ik geloof dat ze nog steeds niet precies weten hoeveel mensen er toen zijn omgekomen en wie het waren. Er werd trouwens gezegd dat dat toestel...'

Net als Goedschalk schrok ze van Bea's hoge stem. 'Gerard *dear*? Ze worden nu echt ongeduldig, hoor man!'

Rusland grijnsde verontschuldigend. 'Sorry, maar er wordt geloof ik iets van me verwacht.'

Ze keken hem na tot hij achter Beatrix Graanoogst aan naar de gang was verdwenen. De andere gasten bleken op het terras in de tuin te zitten.

Goedschalk stelde de vraag die hij al veel eerder had willen stellen.

'Waarom ben je eigenlijk teruggekomen?'

'Wat?' Ze leek even lichtjaren weggeweest.

'Waarom je weer hier bent.'

Ze glimlachte verwonderd. 'Dat weet je toch?'

Goedschalk keek even naar de kalende Hollander die aan het buffet een glas zuurwater inschonk. Uit de achterkamer klonken enkele aarzelende tonen op een trombone.

'Ik heb het niet over hen, maar over jou.'

'Sorry, maar ik hoor er echt bij, hoor!'

'Maar je zit toch niet in het Hollandse parlement?'

'Nog niet. Ik hoop volgend jaar.'

Goedschalk stak een nieuwe sigaret op en bleef haar boven de vlam van zijn aansteker aankijken.

'Waarom ben je dan mee?'

'Nogal logisch. Ik ben... sorry, ik wás Surinaamse. Ze wilden er graag iemand bij die het land kent en de taal spreekt.'

'Maar dan nemen ze toch iemand van de ambassade hier? Kom, hoe heet die vrouw daar ook alweer? Ze is cultureel attaché.'

'Pien Roell. Ja, die is er ook bij, maar natuurlijk niet bij alles wat we bespreken.' Haar glimlach maakte plaats voor een parelende lach. 'Stanley, Stanley! Volgens mij werk jij tegenwoordig voor de geheime politie! Waarom vraag je dat? Waarom niet hoe het mijn moeder gaat, of ik getrouwd ben, kinderen heb...'

Hij grijnsde verontschuldigend. 'Sorry, maar je bent hier al jaren weg. Er is veel veranderd, Shanti. Vraag het Joseph Kenton maar.'

'Ik heb m'n ogen niet in m'n zak.'

'*I know, I know.*' Hij legde zijn hand op de hare, erop verdacht dat ze hem terug zou trekken, wat ze tot zijn plezier niet deed. 'En ook hoe koppig je was. Herinner je je nog wat je zei toen je hier wegging?'

Ze bleef hem aankijken terwijl ze een slokje nam.

'Nooit, nooit zou je weer een voet in Sranang zetten. Weet je nog, *ya*?'

Ze knikte, haar glimlach nu wat weemoedig. 'Je zei het net zelf, Stanley, er is veel veranderd.'

'Jij ook?'

Ze aarzelde even. 'Wat vind je?'

'Ik vind van niet als ik naar je kijk, maar ik ben geen *bonuman* die tot op de bodem van je ziel kan kijken.'

'Nee... Gelukkig niet.'

Onder zijn hand voelde hij de hare spannen en net toen hij wilde vragen wat ze met die laatste opmerking bedoelde, legde ze haar andere op de zijne.

'Laten we een stukje gaan wandelen.'

Verrast volgde hij haar over de waranda naar buiten, zich bewust van de glimlach waarmee Graanoogst hen vanaf het terras nakeek. Uit de inktzwarte bosschages klonk het ratelend getsjirp van krekels en rond de lantaarns die het tuinpad markeerden cirkelden vleermuizen als gevechtsvliegtuigen door wolken muskieten. Het dak van het bijgebouw leek goudgerand door het schijnsel van de maan die als een enorme melkwitte ballon boven de kruinen van de palmen hing. De geluiden van het gezelschap achter hen maakten plaats voor die van het avondverkeer op de Grote Combéweg, een zacht continu ruisen als van de branding. Ze hield nog steeds zijn hand vast hoewel ze nu naast elkaar liepen.

'Een paar jaar nadat ik in Nederland gekomen was,' zei ze zomaar alsof ze nog midden in hun gesprek van zo-even waren, 'ontmoette ik een man die hier lang op de ambassade heeft gewerkt. Lipman, Wim Lipman. Ken je hem?'

Goedschalk dacht na maar de naam zei hem niets.

'Hij zat hier als eerste secretaris vanaf 1979 tot april 1983.'

'Toen was ik nog in Nederland.'

'O. O ja natuurlijk.'

Tussen het donkere geboomte glinsterde de vijver die Henck Graanoogst had laten aanleggen. Langs de oevers waren spots opgesteld die brede banen zachtroze en geel licht over het water wierpen.

'Ik ontmoette Wim Lipman op een feestje van een hoogleraar bij wie ik een assistentschap had voor ik in de politiek ging.'

Goedschalk knikte en vroeg zich af of ze hem nu zou gaan vertellen dat ze met die Lipman was. Misschien wel met hem getrouwd was. Feestjes waar je iemand ontmoette, zo begon het meestal.

'Hij zei dat hij mijn vader indertijd goed had gekend.'

‘O.’

Ze wilde weer iets zeggen, maar bleef verrast staan toen ze gitaarspel hoorde, even later begeleid door de slepende klanken van een trombone. De kikkers en krekels zwegen als bij toverslag. Goedschalk herkende de melodie van ‘Down By the Riverside’.

‘Bea en Gerard Rusland?’

‘Ik denk het.’ Hij stak een sigaret op en bewonderde haar mooie profiel, dat zich aftekende tegen de gifgroen verlichte struiken. Haar ogen waren gesloten, haar lippen iets van elkaar alsof ze de muziek meeneuriede.

‘Wim Lipman vertelde me iets heel geks over papa.’

Ze keek naar hem op en tot zijn verrassing zag hij dat er tranen in haar ogen blonken.

‘Je weet toch dat hij gevonden werd in de buurt van Patamacca?’

Hij knikte. Patamacca, een dorpje ten oosten van Moengo dat het moest hebben van de productie van palmspijsolie. Het was herhaalde malen geplunderd en geruïneerd door de rebellen van Brunswijk. Na de burgeroorlog waren er weer oliepalmplantages aangelegd. Er zat een commandopost die Goedschalk als commandant van het district regelmatig bezocht.

‘Niemand wist waarom hij daar was die dag, ook mama niet...’

Ze liepen nu langs zwaar geurende struiken naar de vijver. Aan de overkant zaten enkele zilverreigers als oude mannetjes in de overhangende takken, hun verendek glanzend in het schijnsel van de spots. Het schorre keelgeluid van brulkikkers voegde zich bij het bronzen geluid van de trombone.

‘Wim Lipman vertelde me dat papa op de vlucht was.’

‘Wat?’ Hij stond stil. ‘Voor Brunswijk? Dan zou hij toch nooit naar Patamacca zijn gegaan? Daar zaten ze juist! Ik dacht dat hij onderweg was naar Paramaribo en toen gepakt is door het Jungle Commando.’

Ze schudde haar hoofd. ‘Hij werd achtervolgd en is naar een

man in de buurt van Moengo gegaan, een *boeroe* die hij daar van zaken kende.'

'Achtervolgd? Door wie dan wel?'

Het leek alsof ze hem niet gehoord had. 'Die man heette Van Groningen. Papa zei dat hij hulp nodig had en dat hij naar Albina wilde om de grens over te steken. Ze zijn toen op Van Groningens motor het bos in gereden om binnendoor naar Albina te gaan, maar bij Patamacca werden ze beschoten. Van Groningen wist te ontkomen en verborg zich in de bosjes. Hij zag hoe ze papa...' Ze zuchtte diep. Haar mascara was uitgelopen. 'Mag ik een sigaret van je?'

'Wat? Ja.' Hij frunnikte zijn sigaretten tevoorschijn en gaf haar vuur.

'Je weet misschien dat er nooit een pathologisch-anatomisch rapport is opgemaakt na zijn dood...'

Nee, wilde Goedschalk zeggen, dat zou ook belachelijk zijn geweest. Wat viel er nog te raden bij een schoongevreten skelet in een termietenhoop?

'Volgens Wim Lipman had die *boeroe* gezien dat ze papa een nekschot gaven.'

Een nekschot? dacht Goedschalk verwonderd, dat was bullshit. De jongens van Brunswijks Jungle Commando deden dat niet, al was het maar om munitie te sparen, en zeker niet bij volgelingen van Bouterse. Waarom zouden ze Jaggernath Radakishun eerst hebben neergeschoten als ze hem in een termietenheuvel wilden begraven?

'Ik weet wat je denkt. Het klinkt onlogisch...' Ze glimlachte door haar tranen heen. 'Al vind ik het nu gek genoeg wel goed dat het zo is gegaan, dat papa niets gevoeld heeft, begrijp je?'

'Hoe wist die Lipman dat?'

'Omdat die *boeroe* het hem vertelde... Het waren geen jongens van Ronnie Brunswijk, Stanley, het waren mannen van de Echocompagnie. Van Groningen herkende hun jeep en hun uniformen. Hij zei dat ze hadden geschoten met een M21-geweer.'

Joseph Kentons schorre stem ondersteund door Ruslands fluweelzachte trombone werd op de lauwe wind meegevoerd. *'I'm gonna lay down my burden, down by the riverside... down by the riverside...'*

'Ik begreep niet wat dat betekende, maar Lipman vertelde me dat Brunswijk dat soort wapens toen niet had.'

Dat klopt, dacht Goedschalk verward. Radakishun was in de zomer van 1986 vermoord. Toen had het Jungle Commando alleen afgekeurde Russische AKS-machinepistolen en enkele Springfields gehad. Hij herinnerde zich de M21's nog maar al te goed, een partij die Bouterses adjudant Boereveen ergens in de Verenigde Staten op de kop had getikt. Je schoot er met gemak een aap op zo'n vijftig meter afstand mee uit een boom. Wat wilde ze beweren? Dat Jaggernath Radakishun in opdracht van Desi Bouterse was gedood? Dat was gelul. Radakishun en Bouta waren dikke maten geweest, ook privé. Er waren er veel die bij Desi uit de gratie raakten, maar niet Jaggernath Radakishun. Desi was op zijn begrafenis geweest en had de prachtige grafsteen betaald.

'De rebellen kunnen die geweren buit hebben gemaakt,' zei hij. 'Ze overvielen toen al patrouilles van ons in de bosjes. Sommigen van die jongens liepen zelfs in onze uniformen rond.'

Zwijgend blies ze de rook in lange slierten voor zich uit.

Bij de muziek en het getsjirp van de krekels voegde zich het keelgeluid van tientallen boomkikkers, het was alsof er een orkest langzaam op dreef kwam.

'Misschien,' zei ze ten slotte. 'Misschien wel, ja.'

Hij was er zeker van dat ze iets anders had willen zeggen. Het hele verhaal was bullshit. Typisch het verhaal van zo'n *boeroe.* Als Radakishun daar had rondgelopen, hadden Brunswijks mannen hem kunnen herkennen en wie weet willen gijzelen – dat was altijd de verklaring geweest voor zijn dood. Misschien was hij wel gevlucht naar die *boeroe*, dat kon best, waren ze samen achternagezeten in de bosjes en hadden de rebellen hem toen toch neergeschoten. Een *boeroe* Van Groningen. Hij kende niemand van die naam in het district, maar dat zei niet zoveel. In 1986 was hij hier niet geweest en de afstammelingen van de Nederlandse kolonisten bleven, hoeveel tientallen jaren ze ook in het land waren, vreemd en op zichzelf. Het hele verhaal, dacht Goedschalk terwijl hij Shanti van opzij opnam, klonk als opgeklopte fantasie. *Bigede*. Was dat de reden dat ze mee was gekomen? Omdat iemand in Holanda een verhaal van een *boeroe* had gehoord?

'Heb je eigenlijk gestemd de afgelopen verkiezingen?'

'Wat?' Hij grijnsde. 'Ik ben soldaat, Shanti. *Remember?*'

'Ook niet op Bouterse?'

'Bouterse? Bouta was geen lijsttrekker, hoor!'

'Stanley toe! Je weet heel goed dat hij de grote man achter Wijdenbosch is.'

'So what? Het gaat toch goed?'

'O ja?'

'Wat dan?'

'We horen wel wat anders.'

'Waar?' Hij maakte een minachtend gebaar. 'In Nederland? Van wie hoor je dat dan, baby? Van die mensen van het LOSON soms? Is dat waar jullie je mee bezighouden? Er is inderdaad veel veranderd, Shanti. Het is een tijd slecht gegaan, maar dat kun je Bouterse niet verwijten. Hij heeft vrijwillig plaatsgemaakt voor Venetiaan en de politieke partijen. Oké, daarna ging het heel slecht. Dus wat is ertegen dat hij zelf de politiek in is gegaan? Dat wil jij toch ook...' Hij schudde zijn hoofd toen ze hem wilde onderbreken. 'Ik weet wat je zeggen wilt, maar als jij het hier nog zo goed kent, dan weet je ook dat politiek hier anders werkt dan in Holland. Ondanks die eeuwen zijn we een Zuid-Amerikaans land, dat schijnen een hoop mensen in Nederland niet te beseffen. Wat je ook kunt zeggen van Bouterse, sinds hij de NDP nieuw leven heeft ingeblazen, gaat het heel wat beter dan onder Venetiaan en het Nieuwe Front! De economie draait weer, de mensen kopen weer, de wegen worden eindelijk geasfalteerd, er zijn nu meer auto's dan we inwoners hebben, de huizen worden weer geschilderd. Ga maar eens in de Sophie Redmondstraat kijken, daar zie je de nieuwste Mercedessen en Porsches, de restaurants zitten weer vol...' Hij legde een arm om haar schouders. 'Luister, *baby*, vraag het de mensen die daar naar Bea en Joseph Kenton zitten te luisteren. Herman Asmus gaat met zijn bedrijf bruggen bouwen over de Suriname en de Coppename, aan de Waterkant zijn ze begonnen met de uitbreiding van het Torarica. Zelfs Fatma Girjasing is hier... van de VHP! Een oud-medewerkster van Lachmon. Weet je nog hoe we die noemden? Lachmon van Oranje-Nassau!'

Opgewonden door de whisky, de geur van haar parfum, de muziek en zijn eigen betoog trok hij haar tegen zich aan. 'Suriname is een nieuwe koers gaan varen, lieve Shanti. Geen onderdanigheid, geen betutteling, geen curatele, maar volledige onafhankelijkheid... Niks geen hielenlikkerij en onderdanigheid meer naar Den Haag.'

Ze lachte. 'God, Stanley, je bent je roeping misgelopen jongen! Je had carrière kunnen maken bij Bouterses voorlichtingsapparaat.'

'Ontken het dan! *Mind you*, hij heeft in 1980 en 1982 door keihard in te grijpen een eind gemaakt aan de corruptie van al die windbuilen als Arron, Haakmat en Chin A Sen. Hij heeft Nederland laten zien dat we hier geen zin hebben in stromannetjes die aan de touwtjes blijven dansen van Den Haag en al in hun broek schijten als ze dreigen met het stopzetten van financiële steun. Het is belachelijk dat de Hollanders hem nu willen berechten.'

De trombone bereikte een onwaarschijnlijke hoogte maar brak toen plotseling af, zodat het even doodstil was, ook in het gebladerte en struikgewas. Enkele seconden later weergalmde het applaus.

Goedschalk lachte. 'Wat denk jij, meisje? Dat Desi Bouterse jouw vader heeft laten vermoorden?'

Shanti staarde naar de maan. 'Weet je nog waar je was op 24 februari 1980?'

'Hè?'

'De sergeanten. Was je toen in Nederland?'

Bevreemd antwoordde hij: 'Ja, in Weert. Waarom?'

'Hoorde je daar dat je oom dood in zijn cel hing?'

Hij verstrakte. 'Dat was niet in 1980, maar begin 1983, na december 1982.'

'Dat weet ik. Waarom stierf Roy, Stanley?'

'Omdat hij er spijt van had dat hij de revolutie had verraden. Omdat hij voor de CIA werkte.'

'Geloof je dat echt?'

'Jezus, Shanti, dat weet iedereen. Nederland en Amerika dachten toch dat Desi net als jouw vader marxist werd? Reken maar dat ze *shit-scared* waren toen hij vriendjes werd met Castro en Bishop van Grenada! Nota bene Bouta! Als er iemand kapitalistisch denkt, dan hij!'

'Ja?'

Hij keek op. 'Wat ja?'

'Roy Horb werd door Bouterse vermoord, Stanley. Papa kon het bewijzen. Daarom liet Bouterse hem ook vermoorden.'

'Wat?' Ongelovig barstte hij in lachen uit. 'Wie zegt dat, *meti*! Nog zo'n stomme *boeroe*? Of een van die *blaka bakra's* in Holanda, van die wijsneuzen die het op afstand allemaal zo goed weten, *ya*? Roy heeft zichzelf opgehangen, meisje. Ik wil er niet meer over praten, *ya*? Als jij denkt dat Bouterse eerst Roy Horb en toen jouw vader heeft gekild, ben je *male*, meisje! Ik...'

Nog voor hij haar blik langs hem zag glijden, wist hij instinctief dat er iemand achter hem stond en razendsnel draaide hij zich om. In de schaduw van een reuzenficus stond Henck Graanoogst, zijn vollemaansgezicht glimmend in het schijnsel van de lampen, een glimlach om zijn lippen.

'Nee, Stanley, ze is niet gek, al kan ik me goed voorstellen dat je dat denkt. Ik zou graag willen dat je binnenkomt. Je weet maar nooit wat er tussen de bladeren schuilt, *boy.*'

9

Doorgaans verliepen haar weekends net als haar werkdagen volgens een vast patroon. Jimmy had haar manier van leven wel eens spottend met een lesrooster vergeleken. Dat was overdreven, maar ze kende zichzelf goed genoeg om te weten dat ze anders geneigd zou zijn de dingen op hun beloop te laten. Haar zelfdiscipline was in de loop van de jaren een automatisme geworden dat naadloos aansloot bij haar analytische manier van denken waarin emoties wel thuishoorden, maar altijd ondergeschikt aan de ratio. Tegen de enkeling met wie ze soms openhartig kon zijn, verklaarde ze dat vanuit haar vak, de logica achter de grammatica en klassieke teksten, maar natuurlijk besefte ze terdege dat haar wetenschappelijk denken aangeleerd was, een aanpassing aan de intellectuele omgeving waarin ze beland was. Jim was de enige geweest die door dat vernis heen had kunnen breken, Jim die een hartgrondige hekel had gehad aan alles wat naar intellectualisme zweemde. 'Snobs, *honey*, allemaal snobs die spiegels om zich heen hebben opgetrokken. Wat dacht je dat die ouwe Plato of Herodotus dreef? Het eeuwige? *The search for immortality? Rubbish, honey*, ze wilden lachen, drinken en neuken... Meer is er niet, de rest is allemaal humbug... Had Plato in Auschwitz gezet, naakt in de *gaschamber* en je had eens moeten zien wat er van hem over was gebleven!'

Plat. Simpel. Zo simpel dat ze het ten slotte had opgegeven ertegen in te gaan. Maar ook zo deprimerend, omdat ze soms met grote zekerheid wist dat hij gelijk had gehad.

Bij Marius waren de barstjes in het vernislaagje gedicht. Marius bij wie ze zich nooit hoefde te verdedigen, zich niet hoefde aan te passen omdat hij een afschuw had van de drukte en chaotische spontaniteit die Jimmy's leven, en het hare, hadden bepaald.

Sinds ze de anonieme brief had ontvangen was er iets veranderd en het frustreerde haar mateloos dat ze kennelijk de controle over zichzelf kwijt was. Toen ze verward thuis was gekomen na de ontmoeting met de jonge ziekenhuispastor, bleek haar schoonzusje Tilly op het antwoordapparaat te staan met de vraag waar ze bleef, de kinderen schreeuwend op de achtergrond: 'Tante Margriet! Tante Margriet!' Ze had teruggebeld en op haar beurt op het antwoordapparaat ingesproken dat het haar ontzettend speet maar dat ze de afspraak om mee te gaan naar de stad stomweg was vergeten.

Vergeten... Ze was vergeten Zooey uit te laten zodat het arme dier zijn behoefte in de keuken had gedaan. Uit schuldgevoel was ze ruim twee uur met hem gaan lopen door de Scheveningse bosjes en het aangrenzende Westbroekpark. Het was ondanks het late middaguur nog prachtig herfstweer en pas toen ze het eivolle Madurodam passeerde was het tot haar doorgedrongen dat het de komende week herfstvakantie was en dat Marius die ochtend al vroeg met Thomas zou zijn vertrokken voor het weekend op Terschelling. Een 'structuurweekend' had hij het genoemd, alsof hij er niet met zijn zoon maar met vakbroeders of kantoorgenoten op uit ging.

Pas op het allerlaatste moment had ze beseft nog geen boodschappen te hebben gehaald en was ze haastig naar de buurtsuper gefietst.

Terwijl ze de spullen opborg, zag ze Marius voor zich, wandelend op het strand, de jongen onwillig achter hem aan, als op een tekening van Peter van Straaten. Het was natuurlijk heel goed bedoeld, maar het was ook exact de verkeerde aanpak. Thomas was het prototype van een jongen die je in zijn eigen sop moest laten gaarkoken. Alles wat je aandroeg, verwierp hij instinctmatig, maar dat advies was niet besteed aan Marius, die nog meer dan zij onvoorwaardelijk in de rede en de redelijkheid geloofde.

Onwennig alleen op het terrasje in haar achtertuin, in plaats van bij Marius thuis zoals elke zaterdagnamiddag, probeerde ze zich tevergeefs op het cryptogram in de zaterdagbijlage van de krant te concentreren. Zelfs een artikel over een nieuwe vertaling van Vergilius' *Aeneis* kon haar aandacht niet vasthouden.

Had Frank Belusian dan toch gelijk? Een verknipte geest die een practical joke had willen uithalen? Hoe krankzinnig dat op zichzelf ook weer scheen, ze zou het waarschijnlijk hebben geloofd, dacht ze, als ze er niet achter was gekomen dat Jimmy had gelogen.

Jim had altijd de mond vol gehad over andere vrouwen, en in het begin van hun relatie was ze ontzettend achterdochtig en jaloers geweest, maar allengs had ze begrepen dat het zijn kinderachtige manier was zichzelf groter voor te doen dan hij was. Zelfs als dertiger was hij, jongste zoon van Ierse emigranten in een van Detroits meest verpauperde getto's, nog steeds opgezadeld met een ongehoorde geldingsdrang en een gigantisch minderwaardigheidscomplex. Het had lang geduurd voor ze dat doorhad.

Toch kon het, een ander. Ze kende huwelijken die totaal onverwacht na jaren uit elkaar waren gespat omdat een van beide partners een ander had ontmoet. Haar vroegere rector had zijn echtgenote na een voorbeeldig huwelijk van meer dan vijfentwintig jaar verlaten voor een eindexamenleerlinge die zijn kleindochter had kunnen zijn.

Was het dat maar, bedacht ze wrang, omdat ze besefte hoe anders ze daarop indertijd zou hebben gereageerd, kon ze maar geloven dat Jimmy haar toen ontrouw was geweest!

Een briefje waarin iemand beweerde dat hij en een collega Jimmy's lichaam, verminkt en verbrand, uit een verpleeghuis hadden gehaald, uitgerekend op de avond dat Jimmy haar had gezegd een studiegenoot tegen het lijf te zijn gelopen.

Het was te toevallig. Er moest een causaal verband bestaan.

Frank had haar bezworen dat Jim die avond op die receptie was geweest. Ze had geen reden aan Frank te twijfelen, dus dan had Jim haar waarschijnlijk vanuit de villa van de ambassadeur met dat smoesje over Isaac Edelstein gebeld. Of zou hij zich, zoals Frank had gesuggereerd, toch vergist hebben in de naam? Twee mensen door elkaar hebben gehaald? Ook dat zou ze dolgraag willen denken, maar het was niet zo... Alles, alles wat die afgrijselijke avond was gebeurd leek feilloos in haar geheugen te zijn opgeslagen alsof het een computer was. 'Sorry, *honey*, maar ik loop hier een vent tegen het lijf met wie ik honderd jaar geleden op Cornell zat... *Wanna know his name? You'll never believe it, honey...*' Isaac Edelstein... Hij had zich niet vergist, en zij ook niet. Ze zou anders nooit de grap hebben gemaakt dat hij een betere uitvlucht moest verzinnen als hij vreemd wilde gaan, en ze herinnerde zich nog goed hoe ze samen hadden gelachen om die idiote naam.

Hoe laat was dat telefoontje geweest? Vóór ze Zooey had uitgelaten... om een uur of zes, stipt om halfzes zijn avondeten, een half uur wachten vanwege zijn spijsvertering – de hond was toen nog een puppy geweest. Hij moest haar tussen vijf en zes hebben gebeld.

Met de pen die ze klaar had liggen voor het cryptogram krabbelde ze er nadenkend '17.00-18.00' naast. En als er toch een vrouw was geweest, zou Jim dan niet veel eerder weg zijn gegaan? Het diplomatieke wereldje was klein geweest en de regels waren onder Joe Melville III puriteins-Amerikaans; Jimmy zou het niet in zijn hoofd hebben gehaald om het in diens huis aan te leggen met een vreemde vrouw! Had hij elders een afspraak met haar gehad? Nee, dacht ze, want hij was op de Rijksstraatweg verongelukt, niet ver van de villa van de ambassadeur, kennelijk onderweg naar huis. Of naar iemand anders? Onzin, vond ze wrevelig. Dan zou hij immers veel later hebben gebeld dat hij die Edelstein tegen was gekomen!

En hij had alleen in de auto gezeten volgens het politierapport. Verbrand en verminkt.

Ze keek achterom naar de secretaire alsof ze door het rolluik heen het briefje weer wilde lezen. 'Ik heb nooit geweten wat de reden is geweest waarom zijn dood gemaskeerd diende te worden, al neem ik aan dat het te maken had met het werk dat uw man voor de Amerikaanse ambassade verrichtte.'

Jimmy's werk? Een tweede secretaris van de ambassade die de belangen van de Amerikaanse wetenschap en cultuur behartigde? Absurd. Een gek, had Frank gezegd. Maar een gek schreef niet zo, daar was ze van overtuigd, al had ze dat niet tegen Frank willen zeggen. Hij zou gelachen hebben en vast en zeker een schampere opmerking hebben gemaakt over vrouwelijke intuïtie.

Een stervende man die het aan een priester had gegeven.

Wat betekende het dat die pastoor Gevers van vanochtend geen priester kende die aan haar beschrijving voldeed? Dat zo iemand dan ook niet bestond? Ook onzin. Ze had maar gegist dat de schrijver in een ziekenhuis was gestorven omdat dat een aanknopingspunt kon zijn. Een gok, want de meeste mensen stierven vast en zeker gewoon thuis in hun eigen bed en...

Ze verstarde een fractie van een seconde en kwam toen zo haastig overeind dat ze de asbak omstootte zodat hij rinkelend kapot viel op de tegels en Zooey aan haar voeten jankend van schrik wegstoof.

De kranten van de afgelopen week lagen in de hal op het kastje van de gasmeter, klaar om tijdens de avondwandeling met de hond in de papierbak om de hoek te worden gedeponeerd.

De vierde oktober. Die priester had gezegd dat de man in de ochtend was overleden, de ochtend nadat hij de brief had geschreven. Plaatste je meteen zo'n zelfde dag een overlijdensadvertentie? Wanneer had zij dat gedaan na Jimmy's dood? Hij was op een zondag gestorven en ze had het bericht pas laat doorgekregen. Pas maandag in de namiddag had ze met haar broer en Tilly rouwenveloppen geadresseerd en die avond had de advertentie in de krant gestaan. Ook al een van de ambassade. Maar de briefschrijver was 's ochtends overleden. In Den Haag, dacht ze. Dus de krant van die dag? Welke? De *Haagsche Courant*? Die las ze niet, alleen het NRC *Handelsblad*. Als zijn familie al een advertentie had gezet, want lang niet iedereen deed dat.

De vierde. Het was nu de elfde. Zenuwachtig nam ze de stapel mee naar de tuin en zocht naar de datum op de voorpagina's, trok de kranten tevoorschijn en bladerde toch eerst door die van de vierde. Een stuk of vijftien rouwadvertenties. Haastig gleed haar blik erlangs, kien op mannelijke voornamen. Vijf berichten onder elkaar voor een man die was omgekomen bij een tragisch verkeersongeluk. Doodsoorzaak, dat kon een criterium zijn. Een man die een lang ziekbed had gekend? In elk geval een katholiek met vermoedelijk een adres in Den Haag. Als hij de vierde was overleden, zou hij gecremeerd of begraven zijn omstreeks de negende... Een katholiek. Al wat ouder, dacht ze nerveus. Vanwege het wat ouderwetse handschrift? Dat hoefde niet, had ze zich al eerder gerealiseerd, hij had de brief kunnen dicteren aan die pastoor. Hij had het over een verschrikkelijk geheim, dus was het niet waarschijnlijk dat er nog iemand anders bij was geweest. Maar hij had hoe dan ook een vrij plechtstatige manier van formuleren gehad, zoals dat 's-Gravenhage. Iemand die een collega had gehad. Een opdracht. Dus werk. Dus mogelijk meer advertenties al hoefden die niet in dezelfde krant te staan.

Op 7 oktober werden twee mannen vermeld die katholiek waren geweest en in Den Haag waren overleden. Een van hen was op 2 oktober gestorven, maar de ander op de vierde. Een zekere Antonius Maria Nicolaas Thijssen – Ton. 'Mijn liefste maatje, onze lieve papa.' Hij was slechts negenendertig jaar oud geworden. Ze scheurde de advertentie eruit. 'Mijn liefste maatje.' Onwillekeurig probeerde ze zich haar eigen overlijdensbericht voor te stellen.

Wat zouden ze daarin zetten? En wie? Marius, Hans en Tilly. Mijn allerliefste vriendin, onze... Wat zouden Hans en Tilly voor bijvoeglijk naamwoord nemen? Fijn! Typisch voor Tilly, het woord 'fijn'. Onze fijne zuster. Toch een troost dat je die onzin dan zelf niet meer kon lezen! Natuurlijk ook een namens de school. Een voortreffelijk docente Klassieke Talen die onze school zo lang en enthousiast heeft gediend. Dat soort gezwollen taal. Wie weet zou Van Straten nog wel een of ander passende tekst in Horatius of Cicero opduikelen. '*Mortalia facta peribunt.*' Zoiets. In elk geval zou er niemand kunnen bedenken: Onze allerliefste moeder! Dat had ze zo graag toen bij Jimmy gewild: Mijn allerliefste man, onze allerliefste vader. En onder haar naam dan die van de kinderen. Niet eens zozeer voor haarzelf, als wel voor Jim die zo graag kinderen had willen hebben.

Mijn allerliefste vriendin, mijn zorgzame stiefmoeder? En dan Marius en Thomas eronder? Zuchtend pakte ze een volgende krant.

Op 8 oktober besloegen de overlijdensberichten anderhalve pagina, maar slechts één vermeldde een Haags correspondentieadres. De begrafenis van de betrokken man, zesenzestig jaar oud, zou op de negende plaatsvinden na een dienst in de christelijk-gereformeerde kerk aan de Prins Mauritslaan. Op de negende en de tiende trof ze geen namen uit de stad aan en teleurgesteld staarde ze naar de uitgescheurde advertentie. Thijssen, negenendertig jaar oud, in de Copernicusstraat. Een weduwe met twee jonge kinderen. Het leek uitermate onwaarschijnlijk: een man van die leeftijd met een dergelijk taalgebruik.

Plotseling drong het tot haar door dat Marius zowel *de Volkskrant* als de *Haagsche Courant* las. Marius zou zijn kat vanochtend wel eten hebben gegeven, maar ze kon er natuurlijk net zo goed nu als morgenochtend langsgaan.

Ze liep met de kranten naar binnen, pakte Marius' huissleutel uit het elektriciteitskastje en trok haar jack aan. Op de stoep voor haar huis sprongen buurkindertjes over een hinkelbaan. In het tuintje naast het hare waren bejaarde buren in de weer met de rozenstruiken. Op een bankje op het middenpad las een oudere man in het zonnetje de krant. Ze stapte op en fietste in de richting van het centrum. Marius bewoonde twee etages achter de Groot Hertoginnelaan, een souterrain en een beletage, op nog geen tien minuten afstand.

Een smalle negentiende-eeuwse straat met hoge huizen die ooit door gegoede Haagse families werden bewoond maar nu ten prooi waren gevallen aan de verpaupering die langzaam maar zeker als een hardnekkige soort onkruid vanuit de buurten aan de andere kant van de Laan van Meerdervoort westwaarts kroop.

Ze zette haar fiets tegen een lantaarnpaal en deed de met graffiti bekladde voordeur van het dubbele slot. Op de planken vloer erachter lagen enkele enveloppen, een huis-aan-huisblad en de *Haagsche Courant*, zodat ze aannam dat hij *de Volkskrant* van die ochtend nog mee had genomen.

De kat lag te slapen op de bank, zijn etensbak met brokjes onaangeroerd in de keuken, waar twee bordjes en bestek besmeurd met eigeel in de gootsteen stonden. Op de ronde tafel achter in de woonkamer lag een stapel kranten en tijdschriften van op z'n minst een maand. Terwijl zij ze sorteerde, voelde ze zich opeens belachelijk. Wat was ze eigenlijk aan het doen?

God mocht weten hoeveel katholieke mannen er in de afgelopen week waren overleden. En wat dan? Als het waar was, als Frank ongelijk had met zijn veronderstelling dat die brief ontsproten was aan de zieke geest van een of andere gek, als Jimmy haar inderdaad had voorgelogen om een reden die met de brief te maken had, en met de briefschrijver... als ze erachter zou komen wie hij was, wat zou ze dan moeten? Een geheim dat hij bij zich had gedragen en dat hij ten slotte had prijsgegeven. Aan een pastoor die zich aan zijn biechtgeheim zou houden. Waar hoopte ze dan op? Een weduwe die iets zou kunnen zeggen?

Een collega. Een opdracht samen met een collega...

'...besloten mijn geweten te ontlasten van het verschrikkelijke geheim dat ik de afgelopen vijf jaar met mij mee heb moeten dragen.' Het klonk bespottelijk, als de tekst in een soap, maar tegelijkertijd ook heel oprecht. Nerveus stak ze een sigaret op en begon met *de Volkskrant* van 4 oktober. Een reeks Amsterdammers, iemand uit Wijdewormer, Purmerend, Groningen, Zierikzee. Veel jongeren, soms jonger dan zij. Allemaal 'onverwacht overleden', een 'stimulerende persoonlijkheid', met 'inzet en enthousiasme', een 'creatieve denker'. 'Wij respecteren haar beslissing.' 'Tot op het laatst toe gestreden maar de ongelijke strijd verloren.' Van de doden niets dan goeds. 'Tabee knuffelkonijn van me.' Weinig God, veel Maatje. De idiotie om ook al lang gestorvenen bij de familie te noemen. Stel je voor dat ze haar vader en moeder nog zouden noemen! Of Jimmy!

Na een kwartiertje had ze uit tien kranten dertien namen op een blocnote van Marius geschreven. Dertien mannen die allen op 4 oktober in Den Haag waren overleden en een rooms-katholieke begrafenis of crematie hadden gekregen. Veertien als ze de naam van de man die ze thuis in het NRC *Handelsblad* had aangetroffen meetelde. De oudste achtentachtig jaar, een priester die gestorven was in het verzorgingstehuis Favente Deo, de jongste drieëntwintig. Het leek haar onwaarschijnlijk dat de brief van een van hen afkomstig was. De anderen varieerden in leeftijd van negenendertig tot vierenzeventig. De oudste twee, vierenzeventig en drieënzeventig, haalde ze door omdat ze veronderstelde dat zij ook vijf jaar tevoren geen werk meer hadden gehad. Van sommigen werd het beroep vermeld en ze zette aarzelend haakjes om de naam van drie van hen, respectievelijk een kunstschilder, een tandarts en een drogist, omdat ze zich er geen collega's bij voor kon stellen. Nog aarzelender zette ze vervolgens vraagtekens bij drie adressen, in de Schilderswijk, op de Pletterijkade en in de Scheveningse Kompasstraat, omdat geen van die milieus haar leek te passen bij de stijl en formulering van de brief, al besefte ze dat dat toch arbitrair was en dat de brief bovendien door de pastoor in diens eigen bewoordingen kon zijn gesteld.

Toen ze zover was, stak ze een verse sigaret op en staarde naar de vier namen en adressen die haar het meest logisch voorkwamen: Antonius Thijssen, negenendertig jaar, Copernicusstraat. Geen beroep.

Petrus Gerardus van Vianen, vijfenvijftig jaar, Sportlaan. Journalist.

Johannes Pius Alfonsus Neervoort, zesenzestig jaar, Heliotrooplaan. Geen beroep.

Vincent de Roode, eenenvijftig jaar, Appelstraat. Hoofdinspecteur van politie.

Ze vond het nog steeds absurd zoals ze daar zat met dat lijstje en ze wist dat ze het, als Marius nu binnen zou zijn gekomen, verdonkeremaand zou hebben om niet uitgelachen te worden. Tegelijkertijd voelde ze zich ook tamelijk opgewonden, op een niet eens onplezierige manier omdat ze in ieder geval nu iets ondernam.

Vier namen.

Ze hoefden niets te betekenen. De nabestaanden van de man die zij zocht hadden misschien niet geadverteerd, of in een andere krant. Misschien waren er niet eens nabestaanden.

Ze stond op en haalde uit Marius' koelkast een aangebroken fles witte bordeaux. Ze schonk zichzelf een glas in, pakte de telefoongids van de stad en ging weer zitten. De politieman leek de eerst aangewezene. Een opdracht om een lijk te halen. Jimmy's lijk...

Het bleef krankzinnig. Terwijl ze naar de naam De Roode bladerde, overdacht ze wat ze zou moeten zeggen. Twee advertenties, een van het korps Haaglanden, een van zijn weduwe en kinderen.

Mevrouw De Roode, u spreekt met Margriet Bradey... Ik...

Wat?

Ze vond de naam en de straat, nam een slokje en trok de telefoon naar zich toe. Ze had de hoorn bijna alweer neergelegd toen er toch nog werd opgenomen.

'Hallo?'

Een lage, wat omfloerste stem.

'Mevrouw De Roode?'

'Ja?'

'Het spijt me u te storen, mevrouw. Ik ben van het Dekenaat hier. Ik zou u graag een vraag willen stellen als dat mag.'

De zinnen vormden zich vanzelf, oncontroleerbaar, alsof iemand in haar verwarde brein een bandje had gestart.

'Ja?'

'Allereerst nog mijn deelneming met het overlijden van uw man, mevrouw De Roode. Er is helaas iets niet doorgegeven aan onze administratie.' God nog aan toe! dacht ze. Waarom zeg ik dit allemaal en niet gewoon de waarheid? Het Dekenaat. Werkte dat in het weekend? Juist? 'We missen de naam van degene die uw man nog bediend heeft...'

'O. Eh, dat was pastoor Wijngaarden van de kerk hier...'

'Ach... Pastoor Wijngaarden, dank u... Is dat niet die wat oudere man, een beetje gezet met lichtblauwe ogen?'

'Nee hoor...' Een kort, droog lachje. 'Hij komt uit Suriname dus dat zou moeilijk gaan, hè?'

Nadat het gesprek beëindigd was, keek ze een tijdje naar een man die aan de overkant van de straat onder de motorkap van zijn auto rommelde en zocht vervolgens het nummer op van de familie Thijssen in de Copernicusstraat.

'U spreekt met het antwoordapparaat van Ton en Brigitte Thijssen...' zei een wat schorre mannenstem. Vrijwel direct hing ze op. Was dat de man zelf nog? Dat moest haast wel. Ze huiverde even. Welke weduwe dacht de eerste dagen eraan de boodschap op het antwoordapparaat te wijzigen?

De telefoon bij de familie Neervoort ging over met een geluid alsof het toestel op de fax was ingeschakeld, hoog en doordringend.

'Met mevrouw Neervoort.'

Een breekbare stem.

'U spreekt met Margriet Bradey, mevrouw Neervoort. Het spijt me u te storen, maar ik zou u iets willen vragen als dat kan.'

'Jazeker.'

'Het klinkt misschien vreemd, maar ik ben op zoek naar een priester die u waarschijnlijk kent. Iemand vertelde me dat hij bij uw man was toen hij vorige week overleed en ik...'

'Bedoelt u pastoor Martens?'

'Eh, dat weet ik niet. Het is een al wat oudere, gezette man met lichtblauwe ogen.'

'Ja, dat is pastoor Martens. Hij was vroeger bij onze parochie, ziet u, maar hij werkt de laatste tijd in het Rode Kruisziekenhuis dus toen Hans, mijn man, daar werd opgenomen...'

De vrouw leek dolblij iemand aan de telefoon te hebben en stortte een onafgebroken stroom woorden over Margriet uit, die nauwelijks tot haar doordrong. Peinzend staarde ze in de verte en zag de jonge ziekenhuispastor bij de ingang van het ziekenhuis weer voor zich.

Het Rode Kruisziekenhuis. Kon die vrouw zich vergissen?

'Pardon, mevrouw?'

Een wat verlegen lachje. 'Neemt u me niet kwalijk, maar het is nogal stil geweest de laatste dagen, begrijpt u...'

'Ja. Weet u zeker dat die pastoor Martens in het Rode Kruisziekenhuis werkt?'

'O ja. Al lang. Hij woont er niet ver vandaan namelijk, aan de Segbroeklaan, en hij...'

'Ik bedoel een oudere man, een beetje gezet en een blozend gezicht.'

De vrouw lachte. 'Ja hoor. Hij heeft namelijk last van hoge bloeddruk, ziet u, en daarom is hij ook wat minder...'

Martens. Segbroeklaan. Ze bladerde nerveus door de telefoongids terwijl de vrouw maar door bleef praten.

Martens. Dr. P.A.M. Martens. Segbroeklaan 712.

'Hoe zei u ook weer dat uw naam was?'

Ze hing op, ogenblikkelijk het schuldgevoel levensgroot aanwezig vanwege die oudere vrouw. Wie weet vroeg zij zich nu angstig af wat er aan de hand was. Waarom had ze haar niet door laten praten en waarom had ze niet naar die echtgenoot gevraagd? Een weduwe die om een praatje verlegen zat. Verdomme! Wat zou ze doen? Nog een keer bellen, zeggen dat de verbinding verbroken was?

Hoe kon het dat die pastoor Gevers niet wist wie ze bedoeld had?

'Ik moet hier een zieke collega vervangen.'

Ze zocht het nummer van het Rode Kruisziekenhuis en belde het.

'Pastoor Martens? Momentje graag.' Het plat Haagse accent deed haar rillen.

Terwijl ze wachtte, bladerde ze terug naar het telefoonnummer van Martens en vervolgens, in een opwelling, naar dat van Gevers in de Rozenstraat. Stomverbaasd zag ze voor de naam de vermelding prof. dr. staan. Was die jonge man een hoogleraar? Het kon natuurlijk, maar...

'Mevrouw? Pastoor Martens is enkele weken afwezig. Ik kan u doorverwijzen naar het ziekenhuispastoraat...'

'Is hij ziek?'

'Wat? Nee hoor, hij is sinds vorige week met vakantie naar Rome.'

Naar Rome. Niet ziek. Had Gevers zich vergist?

'Mag ik nog wat vragen?' Haar stem sloeg halverwege over zodat ze de vraag moest herhalen. 'Kunt u me misschien vertellen of een pastoor Gevers hem tijdens zijn afwezigheid vervangt?'

'Momentje weer.'

Ze schrok op van de kat die van de bank sprong. Aan de overkant van de straat was de kap van de auto gesloten. De man die eronder had staan rommelen sloot de portieren af en liep weg. Ze keek naar haar aantekeningen.

Johannes Neervoort. Was hij degene die de brief had geschreven of gedicteerd? Ze had moeten vragen of er die vierde oktober nog meer stervenden door pastoor Martens in het Rode Kruis waren bediend. Maar hoe had ze dat moeten inkleden? Had ze brutaalweg aan zijn weduwe moeten vragen of ze wist van een brief?

'Het spijt me, mevrouw, maar er is hier geen pastoor Gevers bekend. Zal ik u het nummer van het ziekenhuispastoraat geven?'

'Eh, nee dank u, dat heb ik wel.'

Wat was er aan de hand?

Haar hand kromde zich om de hoorn, maar in plaats van het nummer van Neervoort te bellen, belde ze dat van Gevers. Haar keel was droog van de nervositeit, zodat ze haastig een slokje nam.

'Ja?'

Ze slikte de wijn door. 'Kan ik pastoor Gevers spreken?'

'Daar spreekt u mee.'

Met toegeknepen ogen legde ze de hoorn heel langzaam als in een vertraagde film neer.

'Hallo?'

Een mannenstem met een onmiskenbaar Brabants accent, totaal anders dan de stem van de man met wie ze was opgefietst. Tussen haar oogharen door zag ze de auto aan de overkant wegrijden. Moeizaam kwam ze overeind, verkleumd tot op het bot ofschoon ze al die tijd in de zon had gezeten.

Wat was er in godsnaam aan de hand?

10

‘Nogmaals, beste Stanley, ik besef heel goed hoe groot de shock moet zijn…’ Henck Graanoogst kneep even in Goedschalks brede schouder. ‘Roy Horb mag dan de halfbroer van jouw ma geweest zijn, hij was een volle neef van mijn stiefmama, dus wat dacht je dat *kweki-mma* deed toen ze hoorde dat hij voor de *bakra’s* zou werken? Man, ik heb haar nog nooit zo razend gezien, wil je wel geloven? Alsof Anansi haar had gestoken! Ze scheurde een dure japon in flarden die Horb als cadeau eens voor haar mee had genomen uit Caracas…’ Graanoogst lachte zijn kolossale gebit bloot, het goud schitterde in de zon. ‘Je weet toch hoe sterk *kweki-mma* was! Ik zie haar nog voor me, brullend op de grond als een kaaiman, met pa vloekend en tierend boven op haar!’

David Elstak grijnsde meesmuilend, Lucien Hofwijk wat gegeneerd, Bea schudde haar hoofd, Fatma Girjasing reageerde niet en over Shanti’s gezicht gleed een vage treurige glimlach.

Goedschalk staarde zwijgend naar een vlucht pelikanen, die nog geen meter boven zee de boeg van het jacht passeerde. Al was hij er dan niet bij geweest, hij wist inderdaad hoe uitzinnig tante Netty was geweest toen Horb zich, februari 1983, in de beruchte kerker Devil bij Fort Zeelandia had opgehangen. Wie niet van de familie? Hun zoon, hun broer, hun neef, hun oom, hun zwager, de vriend en naaste medewerker van de Bevelhebber, bleek een Judas Iskariot die voor de Amerikanen had gewerkt! Niemand die het overigens had geloofd toen de mannen van de Volksmilitie hem en zijn lijfwachten hadden gearresteerd. Die mannen zelf ook niet. Majoor Roy Horb, de eigen garnizoenscommandant! Die samen met Bouterse het Militair Gezag vertegenwoordigde en de afgelopen december een coup tegen de democratie had voorkomen! Maar het was onloochenbaar. Er waren wapens en bepaalde documenten in zijn huis tegenover Fort Zeelandia gevonden en waarom anders had hij zich in zijn cel opgeknoopt?

De schande was zo groot geweest dat Goedschalks moeder met de kleinere kinderen was vertrokken, terug naar haar geboortedorp. Zelfs hij, de oudste en ver weg in het steenkoude Hollandse Limburg, moest zich melden bij de ambassade in Den Haag, waar ze hem als familielid hadden ondervraagd over Horb en diens medestanders. Later, toen hij was aangesteld als commandant, had Bouterse het een keer met hem over Horb gehad. Met tranen in zijn ogen had hij toen gezegd tot op het laatste moment in Roy te hebben geloofd.

Bouterse, die volgens Henck zelf opdracht had gegeven het touw om Roys nek vast te snoeren! En die Shanti's vader jaren later had laten neerschieten en aan de termieten had laten voeren! Moest hij dat echt geloven? Iedereen kletste maar wat in dit land, maar Henck Graanoogst? Nota bene de adviseur van de president en een van Bouterses beste vrienden!

De pelikanen zwenkten en zetten koers naar de trillende groene lijn die de Warappabank, een zandbank, aangaf. In de strakblauwe lucht vonkte het zonlicht op een vliegtuig dat de landing naar Zanderij had ingezet.

'Koffie?' vroeg Shanti.

Goedschalk knikte aarzelend, een vage hoofdpijn achter zijn voorhoofd. Hij zat in shorts op een stretcher, benen aan weerskanten, een arm op de reling van het motorjacht.

Ondanks de cocktail van likeur, whisky en rum de afgelopen nacht had hij vrijwel niet kunnen slapen, zijn hoofd vol gedachten en herinneringen die elkaar sneller dan het licht afwisselden. Ten slotte moest hij toch zijn ingeslapen, want hij was doodmoe wakker geworden door het gekrijs van de ara's in de palmen, minutenlang gedesoriënteerd in de vreemde logeerkamer, Shanti's woorden hamerend achter zijn slapen: 'Roy Horb werd door Bouterse vermoord, Stanley. Papa kon het bewijzen. Daarom liet Bouterse hem ook vermoorden.'

Het was te krankzinnig om waar te kunnen zijn. Dat had Graanoogst ook gezegd. 'Natuurlijk geloof je het niet, Stanley. Niemand van ons deed dat, wat dacht je? Horb en de Bevel, dat waren toch bloedbroeders?'

De meeste gasten waren toen al weg, ook de twee Nederlanders en Joseph Kenton, zwalkend van de drank op zijn witgeschilderde damesfiets. 'Down By the Riverside' was nog straten ver te horen geweest.

Graanoogst had voorgesteld dat ze de volgende dag verder zouden praten.

'Je weet maar nooit wat er tussen de bladeren schuilt, *boy*.'

Shanti was daarna ook vertrokken, naar haar kamer in het Torarica. '*Dren nanga mi*,' had ze bij het afscheid tegen hem gezegd. Droom van me.

Wist Kenton hier ook van? De andere gasten?

Shanti reikte hem zijn kopje aan. 'Ik vertelde je gisteravond dat Wim Lipman eerste secretaris op de ambassade was,' zei ze. 'Dat was hij sinds 1979, vier jaar na de onafhankelijkheid. Hij vertrok hier niet lang na de Decembermoorden van 1982 en de dood van Horb. Ik ontmoette hem twee jaar terug op een feestje. Ik was toen net fractiemedewerkster in Den Haag geworden en zocht er een etage. Lipman was weduwnaar en vond het, zoals hij zei, een godsgeschenk dat hij mij, de dochter van Jaggernath Radakishun, tegen het lijf liep...'

Het ontging Goedschalk niet dat haar donkere ogen triest stonden en evenmin dat ze consequent in de verleden tijd sprak over die

Lipman. Hij was ervan overtuigd dat ze een verhouding met hem had gehad en ondanks zijn verwarring over haar verhaal voelde hij zich opgelucht omdat hij er evenzeer van overtuigd was dat die afgelopen was.

'Vorig voorjaar kreeg hij te horen dat hij leverkanker had. Wim was zo iemand die totaal kon accepteren dat het leven eindig is. Hij wilde niet, zoals hij dat noemde, in de handen van de medische maffia vallen, dus kwam er thuishulp. Je weet misschien hoe snel leverkanker kan gaan...' Haar stem haperde en Goedschalk had de indruk dat ze dwars door hem heen keek naar iets of iemand achter hem. 'Ik was zoveel mogelijk bij hem op het eind. Hij vertelde me toen over papa en de *boeroe* bij Patamacca. Maar ook over kolonel Vink.'

Verrast keek Goedschalk op.

'Vink was in 1980 militair attaché op het consulaat hier. Je weet natuurlijk wat voor een chaos het toen was onder Arron. Of het nou zijn NPS was, of de VHP van Lachmon, het was allemaal corruptie en zakkenvullerij. In Den Haag maakten ze zich grote zorgen. Je moet niet vergeten dat we toen net een paar jaar onafhankelijk waren en dat ze zich er verantwoordelijk voor voelden. Per slot hadden ze het ons zelf aangepraat, want wie wilde het hier? De PvdA in Nederland, met name Den Uyl, hun voorman, en Pronk, had een voorbeeld willen stellen hoe je met schone handen een kolonie kon omvormen tot een eigen natie. Vergeet niet dat ze in Nederland toen nog trauma's hadden van de manier waarop het met Indonesië en Nieuw-Guinea was gegaan. Dat wilden ze nooit meer, maar tegelijkertijd was het natuurlijk in de ogen van de wereld gênant dat ze nog een kolonie hadden. Op het Binnenhof voelden ze het toen eind 1979 als een blamage dat het hier zo uit de hand was gelopen, want min of meer onder hun eigen toezicht was het een zootje geworden...'

Goedschalk staarde over het water naar de wazige vormen van

de kustlijn achter Shanti. Onder hem deinde het motorjacht van Henck en Bea Graanoogst op de golfslag van de oceaan. Shanti had gelijk. Ook tijdens zijn opleiding in Weert was geen van de Surinamers die hij er kende geporteerd geweest voor de onafhankelijkheid. Het algemene idee was dat Nederland hen wilde afkopen. Dat was ook wat Bouterse altijd had beweerd. Dat was exact de reden dat het volk hem als de held van de revolutie had toegejuicht. In 1980, toen hij en de andere sergeants Arron en de zijnen hadden afgezet, en ook na de tweede coup in december 1982, waarbij de verraders van die revolutie waren geëxecuteerd.

'Kolonel Vink keerde wat later terug naar Nederland. Wim had hem redelijk goed gekend, ze hadden nauw samengewerkt als diplomaten en samen die hele afschuwelijke toestand van december 1982 meegemaakt. Dus toen Wim hoorde dat hij ook terug was in Nederland, besloot hij hem op te zoeken. Dat was in de zomer van 1986. Vink zat toen oud en dementerend in een verpleeghuis ergens in Gelderland. Hij herkende Wim nog en toen ze zaten te praten over die goeie ouwe tijd hier, vertelde hij hoe Bouterse 's nachts naar Devil was gekomen en Horb eigenhandig had opgehangen. Bouterse had hem dat zelf een keer verteld op een van zijn dronkenmanspartijen.'

'Wat?' Goedschalk keek ongelovig op. '*Ye male no?* Geloven jullie zo'n *ka*-verhaal? Omdat Vink malende was? *Mi gado!* Ik dacht dat Henck gisteravond iets heel anders zei!'

Graanoogst legde een hand op zijn knie. '*Just wait, boy, just wait.* Ik dacht eerst ook dat ze last had van *bubu's*. Luister nou maar.'

Hoofdschuddend leunde Goedschalk achterover en keek op zijn horloge. Hij had zijn adjudant gezegd dat hij die avond om een uur of acht terug zou zijn in Moengo. Als het niet om Shanti was, bedacht hij somber, was hij langs het hospitaal gegaan en had hij nu al in de jeep gezeten. De afgelopen nacht had Shanti heel overtuigend geklonken, maar dit...! Een demente ouwe man in Nederland...

'Hé, *boy*! Breng ons wat te drinken, *ya*?' Graanoogst zwaaide met een arm boven zijn hoofd om de aandacht van zijn lijfwacht te trekken. De kolos die al die tijd als een zombie bij de achtersteven had gezeten legde gehoorzaam zijn hengel weg en kwam overeind, de zon weerkaatste op de loop van de uzi voor zijn borst. '*Da basie!*' Hij droeg een rode baseballcap en een Ajax-shirt met het rugnummer 10 en de naam Jari Litmanen. Dat bracht Goedschalk op het idee hem er straks geld voor te bieden zodat hij het shirt aan Percy kon geven. Percy was *crazy* van voetbal, steevast voor de televisie wanneer de wekelijkse compilatie van de Nederlandse competitie werd uitgezonden, zijn kamer bijna behangen met de Surinaamse jongens van Ajax 1. Dat was ook het enige wat hij deed als hij thuis was, voetballen met de jongens op het erf, altijd Kluivert. Jezus, Percy. Zou hij ooit nog kunnen voetballen? Wat zou Joseph Kenton in Holland horen?

'Ik zal proberen het kort te houden,' zei Shanti. 'Vink wist al begin 1980 van Bouterse dat hij en de andere onderofficieren zich grote zorgen maakten over het land. Dat leidde tot hun staatsgreep in februari. Je weet ook dat ze dat deden omdat de regering hun positie en vakbond niet wilde erkennen, dat zal ook wel zo geweest zijn, maar iedereen was die lui al lang spuugzat. Dus werden Desi en mensen als Herrenberg en Bruma de helden van het land.'

'En terecht,' merkte Elstak op. Bea knipoogde naar Goedschalk. Elstak was erbij geweest, een van de sergeanten.

'O ja,' zei Shanti. 'Dat zal ik niet ontkennen, David. En zeker toen Bouterse gewoon de democratie weer herstelde en Chin A Sen kon worden gekozen en hijzelf alleen Bevelhebber bleef van de Militaire Raad.' Ze glimlachte meisjesachtig. 'Ik had zelfs een foto van hem boven mijn bed. Ik heb hem dat een keer verteld, lang geleden, en toen zei hij dat hij er ook een van mij had hangen!'

'*Mi gado!*' riep Fatma Girjasing. 'Wat een vreselijk idee. Stel je voor dat die vent mij daar in zijn *bedroom* zou hebben, zeg!'

Elstak fluisterde iets tegen Hofwijk die daarop begon te grinniken.

'Wat?' vroeg Fatma scherp.

'Nee, niks,' antwoordde Elstak als een jochie dat door de juf wordt betrapt. 'Er schoot mij gewoon wat te binnen, weet je wel.'

Fatma's helgroene ogen vernauwden zich, maar voor ze kon reageren kwam de lijfwacht het dek op gestommeld en schoof een dienblad met flessen, glazen en een ijskoeler op het metalen tafeltje.

'Zelfs in Nederland,' zei Shanti, 'waar jij toen was, werd er met een soort verholen instemming op gereageerd.'

Dat was zo, ze hadden allemaal staan juichen, dacht Goedschalk verwonderd. Waar wilde ze dan heen met dat absurde verhaal over de dood van Horb later en die van haar vader?

'Maar dat deden ze niet toen Bouta nog geen twee jaar later de vijftien vermoordde en wel de macht greep,' zei Graanoogst. Hij keek vragend naar Fatma die naar de fles *soft* knikte. 'Ik weet niet of jij je wel eens hebt afgevraagd, Stanley, waarom Den Haag niet ingreep. O ja, ik weet wel wat we dachten, toen in december 1982. Dat durven ze niet, die luitjes poepen in hun broek om van neokolonialisme te worden beschuldigd. Ja toch?'

Goedschalk zweeg afwachtend.

Graanoogst wees met het glas naar de vage groene lijn van de einder. 'Toch lagen de slagkruisers van de Amerikanen op eerste kerstdag toen daar, op nog geen veertig kilometer van Fort Zeelandia. Net als toen Bishop op Grenada de macht pakte of toen Castro Chroesjtsjovs raketten op Cuba wilde plaatsen. Altijd het paradoxale van de VS, Stanley, zelf een kolonie geweest, zich nooit aan kolonialisme schuldig gemaakt maar geen enkel moreel bezwaar de *borders* even over te steken om te laten zien wie de *boss* is. Dus waarom niet hier, toen? Ze wisten dat Bouterse en mensen als Alibux of Mijnals en Jaggernath Radakishun met het marxisme flirtten en Reagan was geen man die toe zou staan dat er een verlengstuk van Moskou via Cuba hier in Zuid-Amerika zou komen. *So, why not?* Binnen vierentwintig uur hadden ze ons allemaal kunnen oprollen en de burgerregering kunnen herstellen.'

Ja, dacht Goedschalk, zo was het. Hij had het vrijwel in dezelfde woorden de afgelopen nacht tegen Shanti gezegd.

'Whisky?'

Ondanks de vaag zeurende hoofdpijn knikte hij toen Graanoogst de goudgele fles naar hem ophield.

'De Nederlandse journalist Willem Oltmans vertelde mij indertijd dat Den Haag al op 12 december, vier dagen na de coup, duizend mariniers paraat had staan op Curaçao. *Mind you*, duizend mariniers, Stanley. Jij moet beter weten dan ik wat dat betekend had. Dus, waarom kwamen ze niet?'

'Wat wil je beweren?'

'Er is iets gebeurd toen de eerste coup van 1980 plaatsvond,' zei Shanti. 'Iets waar Horb van heeft geweten, Stanley. Kolonel Vink vertelde in dat verpleeghuis aan Wim Lipman dat het personeel van het consulaat vlak ervoor twee dagen vrijaf kreeg omdat de ambassade moest worden opgeknapt. Dat kon best, want het was ook een ouwe zooi daar aan de Lim A Postraat. Je herinnert je misschien dat Vredeling van Klarenbeek toen ambassadeur was.'

'Vingerling tot Klaarkomen,' grijnsde Elstak en hij stak zijn glas whisky proostend omhoog.

'David, toe!' zei Bea. Fatma Girjasing trok een zuinig mondje, maar Lucien Hofwijk grijnsde breed. Goedschalk wist waarom. Vredeling van Klarenbeek was een veelbesproken man geweest, een oudere diplomaat die legendarisch was om zijn vele verhoudingen met vrouwen in alle soorten en maten.

'Op 28 januari, dus enkele weken voor de coup van de sergeanten, kwamen Bouterse en Horb in het geheim naar het consulaat, dat toen onderdak had in het ambassadegebouw. Vredeling was die week op reis, maar zijn vervanger, de ambassaderaad Frits Rikken, was wél in de stad – al weten we niet of hij er die avond bij was. Vink was beslist wel aanwezig. Hij vertelde Wim Lipman dat hij die nacht buiten aan de achterpoort van de Mr. J.C. De Mirandastraat van Roy Horb een enveloppe kreeg met het verzoek die meteen naar mijn vader te brengen. Die had zijn atelier toen nog in de Heerenstraat. Hij moest daar wachten tot mijn vader hem de enveloppe zou teruggeven en die dan weer naar de Mirandastraat brengen.'

'Waarom?'

'Dat weet ik niet. Vink was dementerend volgens Wim. Hij wist ook niet wat er in de enveloppe zat, of hij was dat vergeten. Hij wist alleen dat het een opdracht was van Bouterse en Horb. Maar hij zei wel dat Horb drie jaar daarna door Bouterse was vermoord vanwege de enveloppe. En later ook mijn vader.' Ze zweeg even en staarde omhoog, naar het roerloze silhouet van een visarend die als gepenseeld tegen de wolkeloze lucht hing. 'Natuurlijk reageerde ik aanvankelijk hetzelfde als jij. Een verhaal van een demente ex-militair, alhoewel jij ook wel weet dat al heel lang het gerucht circuleert dat Roy geen zelfmoord heeft gepleegd. Maar een echt antwoord op de vraag waarom Bouterse hem dan vermoord zou hebben, heeft niemand.' Ze nipte van haar drankje en keek hem plotseling aan. 'Lipman was natuurlijk geïntrigeerd door dat verhaal. Per slot was hij er toen diplomaat en net als veel anderen had hij zich al vaker afgevraagd wat er nou precies speelde tijdens de Decembermoorden. Bovendien had hij Horb gekend omdat hij voor diens zuster ooit eens een baan in Nederland had geregeld. Heel belangrijk voor hem was dat zijn eigen ambassadeur Vredeling iets gedaan zou hebben waar hij dan geen weet van had. Horb was echter dood en Vredeling ook, als die al wat zou hebben gezegd. Maar Wim herinnerde zich toen dat er nog iemand was genoemd…'

Goedschalk zette zijn glas weg en pakte zijn sigaretten. 'Je vader.'

'Precies. En nu komt er iets wat je voor mijn part een samenloop van omstandigheden of toeval mag noemen. Lipman hoorde dat verhaal van Vink in de zomer van 1986, zei ik je. Op 29 augustus belt hij met mijn vader. 29 augustus, ja? Twee dagen voor papa werd vermoord, Stanley, onthoud dat. Wim vroeg hem naar Vinks verhaal en of Vink de nacht van 28 januari 1980, enkele weken voor de eerste coup, bij hem langs was geweest. Papa beaamde dat, heel erg zenuwachtig, het klonk alsof hij doodsbang was volgens Wim. Hij zei dat hij het niet vertrouwde over de telefoon maar dat hij het stuk had dat Horb had gestolen en dat Horb daarom was afgemaakt toen in de Devil.'

Goedschalk zweeg verbijsterd, hoewel de vragen door zijn hoofd tolden. Aan de gezichten van de anderen zag hij dat ze dit al eerder hadden gehoord, maar ze zaten allemaal net als hij aandachtig te luisteren.

'Natuurlijk vroeg Wim naar dat stuk, maar papa zei opnieuw dat hij niet verder durfde te praten, dat hij in gevaar was en op het punt stond te vluchten. Hij hoopte...'

Haar ogen vulden zich met tranen en ze wendde haar gezicht af. Bea schoof naast haar en legde troostend een arm om haar schouders.

'Jaggernath zei dat hij hoopte dat Wim Lipman en hij elkaar zeer spoedig zouden zien in Holland,' nam Graanoogst het woord. 'En ten slotte zei hij dat Lipman niemand iets mocht vertellen...' Hij glimlachte wrang. 'Nogal raadselachtig, nietwaar, want Lipman wist toen hij op had gehangen helemaal niet waar Jaggernath het over had.'

'Jawel,' zei Shanti fel, 'hij had wel gezegd dat het het einde van een zeker persoon zou betekenen die boven de macht en buiten de wet stond. Zo zei Wim dat papa het had gezegd. En papa was niet dement, kan ik je verzekeren, en Wim Lipman ook niet!' Ze keek Goedschalk indringend aan met haar natte ogen, een verbeten trek om haar lippen. 'Er was er maar één hier die boven de macht en buiten de wet stond. En nog...!'

Het was even heel stil en Goedschalk schrok op toen benedendeks een telefoon begon te rinkelen.

Graanoogst gebaarde geërgerd naar de lijfwacht dat hij moest opnemen. Na enkele seconden ging Shanti verder, haar stem weer normaal.

'Ik zei daarnet dat ik pas fractiemedewerkster was toen Wim me dit vertelde. Hij stierf enkele weken later. Dat was vorig jaar augustus. Misschien herinner je je dat er juist toen vanuit bepaalde partijen in Nederland op werd aangedrongen de relatie tussen jullie en ons te normaliseren. Vooral door onze partij. En altijd weer, Stanley, en of je nu wel of niet gelooft wat ik zeg, is, dat weet je donders goed, het grote struikelblok Desi Bouterse. Je vertelde me gisteravond dat het beter gaat met het land. Dat is ook zo, maar aan de andere kant weet de hele wereld net zo hard dat het een roversnest is, dat er Hollandse drugskoningen vrij rondlopen en dat Desi zelf zaken doet op dat gepantserde fort van hem in Leonsberg die niets van doen hebben met het volk of de democratie, maar alles met de Colombianen en de maffia in Miami! Je kunt honderdmaal beweren dat dit Zuid-Amerika is, maar dan zeg ik duizendmaal dat dat niet betekent dat je je niet te houden hebt aan de internationale spelregels en de mensenrechten...!' Ze haalde diep adem en voor hij iets terug kon zeggen, vervolgde ze veel rustiger, maar even nadrukkelijk: 'En ik kan je uit de eerste hand zeggen dat er documenten en getuigenverklaringen in Den Haag liggen die als het parlement of zelfs Wijdenbosch ze hier onder ogen krijgt, het lot van de Held van dit land bezegelen.'

'Ik haat die man,' zei Bea fel. 'Mijn god, wat haat ik die man! En dan te bedenken dat Wijdenbosch die schoft ook nog diplomatieke onschendbaarheid heeft gegeven!'

'Bea,' zei Hofwijk, 'wat ben je toch naïef, liefje. Jules Wijdenbosch wéét dat hij maar een stroman is die het pad voor president Desi moet effenen. Die weet heel goed dat de ene dienst de andere waard is.'

'Dat dacht Horb ook,' meesmuilde Elstak.

Vanuit zijn ooghoek zag Goedschalk hoe de lijfwacht op het trappetje naar de kajuit Graanoogst wenkte.

'En waarom wordt hij dan niet uitgeleverd?' vroeg hij bedaard en hij schoof een stukje achteruit om Graanoogst de ruimte te geven. 'Zelfs niet nu hij op de Interpol-lijst staat?'

Shanti zuchtte en keek naar de visarend die nu in hoge kringen draaide. 'Gisteravond heb je Eduard Vos van mijn partij ontmoet. Eduard is nog jong, maar hij zit al heel wat jaartjes in de landelijke politiek. En hij kent veel mensen. Ook onze mensen. De mensen die jij zo minachtend de *blaka bakra's* noemt, de mensen die bij het LOSON zitten. Nee, hou je mond, ja? Er zijn herhaalde pogingen gedaan, zowel door de Kamercommissies als door Justitie, om met die documenten Bouterse te dwingen te komen en steeds worden die voorstellen van hogerhand afgewezen.'

'En waarom zou dat dan gebeuren?' vroeg Goedschalk sarcastisch, maar Shanti scheen hem niet te horen.

'Volgens Eduard heeft dat te maken met wat Wim Lipman van Vink hoorde.'

'Wat? Wat dan?'

'Dat weten we niet. Maar iemand wiens naam ik niet mag noemen zei dat Desi Bouterse zelf ettelijke malen rechtstreeks heeft gebeld met de minister-president. Op die momenten dat een verzoek tot uitlevering werd voorbereid. Hij heeft zelfs een keer in het geheim een tussenlanding op Schiphol gemaakt, waar...'

'Stanley?'

Goedschalk draaide zich net als de anderen om naar de kajuit.

Het corpulente bovenlichaam van Henck Graanoogst leek klem te zitten in de nauwe toegang, zijn gezicht verwrongen alsof hij pijn had. Toen wist hij zich vrij te worstelen en stapte het dek op, beide armen uitgestrekt terwijl hij Stanley Goedschalk medelijdend opnam.

'Percy is overleden, *boy*. Ik laat je naar het ziekenhuis brengen.'

In zijn zwarte pupillen zag Goedschalk zichzelf weerspiegeld, zijn mond halfopen voor een schreeuw die geluidloos in zijn keel bleef steken toen hij Shanti's hand op zijn schouder voelde.

11

Terwijl Hansen zijn rapport over Margriet Bradey schreef, bedacht hij hoe bizar het eigenlijk was dat hij een van de slachtoffers van de ramp in de Bijlmer had gekend. Niet echt goed, maar wel persoonlijk en het was niet eens zo vergezocht te stellen dat de man nu nog zou leven als Hansen zich niet met hem had bemoeid. Hoewel mannen als Muftar elke dag dat ze leefden en waar ze ook waren de kans liepen gedood te worden. Maar toch. Muftar was een aanhanger geweest van de Partij van de Iraanse Herrijzenis die de zoon van de indertijd verdreven sjah op de pauwentroon wilde brengen. Na een langdurige gevangenschap, waarin hij al zijn tenen, zijn teelballen en de meeste van zijn vingers was kwijtgeraakt, was hij de ayatollahs ontvlucht en via Parijs in 1992 in Amsterdam beland. Hetzelfde jaar waarin de dienst de grootste reorganisatie in zijn bestaan had doorgemaakt. De oude erfvijand in Moskou was dood, nieuwe vijanden waren nodig om het bestaansrecht van de BVD te wettigen. Een daarvan was ontegenzeggelijk het islamitisch fundamentalisme zoals Khomeini dat in Iran liet prediken – en te vuur en te zwaard liet verbreiden. In de Rotterdamse havens waren herhaalde malen illegale wapenzendingen, waaronder nucleair materiaal, voor Teheran onderschept en in Amsterdam en Den Haag hadden fanatieke Iraanse sjiieten zich verenigd in radicale organisaties die aansluiting zochten met Marokkaanse en Turkse geestverwanten. De dienst was Operatie Martel gestart, genoemd naar Karel Martel die in 732 na Christus de Moren bij Poitiers had teruggedreven, maar bij voorkeur, of uit onwetendheid, werd die naam dikwijls uitgesproken als synoniem van folteren, wat minstens even beeldend was geweest in de betreffende context. In de Bijlmermeer zat toen een harde kern orthodoxe moslims en Muftar werd door de dienst aangezocht om hen in de gaten te houden. Hansen had voor hem een driekamerwoning in de flat Kruitberg geregeld. Het wrange, bedacht Hansen, was dat hij Muftar op die verdieping had gezet waarin de neus van de Boeing zich had geboord, terwijl de fundamentalisten aan de overkant van het plantsoen woonden waar de ergste schade slechts gesprongen ruiten waren. Je kon dus stellen dat Muftar was gedood door de felste tegenstanders van die fundamentalisten, de joden.

Je kon ook zeggen dat hij, Hansen, indirect verantwoordelijk was voor de dood van de Iraniër. Niet dat hij daarmee zat. Muftar was onder de sjah een agent geweest van de beruchte SAVAK en minstens een even grote schoft als degenen die hem van zijn mannelijkheid hadden beroofd. Hansen zou geen seconde meer aan hem hebben gedacht als de Bijlmerramp niet weer bij hem boven was gekomen vanwege Bradey. Want Muftar was niet alleen gestorven op de plaats waar Hansen hem had geïnstalleerd, maar ook ongeveer op het moment dat hij, Hansen, samen met Neervoort de dode Jim Bradey naar Wassenaar had gereden.

Bradey. Hoewel het hem niet aanging, vroeg hij zich toch steeds weer af waarom de Amerikaan in dat El Al-toestel had gezeten. Natuurlijk had het met de CIA te maken, daar twijfelde hij geen seconde aan. Net zo zeker was hij ervan dat zijn Hoofd van Dienst Maria van Lennep en zijn onderdirecteur De Niet de reden wel kenden. De enige verklaring die hij had kunnen bedenken, was dat de Boeing die rampzalige zondagnamiddag uit Amerika was gekomen en dat het daarmee te maken had. Hij herinnerde zich dat er was gespeculeerd over de lading van het vliegtuig en dat er zelfs vragen in de Kamer waren gesteld over radioactieve straling. Niemand had daar antwoord op kunnen of willen geven. Het was niet zo gek te denken dat de Israëli's een geheim wapentransport vanuit de Verenigde Staten hadden geregeld; het zou niet de eerste keer zijn en het barstte er uiteindelijk van de joden en zionisten, tot in de Senaat en het Witte Huis toe. Het feit dat Douma, die joodse extremistische groeperingen in zijn portefeuille hield, erbij betrokken was, maakte dat alleen nog maar waarschijnlijker.

Als het een samenwerkingsproject was geweest tussen de CIA en de Mossad, verklaarde dat ook de aanwezigheid van die Bradey. Dan had de Amerikaan gewoon stomme pech gehad. Dat kon.

Vanuit het enige raam van zijn werkkamer staarde hij over de verregende nieuwbouw van Leidschendam. Pech. Wie had er rekening kunnen houden met het feit dat Bradeys weduwe zou gaan telefoneren in het huis van haar vriend? Niet dat het onoverkomelijk was geweest, maar zo zag je maar hoe je afhankelijk kon zijn van onvoorspelbaarheden. Hij keek weer naar de monitor waarop hij schematisch verslag uitbracht van de afgelopen dagen. Voor zover hij kon beoordelen was alles nu afgedekt. Ria Troost was goed onder de indruk geweest. Het was ook typisch een verhaal voor verpleegsters dat ze in elkaar hadden gedraaid, vond Hansen geamuseerd. Ze had onmiddellijk geloofd dat hij Neervoorts jongere broer was en had geschokt, maar vooral ook nieuwsgierig aangehoord dat Neervoort tijdens zijn huwelijk een buitenechtelijke relatie had gehad met mevrouw Bradey. En dat de familie er prijs op stelde daar een punt achter te zetten en zijn weduwe te ontzien. Wist ze wat Neervoort aan pastoor Martens had gedicteerd? Nee. Pastoor Martens wist ervan, had hij gezegd, de brief was een afscheidsbrief geweest aan mevrouw Bradey en daar wilden ze het bij laten. Dus als mevrouw Bradey langs mocht komen om bijvoorbeeld te vragen of Hans Neervoort misschien nog wat had gezegd over haar, of zuster Troost dan zo aardig wilde zijn om ter nagedachtenis aan meneer Neervoort daar niet op in te gaan? En misschien ook de moeite zou willen nemen om op het volgende telefoonnummer door te geven dat mevrouw Bradey was geweest? Dan kon hij zelf met haar gaan praten, wat de familie tot nu toe had willen vermijden. Het was al pijnlijk genoeg allemaal.

De verpleegster had het ademloos aangehoord en Hansen had haar horen denken over Neervoort.

Zaat had die namiddag doorgegeven dat Margriet Bradey naar de woning van haar vriend, een advocaat die met zijn zoon een weekend weg was naar Terschelling, was gefietst. Niets verontrustends, maar wel toen de jongens van de technische dienst hadden gemeld dat zij Anneke Neervoort had gebeld. Toen ook had Hansen begrepen waarom ze, zoals Zaat had geconstateerd, thuis en bij haar vriend kranten had zitten doorvlooien. In de volgauto hadden de TD'ers de telefoon van de vriend gepeild en haar volgende gesprekken opgevangen met het Rode Kruisziekenhuis en met Gevers.

Pech. Maar ook het gelukje dat die Martens veertien dagen met vakantie was, alhoewel niemand eraan twijfelde dat de priester zich zou houden aan het biechtgeheim.

Toch had De Niet het raadzaam gevonden Van Seggelen bij Anneke Neervoort langs te sturen. Anneke wist dat haar man voor de dienst had gewerkt, Neervoort had het haar de laatste jaren voor zijn pensioen mogen vertellen. Ook dat was een koerswijziging van de dienst geweest, want voorheen was het strikte adagium dat zelfs eerstegraads familieleden niet over het werk en de baan mochten worden geïnformeerd, ook de echtgenoten niet. Soms, in een van zijn sombere buien, dacht Hansen dat zijn huwelijk misschien niet op de klippen zou zijn gelopen als die nieuwe openheid eerder was afgekondigd, maar doorgaans wist hij wel beter.

Van Seggelen had een pasklaar verhaal voor het geval Margriet Bradey Anneke Neervoort zou benaderen. De Ierse naam Bradey was een mooi opstapje in dat verhaal. Van Seggelen had een beroep gedaan op de erecode van de dienst en had Anneke verteld dat Hans de laatste jaren voor zijn pensioen doende was geweest met Ieren die in Nederland voor de IRA werkten. Dat was niet eens gelogen, want Neervoort had zich inderdaad beziggehouden met een tweetal gezochte IRA-terroristen in het Duits-Limburgse grensgebied. Margriet Bradey, had Van Seggelen gezegd, was de weduwe van een IRA-man James Bradey en ze werd ervan verdacht dat ze met allerhande smoesjes informatie probeerde te vergaren over Nederlandse veiligheidsagenten. Anneke hoefde zich geen enkele zorg te maken, de vrouw Bradey was volstrekt ongevaarlijk, ze werd bovendien in de gaten gehouden.

Daarmee, meende Hansen, was ook Anneke Neervoort afgedekt. Alles leek hem eigenlijk wel afgedekt, en dat was dan ook zijn conclusie in het rapport aan het Hoofd van Dienst, Maria, met weliswaar de aanbeveling de 'taps' op de diverse telefoonlijnen nog enkele weken aan te houden, tot nadat pastoor Martens uit Rome was teruggekeerd, en het schaduwen van mevrouw Bradey voor diezelfde tijd uit te besteden aan enkele rechercheurs van de Politie Inlichtingendienst.

Hij las de tekst op het scherm over, corrigeerde hier en daar een verschrijving tot hij ook daarover tevreden was, typte onder de laatste zin zijn naam, sectie en de datum en liet vervolgens de printer zijn werk doen.

Terwijl hij een sigaret rookte dacht hij na over zijn zoontje Daan dat het afgelopen weekend bij hem was geweest in de flat. Het jongetje was bijna zes jaar en had hem voor het eerst gevraagd wat voor werk hij deed. 'Mama zegt dat ze het niet weet. Ze denkt dat je rare dingen doet.'

'Zei ze dat?'

'Ja.'

'Tegen jou?'

'Nee, tegen Donald.'

Donald. Een nieuwe ster aan haar firmament? Sinds hun scheiding had Marina al zeker vier of vijf vaste vrienden gehad, die ze tot zijn woede meteen al mee naar huis en naar bed troonde. Ondanks het absolute verbod daarop had hij twee van hen kunnen nazoeken in de dossiers van de dienst – hij had overigens niets met hun gegevens aan gekund.

'Zul je het niet tegen je vriendjes vertellen?'

Het jongetje had hem met open mond aangekeken.

'Weet je wat recherche is?'

'Nee.'

Hij had geprobeerd uit te leggen wat dat was, maar natuurlijk was de interesse meteen weer verflauwd toen hij ontkennend had geantwoord op de vraag of hij dan ook een pistool had. Daarna was godzijdank *Sesamstraat* begonnen. Maar op een dag, realiseerde Hansen zich, zou er geen *Sesamstraat* meer zijn. Wat zou hij dan zeggen? Of, anders, wat zouden ze de jongen later vertellen als zijn vader dood was? Lucas Hansen. 'Wat deed mijn vader dan?'

Wie zou daar een bevredigend antwoord op kunnen geven als hij het zelf nu al niet goed kon?

De telefoon rinkelde en hij nam als gebruikelijk op met zijn voornaam te noemen.

Het was Hildebrandt, een van de twee sectiecoördinatoren. 'Lucas, sorry je te storen, maar zegt LOSON je nog wat?'

Hansen hoefde maar heel even na te denken. 'Toch een vroegere linkse organisatie hier van Surinaamse rijksgenoten?'

'Correct, als je communistisch nog als links wilt betitelen. Het staat voor Landelijk Overleg van Surinaamse Organisaties in Nederland. Ze begonnen toen Bouterse in 1980 de macht greep in Suriname. Er zijn gegevens dat ze later na de Decembermoorden geprobeerd hebben met Amerikaanse huurlingen daar iets te ondernemen en dat ze nog later nauwe contacten hadden met Haakmat hier en Ronnie Brunswijk van het Jungle Commando daar.'

Hansen knikte, toch wat verrast omdat Surinamers en Antillianen al lang niet meer in zijn portefeuille voorkwamen. Hij herinnerde zich een grote advertentie-actie waarin Surinamers werden geronseld om in Florida door Vietnamveteranen te worden opgeleid tot soldaten tegen Bouterse. De dienst had dat na willen gaan en hij had wat gesprekken gevoerd met topmensen van dat LOSON en wat vage Surinaamse intellectuelen. De hele actie was doodgebloed voor ook maar een van hen een geweer had vastgehouden.

'Het heeft een tijdlang stilgelegen tot de laatste verkiezingen daar. Zoals je weet doen Van den Heuvel en Broerse de contacten met de CRI en de DEA wat Bouterse betreft, maar Broerse zit nu daar met een parlementaire delegatie en Van den Heuvel ligt al een week thuis vanwege die verdomde griepepidemie. Broerse gaf gisteren door dat een vroeger vooraanstaand lid van dat LOSON eergisteren met zijn vrouw op het vliegtuig naar Schiphol stapte. Een arts die Kenton heet. Joseph Kenton, maar hij ziet er meer uit op de foto's hier als de reïncarnatie van Louis Armstrong. Volgens Broerse was hij begin jaren tachtig tamelijk actief in dat LOSON. Het hoeft niks te betekenen, maar er schijnt alsnog beweging in die club te zitten sinds Bouterse weer op het toneel is verschenen. Broerse vraagt een routinecontrole. Ik hoorde van De Niet dat jij een zaak aan het afronden bent. Zodoende.'

Make my day! dacht Hansen en hij staarde weer naar de regen. Suri's. Hij was indertijd twee keer voor de dienst naar Suriname gereisd en had er beide keren een depressie aan overgehouden. Suriname was een zandbak en Paramaribo een provinciestad waarbij Den Haag Manhattan scheen. Maar goed, Broerse zat er, hij niet.

'Hij logeert met zijn vrouw bij haar zuster in Haarlem. Ik stuur na de lunch een koerier met het dossier naar je toe. Ik ben je zeer dankbaar, Lucas, zodra Van den Heuvel terug is schakelen we weer op hem over.'

'Ja,' zei Hansen, maar Hildebrandt had al opgehangen. Hij doofde zijn peuk en leunde achterover. Kenton, dacht Hansen, een arts die op Louis Armstrong leek. De naam zei hem niets, behalve dat hij zich herinnerde dat er een jazzpianist was geweest die Stan Kenton heette, maar dat was een witte.

Zijn maag rommelde en hij kwam overeind, trok de twee vellen van zijn verslag over Margriet Bradey uit de printer, deed ze in een blanco enveloppe en liep er de gang mee op nadat hij volgens de voorschriften zijn deur had afgesloten.

12

Tijdens zijn laatste jaar als coassistent in het Rotterdamse Dijkzigtziekenhuis had Van Leeuwen een patiënt meegemaakt die het slachtoffer was geworden van radioactieve straling. In een milde vorm, maar op een absurde manier. De man, een Poolse zeeman, was in het bezit van twee loden kokertjes inferieure uranium dat afkomstig bleek te zijn van een kerncentrale in Oekraïne. Smokkelwaar. Ongevaarlijk zolang de kokertjes hermetisch gesloten bleven, zwaar giftig als je ze opende, wat de zeeman uit nieuwsgierigheid had gedaan. Toen had Van Leeuwen voor het eerst gezien hoe radioactieve straling de aanmaak van witte bloedlichaampjes vernietigt. Maar de Pool had afgezien van brandplekken totaal andere symptomen vertoond dan de jonge Percy Goedschalk. Uit de littekens op Percy's lijf en ledematen had hij kunnen opmaken dat de jongen ooit het slachtoffer moest zijn geweest van verbranding door vuur, niet van straling, en Van Leeuwen had er geen aandacht aan geschonken in dit land waar je elke dag wel een paar keer de sirenes van de brandweer hoorde loeien. Bovendien was het bij de Pool onmiddellijk duidelijk geweest gezien de kokertjes. Maar wie, dacht Van Leeuwen cynisch, kwam er nou op het idee dat er in dit land waar ze nog geen trein konden laten rijden, sprake was van radioactieve straling?

Hij had zich verplicht gevoeld naar de begrafenis te gaan, maar was er toch ook wel nieuwsgierig naar. Het bleek een heel gedoe, dat meer weg had van een bruiloftspartij. Annonces op de radio en grote advertenties met foto's van de jongen in de kranten, van zijn oom Stanley Goedschalk die uitgebreid zijn militaire rang en bevoegdheden had laten afdrukken, van mensen in Moengo, van de Chef van het Kabinet van de President, dr. H. Graanoogst, en diens vrouw en tot Van Leeuwens verbazing van de moeder, de broertjes en het zusje van de jongen, die alle vier getuige de kruisjes achter hun naam waren overleden. Het had in elk geval de bemoeienis van zijn oom verklaard.

Zoals de wet voorschreef had de begrafenis tussen achttien en zesendertig uur na het overlijden plaatsgevonden. Niet in Moengo maar in Paramaribo, op het kerkhof Marius Rust aan de Dr. Sophie Redmondstraat. Een creoolse begrafenis waarbij de vreemd uitgedoste dragers van de kist steeds zijwaartse en achterwaartse pasjes maakten om, had Urmi hem uitgelegd, Percy's geest op een dwaalspoor te brengen, zodat hij de weg terug naar Moengo of naar het hospitaal niet meer zou kunnen vinden. Hij had het een potsierlijke bedoening gevonden, en was over het kerkhof gaan dwalen. Daarbij was hij langs de graven gekomen van de vijftien slachtoffers van de Decembermoorden in 1982, waarop tot zijn verwondering boeketten verse bloemen lagen. Urmi was 's avonds naar de rouwkamer geweest in het huis van die Graanoogst. 'U kunt best meekomen, dokter. *Dede-oso alata* genoeg.'

'Dede-odo wat?'

'Ratten. Sterfhuisratten. Je hoeft geen familie of kennis te zijn om een sterfhuis te bezoeken. Er komen altijd veel arme mensen, begrijpt u? Om te eten en te drinken.'

Hoewel hij er nieuwsgierig naar was geweest, had hij het niet gedaan uit angst er te worden aangesproken op de dood van Percy. 'Onzin!' had Pien gezegd. 'Jij kunt er toch niks aan doen als een patiënt een hartstilstand krijgt!'

Want dat was de doodsoorzaak die hij dan maar had opgegeven, toen nog onwetend van wat Joseph Kenton in Amsterdam te horen had gekregen.

Meteen na zijn dood was Percy weggehaald. Urmi had hem verteld over de lijkbewassers, die het lijk volgens hun geheime rituelen direct klaar moeten maken voor de begrafenis. Van Leeuwen had ooit gehoord dat die rituelen niets anders voorstelden dan dat ze het lijk volspoten met formaline en alle lichaamsopeningen dichtstopten terwijl de bewassers zich bezopen om in trance te geraken.

Kenton had de dag na de begrafenis vanuit Amsterdam opgebeld.

'Het doet er niet meer toe, Joseph. De jongen is eergisteren gestorven.'

Het was een hele tijd stil geweest op het ruisen van de lijn na. Toen had Kenton tot zijn verbijstering gezegd dat de tests in Amsterdam hadden uitgewezen dat de jongen aan de gevolgen van een stralingsziekte was overleden. Niet openlijk, niet besmettelijk, maar sluipend en in de meeste gevallen na een bepaalde periode, dikwijls pas na jaren, dodelijk. Er bestond volgens het AMC geen enkel gevaar meer voor de volksgezondheid.

'*Got it*, Jaap? Hij moet een jaar of wat geleden op de een of andere manier in aanraking zijn gekomen met radioactief materiaal. Ze denken aan een dosis van zo'n 300 à 400 rem.'

Op dat moment had Van Leeuwen zich de Pool herinnerd.

De zeeman had ruim 300 rem ondergaan, was vrijwel meteen behandeld en was er, zij het steriel en met een zwaar aangetast gezichtsvermogen, met moeite bovenop gekomen.

'Wat heb je ingevuld bij de doodsoorzaak?'

'Hartstilstand ten gevolge van virale infectie.'

Natuurlijk. Dat was de diagnose die je stelde als je het niet zeker wist. Niemand, ook hier niet, mocht zonder overlijdensverklaring van een arts worden begraven, wat deze ook vermeldde.

'Laat het zo, Jaap. Als het enigszins kan, moeten we paniek vermijden. Je weet hoe zoiets rondzingt.'

Straling. Hoe had hij daar verdomme ooit aan kunnen denken? Waar was die jongen in godsnaam geweest? Het AMC schatte, zei

Kenton, dat hij het gezien het vergevorderde stadium van afbraak een jaar of vier, vijf geleden had opgelopen.

'Treurig, *boy*. En ik had die oom van hem nog wel verteld dat ze hier waarschijnlijk wel wat wisten. Is majoor Goedschalk nog geweest?'

'Ik zag hem op de begrafenis, maar ik heb hem nog niet gesproken. Hij komt vanmiddag Percy's spullen halen.'

'O. Het lijkt me verstandig als je het er niet met hem over hebt. Begrijp je?'

'Ja.'

'Ik dacht zelf dat Percy indertijd in Kourou kan zijn geweest. Er wordt daar behoorlijk gejat, zeggen ze, en hij schijnt veel gehosseld te hebben. Iets anders zou ik ook niet weten.'

Kourou was de raketbasis in het naburige Frans-Guyana. Van Leeuwen was er de keer dat hij ook Moengo had bezocht met een excursie langs gekomen, een futuristische stad aan een stoffige, rood uitgeslagen jungleweg die van de Surinaamse grensplaats Albina naar de hoofdstad Cayenne voert.

Kon Percy daar geweest zijn? Een ruimtevaartcentrum. Hij herinnerde zich metershoog hekwerk en dreigende wachttorens. Het leek niet onlogisch om dan aan straling te denken, maar kon een jongen uit Suriname daarbij komen? Als Kenton het dacht... En wat anders? Medische apparatuur? Voor zover hij wist beschikte alleen het Academisch in Paramaribo over een radioactieve generator. In de gegevens die hij had opgevraagd bij de huisarts van de jongen in Moengo stond niets over een ziekenhuisopname, al zei dat niet alles, want de kaart was op zijn Surinaams bijgewerkt. De gegevens dateerden pas vanaf eind 1992, hoewel de jongen in 1979 was geboren, en er werd alleen melding gemaakt van allerhande inheemse zalfjes ter bestrijding van de brandwonden. Hij had dus aangenomen dat die uit die periode dateerden.

Was hij daarvóór niet bij een arts geweest? Je wist het nooit hier, dat had hij inmiddels wel geleerd. Wie weet was hij ergens in een of ander dorp opgegroeid en pas na de dood van zijn moeder bij zijn oom in Moengo gaan wonen. In ieder geval zou hij die Goedschalk ernaar vragen.

Zwetend liep hij naar de derde verdieping van het ziekenhuis. Als gewoonlijk om deze tijd zaten er tientallen bezoekers in het trappenhuis te wachten tot het bezoekuur begon en de deuren van de afdelingen werden geopend. Reggae galmde door de gangen en de geur van ether vermengd met die van gebraden kip met pindasaus deed hem kokhalzen. Nergens een verpleegster of broeder te bekennen, alleen enkele schoonmaaksters die lamlendig de vloeren dweilden. Op de ouderwetse klok boven de deuren van de isoleerafdeling was het kwart voor vijf en als altijd realiseerde Van Leeuwen zich automatisch hoe laat het dan in Nederland moest zijn. Kwart voor negen in de avond. Midden oktober. Herfst. Al donker dus. Kalende bomen, regenvlagen, neonlichten. Kenton had gezegd zich erop te verheugen. Kenton was voor zover hij wist de enige Surinamer die dol was op regen en ijs. Hij had zelfs een keer aan de Elfstedentocht meegedaan maar die tot zijn grote frustratie niet kunnen uitrijden. Volgens zijn vrouw Louisa wilde Joseph meer Nederlander zijn dan de Nederlanders, niet omdat hij een kind van het naoorlogse kolonialisme was, maar juist om te bewijzen dat hij, en dus die vroegere kolonie, beter was. Kenton noemde dat natuurlijk *bana' ba*. Quatsch.

'Jaap?'

'Ja?'

'Het lijkt me toch, wat ze hier ook zeggen, verstandig als je de boel *anyhow* controleert. Stel je voor, we hebben toch al zo'n last met die klojo's van het stadsbestuur. Ergens in het magazijn achter de poli ligt volgens mij nog een geigerteller uit de jaren van de slavernij...'

Om geen aandacht te trekken had hij het apparaat, niet groter dan een flinke schoenendoos, al vroeg in de ochtend naar de isoleerkamer gebracht waar Percy had gelegen. Dit keer had hij het schrijnend gebrek aan personeel geprezen: er bleek nog niets in het benauwde vertrekje opgeruimd. Zelfs het bed lag er twee dagen na Percy's dood nog precies zo bij als toen de lijkbewassers hem eruit hadden getild. Lakens, klamboe, kussenrol, infuusstandaard, een metalen hangkast waarin een rode weekendtas met een Ajax-embleem. Op het nachtkastje stonden enkele foto's van een dikke, jonge creoolse met kleine kinderen om zich heen, van wie hij nu wist dat het Percy's overleden moeder was. Terwijl hij zijn handschoenen aantrok en het neuskapje voordeed keek hij naar de foto waarop ze Percy, veel jonger, tegen zich aan trok, ergens op een balkon. Ondanks het neuskapje bleef hij tot zijn walging de weeïge lucht ruiken die zo vaak scheen te hangen in ruimten waar iemand niet lang geleden was overleden.

Kenton had natuurlijk gelijk. Niet met die slavernij, want het apparaat dat hij had aangetroffen stamde volgens het metalen plaatje erop uit 1976, een geschenk van het Onze Lieve Vrouwe Gasthuis in Amsterdam; maar wel met het advies toch alles na te lopen. Eenmaal afgegeven straling was, in tegenstelling tot alle vooroordelen, niet giftig, en zeker niet na zo'n lange tijd, maar je kon beter het zekere voor het onzekere nemen.

De geigerteller bestond uit drie delen. Het hoofdbestanddeel was een metalen cilinder, zo'n dertig centimeter hoog en nog geen tien breed. Links en rechts staken er dunne kabels uit, een voor een koptelefoon, de ander als verbinding met een hamervormig instrumentje waarmee je voorwerpen of terrein kon bestrijken. Boven op de cilinder waren een stelknop en een meterschaal ingebouwd. Het kostte hem geen moeite de simpele instructies van de handleiding te volgen, en dus streek hij met het meetapparaatje steeds enkele centimeters boven het bed, de lakens, de metalen stoel, een oog gericht op de rode naald van het metertje die als vastgelijmd tegen de 'o' aan bleef zitten. Nu en dan wierp hij een blik op zijn horloge. Majoor Goedschalk had gezegd tegen vijven te komen, wat ongetwijfeld naar 's lands gewoonte later zou worden, maar hij had besloten niet langer te wachten dan tot kwart over vijf vanwege een afspraak met Pien. Het was haar laatste dag met de parlementaire delegatie, die ze vandaag rond moest leiden door de *foto*, de oude binnenstad. Om halfzes hadden ze afgesproken bij ijssalon Verdi in de Gravenstraat. Pien was dol op Surinaams ijs, het liefst het gewone schaafijs dat je her en der op straat kon kopen. Doorgaans liepen ze daarna door het drukke stadsgewoel naar het terras van Tori Oso aan de Rust en Vredestraat en belandden ze later in een van de eettentjes achter de Saramaccastraat. Vanavond had hij als verrassing een tafeltje gereserveerd in de verbouwde Plantation Room van het Torarica, niet het beste eten van de stad, maar wel de meest luxe omgeving voor zover hij wist. Passend. Pien zou de volgende ochtend voor veertien dagen met vakantie naar haar ouders gaan. 'Te kort,' had ze gezegd, 'maar ze willen me er verdomme bij hebben als Van Mierlo hier straks mogelijk toch komt.'

'Te lang,' had hij gezegd, 'veel te lang!'

'Ga dan mee.'

'O ja, de directie zal me zien aankomen nu Joseph ook al weg is.'

Even schrok hij ongenadig omdat hij meende dat het hoge staccato geluid werd veroorzaakt door de geigerteller, tot hij zich realiseerde dat het de pieper in zijn borstzak was. Hij legde het meetinstrumentje op de weekendtas en kwam overeind. Op de gang trok hij het neuskapje af alvorens de receptie te bellen.

'Van Leeuwen.'

'O dokter, majoor Goedschalk is hier voor u.'

Geërgerd keek hij naar de klok waarop het precies vijf uur was.

'Breng hem maar naar de isoleer.'

'Sorry, dokter, maar hij is al naar boven toe. Ik zit hier alleen met een wachtkamer vol en er is niemand anders…'

'Oké.'

Vloekend veegde hij het zweet uit zijn ogen, en hij liep haastig terug naar het vertrek. Verdomme, waarom was die vent op tijd? Militaire stiptheid? In elk geval zou hij er niet langer dan een minuut of tien aan geven en...

Geschrokken staarde hij naar het metertje van de geigerteller, dacht een moment dat het zinsbegoocheling was, maar zag toen hij zich vooroverboog dat hij zich niet vergiste. De naald bewoog zich tussen de 0 en de 0,2 heen en weer. Met ingehouden adem, zijn ogen gefixeerd op de meterschaal, tastte hij naar het meetinstrumentje en bracht het enkele centimeters omhoog. De naald zakte langzaam naar de 0, maar kroop onmiddellijk weer omhoog toen hij het apparaat tegen het linnen van de tas aan drukte. 0,2, dat stelt niet veel voor, dacht hij, terwijl hij toch ongerust met een hand tussen de spullen in de tas zocht. Een liter melk of een flinke hap lucht in een grote stad zou hetzelfde effect opleveren, maar hier was geen melk en dit was Paramaribo, een provincieplaats...

Zijn vingers stootten tegen iets hards, leken even ineen te krimpen en trokken vervolgens een metalen doos tussen de kleren vandaan waarin hij een cassetterecorder meende te herkennen, al kende hij het model niet.

De plastic kap vertoonde barsten en bobbels. Dwars eroverheen liep een kartelige scheur met verkoolde rand tot aan een metalen plaatje waarop in kapitalen RAFAEL stond. Onder de zwarte toetsen aan de voorzijde leken Arabische lettertekens te staan. Voorzichtig drukte hij op de eerste toets zonder dat dat effect sorteerde. Ook de tweede en derde schenen geblokkeerd. Aarzelend schoof hij vervolgens het meetinstrumentje heen en weer over de plastic kap en zag de naald nu wat sneller uitslaan, de 0,3 passeren tot hij bleef schommelen tussen de 0,4 en 0,5.

'Sorry, bent u dokter Van Leeuwen?'

Betrapt keek hij op. In de deuropening stond een breedgeschouderde man van een jaar of vijfenveertig, onberispelijk gekleed in een mosgroen overhemd met korte mouwen, insignes op de dichtgeknoopte borstzak, mosgroene kuitbroek, spierwitte sokken en glanzend gepoetste hoge zwarte schoenen. Op het grote hoofd stond wat schuin de rode baret van de elitetroepen.

Terwijl Van Leeuwen overeind kwam en het neuskapje afnam, rook hij vaag een mengeling van bakkeljauw en bier.

'Ja. Majoor Goedschalk?'

De militair knikte. Van Leeuwen trok zijn rechterhandschoen uit.

'Mag ik u mijn deelneming betuigen? Ik was op Percy's begrafenis maar moest helaas eerder weg.'

Goedschalk nam zijn hand niet aan, knikte weer, zijn ogen wantrouwig op de geigerteller.

'Waarom bent u hier bezig met een geigerteller?'

Van Leeuwen aarzelde, Kentons woorden in zijn hoofd. 'Het lijkt me verstandig als je het er niet met hem over hebt.'

'Sorry, majoor, maar als u even mee wilt komen dan vraag ik een verpleegster om Percy's spullen voor u te pakken.'

'Dat zijn zijn spullen toch?' Goedschalk kneep zijn ogen wat samen. 'Wat is er aan de hand, dokter?'

Jezuschristus, dacht Van Leeuwen, hoe lul ik me hieruit? Wanhopig zocht hij naar een smoesje, dacht in diezelfde seconden aan Pien die nu ongetwijfeld op weg was naar de Gravenstraat, herinnerde zich plotseling opgelucht dat Joseph Kenton de man hier tegenover hem kende en zei: 'Ik begreep dat dokter Kenton u beloofd had u te zullen informeren wanneer hij in Amsterdam zou zijn...'

Goedschalk bleef hem afwachtend aankijken zodat hij nog nerveuzer werd.

'Hij belde mij vanmiddag vroeg. Hij was in het AMC geweest. Het Academisch Medisch Centrum...'

'*I know.*'

'Ik... Eh, het lijkt me beter als u zelf contact opneemt met dokter Kenton, majoor. Ik weet dat hij met u heeft gesproken. Ik heb zijn telefoonnummer in Nederland en...'

Goedschalks lippen krulden zich minachtend. '*You tell me*, dokter. U heeft Percy behandeld, *ya*? U was hier toen hij stierf, niet dokter Kenton. Ik wil graag antwoord op mijn vraag. Als u dat weigert ga ik naar de directie met u.'

Het zweet prikte in Van Leeuwens nekharen. Ondanks zijn zenuwen voelde hij woede omhooggolven, maar ook een ondefinieerbare angst voor deze grote, imposante man. Het was wel zeker dat die zwarte klootzak niet zou aarzelen naar de medisch directeur te stappen en dan zou hij alsnog moeten vertellen wat er aan de hand was, en, ernstiger, dat hij ondanks de omstandigheden in gebreke was gebleven bij het vaststellen van de juiste doodsoorzaak. Goedschalk zou het toch te horen krijgen. En, wat Kenton ook had gezegd, de man had als wettig voogd van Percy recht op antwoord. Oké, dan kreeg hij een antwoord.

Met moeite produceerde hij iets wat op een glimlach leek. 'Dat lijkt me eerlijk gezegd overbodig, majoor. Aangezien u dokter Kenton al sprak, kan ik inderdaad net zo goed vertellen wat hij in Amsterdam hoorde... Pardon.' Hij stapte langs Goedschalk en duwde de deur dicht, tastte in de achterzak van zijn chirurgenbroek en haalde er zijn sigaretten uit. 'Volgens de tests daar is uw neef overleden aan de gevolgen van een stralingsziekte. Hij zou naar schatting een jaar of vijf terug in contact moeten zijn gekomen met radioactief materiaal. Dokter Kenton suggereerde dat uw neef toen in Kourou geweest zou kunnen zijn.'

'Kourou?'

Van Leeuwen knikte en stak de sigaret op. 'Ik heb van uw huisarts, dokter Lim Saw Pie in Moengo, de gegevens van Percy doorgekregen, maar die dateren pas vanaf eind 1992.'

'Percy is nooit in Kourou geweest. Zeker toen niet.'

'O.' Hij bukte zich en pakte het recordertje op. 'Weet u misschien waar Percy dit vandaan had?'

Heel even flitste er verbazing in de donkere ogen.

'Waarom vraagt u dat?'

'Omdat dit ermee te maken moet hebben. Het geeft een minieme stralingsdosis af, absoluut onschadelijk, maar toch...'

Het was een moment stil, op het krijsen van de ara's na.

'Ik vond het thuis tussen zijn spullen,' zei Goedschalk langzaam. Hij keek even naar de foto's op het nachtkastje. 'Het lag tussen zijn privéspullen en ik dacht dat het misschien een cadeautje was dat hij nog van mijn zuster in Amsterdam had gekregen. Misschien had hij haar stem opgenomen en wilde hij die bewaren. Maar bij nader inzien lijkt het me eigenlijk geen gewone cassetterecorder.'

'Is hij in Amsterdam geweest?'

Goedschalk trok zijn wenkbrauwen op. 'Hij woonde in Amsterdam, tot 1992. Mijn zuster en haar kinderen kwamen om bij de ramp in de Bijlmermeer, dokter, ze woonden in de flat waar dat vliegtuig op neerstortte, maar Percy had geluk. Weet u zeker dat het niet schadelijk is?'

'Wat?' vroeg Van Leeuwen verward, en hij besefte toen dat Goedschalk op het apparaatje doelde en schudde zijn hoofd terwijl hij het overhandigde.

'Absoluut niet.'

De Bijlmer, dacht hij, dus Percy was toen in de Bijlmermeer. Dat verklaarde de littekens van brandwonden en het ontbreken van recente medische gegevens over hem in Moengo! Hij was in die flat waarop dat El Al-toestel was terechtgekomen...

Ondanks de warmte in het benauwde vertrek kreeg hij het plotseling ijskoud. Gefascineerd staarde hij naar het geblakerde apparaat dat nog kleiner leek te zijn in Goedschalks kolossale hand.

'Ik krijg het ding ook niet open. Het zal wel kapot zijn gegaan door de brand toen Percy daar was. Ik had iemand willen vragen die Arabisch kent wat die letters betekenen.'

'U vergist zich, majoor,' zei Van Leeuwen hees. 'Dat is geen Arabisch, maar Ivriet. De taal die ze in Israël spreken. Maar het is inderdaad geen cassetterecorder.' Zijn stem klonk hem vreemd in de oren. 'Ik heb zoiets tijdens mijn diensttijd wel eens gezien. Ze noemen het een CVR, een *Cockpit Voice Recorder*, een apparaatje dat in de cockpit alle gesprekken tussen de bemanning registreert.'

13

'God, Tilly, ik weet het echt niet! Het kan best dat er die dag nog iemand anders is gestorven bij wie die Martens is geweest, maar sinds die weduwe zo vreemd reageerde ben ik ervan overtuigd. Er moet een causaal verband bestaan!'

Hoe dikwijls zou ze dat laatste zinnetje in haar leven hebben gezegd? Duizenden keren? Tegen honderden leerlingen?

Er móést een verband bestaan tussen Jimmy's leugen en de brief die een pastoor Martens haar nu meer dan een week geleden had gebracht. Een logisch verband. Maar wat was nog logisch, verdomme?

'Hoe zei je ook alweer dat die man heette?' vroeg Tilly.

Verward keek ze op. 'Eh... Gevers.'

'Nee, de man die in het ziekenhuis overleed.'

'Neervoort.'

Ze schoof de uitgeknipte overlijdensadvertentie naar haar schoonzusje. Tilly zette haar leesbril op en las. Margriet aarzelde of ze opnieuw een sigaret zou opsteken in het schuldige besef dat ze de laatste weken veel meer rookte dan gewoonlijk – en dronk, getuige een zeurende hoofdpijn.

De regen kletterde tegen de schuifpui die de woonkamer van haar schoonzusje van de grote achtertuin scheidde.

'Als je daar echt zeker van wilt zijn, kun je dat toch nagaan bij het ziekenhuis?'

'Ja...'

'Maar dat heb je niet gedaan?'

Ze schudde haar hoofd en trok een sigaret tevoorschijn.

'Omdat je bang bent te horen dat het niet zo is. Mag ik die brief nog eens zien?'

Ze knikte aarzelend en haalde het velletje weer uit haar tas. Tilly die met haar mavo-opleiding huizenhoog opkeek tegen mensen met een academische graad, zoals zij en haar broer Hans, maar die veel meer mensenkennis had en een grotere betrokkenheid toonde dan de meeste anderen. Dan Marius bijvoorbeeld, bedacht ze somber. Ze stak de sigaret op en constateerde voor de zoveelste maal sinds de afgelopen nacht dat dat haar eigenlijk geen bal meer kon schelen.

Hij had de vorige dag van Terschelling gebeld dat Thomas en hij terug zouden komen met de namiddagboot en ze had aan zijn stem kunnen horen dat het niet goed was gegaan tussen beiden. Hij was kortaf en humeurig geweest en had alleen maar gevraagd of ze wat bij de Chinees wilde halen. Het gaf niet wat. Nee, niet voor Thomas die hij op de terugweg in Amsterdam zou afzetten.

Ze had toen al besloten hem over de brief te vertellen ondanks zijn weerzin over alles wat met Jimmy te maken had. Want, had ze gedacht, het was toch te gek dat ze hier hypernerveus rondliep en dat ze een partner had aan wie ze niets kon vertellen! Dus had ze, vond ze, zich uitgesloofd door nou eens geen babi pangang te halen, maar een behoorlijk prijzige rijsttafel en in de slijterij bij het Kurhaus die op zondag open was zelfs nog een fles oude jenever.

De avond was vanaf het begin teleurstellend verlopen. Marius had onafgebroken geklaagd over de jongen die steeds meer onder invloed scheen van zijn moeder die hem had geadviseerd van het vwo af te gaan en een toelatingstest te doen voor de grafische school omdat hij wel aardig kon tekenen.

'Graficus! Dat vak betekent toch niets meer tegenwoordig met alle computertechnieken. En dan nog, het is toch ook niet wat je noemt een intellectuele uitdaging, wel? Ik maak de jongens bij de huisdrukkerij van de Orde wel eens mee en dan valt je bek ook niet open van het niveau, hoor.'

Waarschijnlijk lag het aan het feit dat ze erg gespannen was, maar zijn egocentrisme en zelfmedelijden – die ze doorgaans redelijk kon accepteren – waren haar te veel geworden, zodat ze het van de weeromstuit voor de jongen had opgenomen. Maar het had beslist aan zijn overmatig alcoholgebruik gelegen dat hij daarop reageerde met laatdunkende opmerkingen over het leraarschap, dat volgens hem niets anders was dan het stomweg doorgeven van kennis op het niveau van pubers. Volgens hem kon Thomas net zo goed havo doen, want dan kon hij in elk geval nog docent worden. Voor het eerst hadden ze ruziegemaakt en ze was gekwetst vertrokken zonder dat hij een poging deed haar tegen te houden. Ze had verwacht dat hij zou bellen om zijn excuses aan te bieden, maar toen de telefoon ook na een halfuur nog niet gerinkeld had, had ze woedend de stekker eruit getrokken.

De volgende ochtend was ze wakker geworden met een stekende hoofdpijn. Ze wist nauwelijks hoe ze in bed was beland, maar de herinnering kwam haarscherp terug toen ze beneden in de woonkamer de stoel bij de secretaire zag, Jimmy's foto op het uitgetrokken blad naast een lege fles dure medoc, een leeg glas, en een propvolle asbak.

Het was, bedacht ze terwijl ze haar lezende schoonzusje gadesloeg, krankzinnig! Met Jimmy was ruzie schering en inslag geweest, maar ze was nooit bij hem weggelopen – al had ze diverse malen op het punt gestaan dat wel te doen. Jimmy's filosofie was ook wat dat betreft een heel simpele: 'Een goeie ruzie, *honey*, is als regen na een tijd zon. *You need it! It is refreshing! Storm is even better! Hurricanes!*'

Eigenlijk, bedacht ze, had ze in al die jaren met Marius onbewust gesnakt naar een regenbui, maar nu het er eindelijk van was gekomen, voelde ze zich klam en doorweekt in plaats van opgefrist.

'En in dat verpleegtehuis wisten ze van niks?'

'Nee. De man die ik vanochtend aan de telefoon had, een of andere administrateur, zei dat het mortuarium alleen voor bewoners werd gebruikt. Voor ongelukken en zo is er een ziekenhuis. Dat leek me ook wel logisch.'

Tilly knikte en dronk van haar koffie. Margriet wist zeker dat ze op dat moment hetzelfde dacht als zij. Als het een ongeluk was... Maar in plaats daarvan zei ze: 'Het lijkt wel een detective.'

'Geloof je het?'

'Wat?'

'Die brief.'

'Ja. Tenminste, als je alles wat je vertelde erbij optelt, vind ik het wel heel gek allemaal. Waarom denk je dat die mevrouw Neervoort zo vreemd tegen je deed?'

'Omdat ze eerst zo aardig was toen ik haar zaterdag belde. Het was natuurlijk vreselijk stom van me om op te hangen. Bovendien vond ik het eigenlijk ook wel onbeschoft, dus dacht ik gisteren: Weet je wat, ik ga er gewoon langs met die brief en vraag of ze het handschrift kent of snapt wat er staat.'

Ze inhaleerde en dacht aan de oudere, bleke vrouw die panisch had gereageerd en de deur van haar flat met een klap dicht had gegooid toen ze zich had voorgesteld.

'Denk je dat ze weet wat het betekent?'

'Geen idee.'

Tilly dronk nadenkend van haar koffie. 'Je zou bijna zeggen dat ze bang was toen je je naam noemde.'

Margriet keek toe hoe haar schoonzusje de brief nogmaals overlas. Tilly was een jaar ouder dan zij. Hoewel ze twee jonge kinderen had en alleen het huishouden runde omdat haar man als zelfstandig gevestigd psycholoog meer dan tachtig uur per week werkte, zag ze eruit als een jonge vrouw van achter in de twintig en was het huis altijd keurig opgeruimd. De kinderen waren op deze eerste dag van de herfstvakantie met buren een dagje naar de Efteling.

'Ik vraag me af wat voor werk hij deed.'

'Jimmy?' Margriet lachte verwonderd. 'Dat weet je toch. Hij deed veel promotiewerk voor Amerikaanse kunstenaars hier en...'

'Nee, die Neervoort. Ik bedoel, hij schrijft wel dat het te maken had met Jims werk, maar als het een opdracht is dan had Jims werk misschien ook wel met het zijne te maken, denk je niet?' Ze keek naar de advertentie. 'Er wordt geen beroep genoemd en hij was zesenzestig, dus je zou zeggen dat hij dan gepensioneerd moet zijn geweest of met de VUT. Dat is dan hooguit een paar jaar geleden. Een huisarts kent je beroep toch?'

'Ja.'

'En in een ziekenhuis weten ze wie je huisarts is.'

'Ja. Maar wat dan? Denk je dat zo'n ziekenhuis zomaar de naam van een huisarts geeft? En dat die dan aan mij vertelt wat een overleden patiënt vroeger deed? God, Til, zo'n man zal toch ook willen weten waarom? Ik zie mezelf die brief al geven!'

'Ik kan het Hans vragen.'

'Hans?'

'Ja, waarom niet? Hij heeft best wel te maken met artsen, dus als hij zou bellen...'

'Dan moet hij er eerst wel van weten.'

'Nou? Jee, Margriet, het is je broer en mijn man! En hij kende Jimmy goed. En trouwens, als je dat niet wilt, dan kan ik hem toch gewoon zeggen dat je voor je werk of zo wilt weten wie die Neervoort was. Hans is nooit zo moeilijk hoor met dat soort dingen.' Tilly kwam overeind. 'Wil je nog koffie?'

'Graag.'

Terwijl ze haar schoonzusje achter zich in de weer hoorde met het espressoapparaat, vroeg ze zich opnieuw af of ze geen hersenschimmen najoeg. Was die Neervoort inderdaad wel degene die de brief had geschreven? Maar het was waar wat Tilly zojuist had gezegd, zijn weduwe had angstig gereageerd toen ze haar naam had genoemd, dus zou je haast denken dat ook zij ervan wist – haar naam had immers ook op de enveloppe gestaan. 'Aan mevrouw M. Bradey persoonlijk'.

'Ik bedenk net trouwens nog wat. Als hij in een ziekenhuis lag, was het ernstig, anders lig je daar toch niet. In elk geval word je er verpleegd, dus zou je kunnen nagaan of er een verpleegster is die hem heeft verzorgd.'

Margriet schudde haar hoofd. 'Dat gebeurt in ploegendiensten, en dan nog... Stel dat je zou weten wat hij voor werk deed, hoe kom je dan te weten wie die collega is over wie hij het heeft? Het is vijf jaar geleden. Vijf jaar! Sorry, Til, het is lief van je, en ik heb het ook bedacht, maar het helpt niet. Echt niet.'

'Zijn er op de ambassade geen stukken of zo die...' Tilly's ogen lichtten plotseling op. 'Zeg, als die Neervoort met iemand anders Jimmy daar in Hoofddorp heeft opgehaald, dan moet hij die avond dus daar zijn geweest. Jimmy... Ja toch?'

'Ja, al zegt Frank Belusian...'

'Vergeet die man nou even! Je zegt zelf dat hij veel drinkt, en het is wat je zei jaren geleden, en wie weet denkt hij wel dat Jimmy er een vriendin op na hield of god mag weten wat, zodat hij je wil sparen. Hoe laat vonden ze Jimmy? Daar bij Wassenaar, bedoel ik.'

'Wat? Jee, ik weet het niet. Dat hebben ze me nooit zo exact verteld.' In gedachten liep Margriet de avond weer na. Het telefoontje over Isaac Edelstein, Zooey uitlaten, het nieuws over de Bijlmerramp dat was overgegaan in een speciaal ingelaste uitzending, de bel, de ambassadeur.

'De ambassadeur kwam het me zo rond een uur of elf vertellen.'

'Elf uur...' Opgewonden kwam Tilly weer overeind en ze haalde uit de la van het telefoontafeltje een viltstift en een schrijfblok.

'Wat ga je doen?'

'Luister. Ze vonden hem in zijn auto.' Margriet zweeg perplex. Tilly tikte tegen de brief. 'Maar die Neervoort zegt dat ze hem in een ambulance naar de Ursulakliniek brachten. Dus als Jimmy eerst zelf daarheen was gegaan, moet iemand zijn auto ook terug hebben gebracht, of hij is daar nooit met de auto heen geweest, naar Hoofddorp. Maar hoe dan ook, als je iemand moet ophalen in een verpleegtehuis, en hem dan naar Wassenaar moet brengen, dan ben je toch algauw anderhalf à twee uur bezig, denk je niet?'

Ze schreef het op zonder op te kijken: Hoofddorp. Wassenaar. 11-2.

'Dan zouden ze zijn auto op de Rijksstraatweg in brand hebben moeten...' Ze keek op. 'Heb je hem eigenlijk daar in de auto gezien?'

'Eh... nee.'

'Maar wel in de kliniek?'

'Nee ook niet.' Margriet glimlachte wat bitter. 'De ambassadeur zei dat ik dat beter niet kon doen.'

'Ja, ik weet het weer.'

'Hans en jij hebben hem toch wel gezien?'

'Ja. Nou ja, hij lag in zo'n gesloten kist, weet je wel, met zo'n glasplaat waar je dan doorheen kunt kijken. Ik weet nog dat iemand van dat rouwcentrum zich verontschuldigde over de wasem of zo op dat glas omdat er iets niet in orde was... Ik herinner me het niet goed meer.' Ze glimlachte even geruststellend alsof ze Margriets gedachten raadde. 'Jezus, Margriet, laten we in godsnaam met beide benen op de grond blijven staan! Oké. Het is allemaal speculeren, maar als ze hem om negen uur in Hoofddorp haalden, dan moet hij daar dus zijn geweest, dat kan niet anders. Je zei dat hij jou belde over die kennis die hij had ontmoet. Nou ja, goed... Hoe laat was dat?'

'Veel vroeger. Ergens tussen vijf en zes uur, in elk geval voor ik Zooey uitliet.'

'Tussen vijf en zes. Halfzes. En je weet niet waar hij toen was?'

'In het huis van de ambassadeur volgens Frank Belusian. En volgens Jim.'

'Dat kan best. Dan zou hij nog...' Tilly maakte een grimas.

'...in leven zijn geweest,' zei Margriet en ze pakte een sigaret. 'Ja, dat moet wel, hè, als ik hem sprak.'

'Doe niet zo cynisch, hé. Dat wou ik helemaal niet zeggen! Je rookt trouwens ontzettend veel, weet je.'

'Ja.'

'Je was toch van plan te stoppen toen Hans en ik ermee kapten?'

'Til, wat wou je dan wel zeggen!'

'Ik wou zeggen dat als die Belusian gelijk heeft, Jim dan dus nog in Wassenaar was. Dan zou hij tussen pakweg zes uur en, eh... zeg uiterlijk een uur of acht naar Hoofddorp moeten zijn gegaan, en waarschijnlijk niet met zijn eigen auto. Dus met iemand mee bijvoorbeeld of met een andere auto. Heb je eigenlijk die agenda van hem doorgekeken of daar ergens Hoofddorp in voorkomt?'

'Ja. Nee, maar Jim schreef bijna nooit wat op.'

'O.' Peinzend omcirkelde Tilly het woord Hoofddorp. 'Als hij nou eens helemaal niet op die receptie is geweest... En hij zou jou gebeld hebben tussen vijf en zes... Denk eens na, toen hij je belde, hoorde je toen andere mensen, muziek, weet ik veel, geluiden die bij zo'n receptie horen?'

'Jeetje hé.'

'Denk nou na. Je hebt anders ook zo'n goed geheugen!'

Ze stak de sigaret op en staarde naar buiten, waar het regenwater op de tegels van het terras kletterde. Wat had Jim gezegd?

'Sorry, *honey*, maar ik loop hier een vent tegen het lijf met wie ik honderd jaar geleden op Cornell zat...'

En toen? De naam van die Isaac Edelstein. En zij had plagerig gevraagd of hij niet wat beters kon verzinnen als hij een leuke vrouw tegen het lijf was gelopen. Wat zou Jimmy gezegd kunnen hebben na zo'n opmerking? 'God, *honey*, ik dacht juist dat je zo'n naam wel zou geloven, *I mean...*'

Haar ogen verwijdden zich wat. 'Er zat een vliegtuig tussen,' zei ze, 'een zwaar motorgeluid dat heel even stoorde, want ik herinner me dat ik daarna niets meer hoorde en al wilde ophangen omdat ik dacht dat de verbinding uit was gevallen...'

'Een vliegtuig?'

'Ja, en behoorlijk dichtbij. Maar het was weg toen we elkaar weer spraken. Hij zei dat het wel laat kon worden en dat ik me niet ongerust moest maken.' Ze draaide haar hoofd opzij. 'Ik geloof niet dat ik anderen heb gehoord.'

Tilly leunde achterover en schoof nadenkend de leesbril op haar blonde haar. 'Dat zou Schiphol kunnen zijn. Dat ligt niet ver van Hoofddorp. De afslag is er pal voor.'

Margriet maakte een grimas en pakte haar kopje. 'Vliegtuigen vliegen toch niet alleen bij Schiphol? Vliegveld Valkenburg ligt vlak bij Wassenaar, ik hoor ze zelfs bij mij thuis overkomen!'

'Had Jimmy een autotelefoon?'

Verbouwereerd schudde ze haar hoofd. 'Nee, dat wilde hij niet... Maar je zei zelf dat hij dan waarschijnlijk niet met de Rover was.'

'Nee, doet er ook niet toe. Luister. Jimmy betaalde toch altijd met een creditcard?'

'Eh... Ja. Waarom?'

'Heb je afschriften van die tijd, van dat jaar? Giro, bank, American Express of wat hij dan ook gebruikte?'

'Waarom?'

'Heb je ze nog?'

'Ja, tenminste... ja, ik moet het van de accountant vijf jaar bewaren vanwege de belastingen, dus dat zal er nog wel zijn.' Ze lachte ongelovig. 'God, Til, wat denk je nou? Dat hij ergens heeft gebeld en dat dan zou hebben afgerekend met zijn creditcard? Hij was dan wel Amerikaan, maar dat soort dingen betaalde hij toch echt contant, hoor!'

'Dat weet ik wel, lieverd. Het is ook een heel kleine kans, maar als hij nou bijvoorbeeld ook getankt zou hebben of, weet ik wat, iets te eten heeft gekocht... Ik bedoel, als het halfzes of zes uur was, kan dat toch. Weet ik veel, een saucijzenbroodje, een colaatje... Als hij om die tijd ergens bij een benzinestation was en je meteen belde... Het kan toch? En er is daar een groot benzinestation...'

'En dan? Stel dat het zo is? Dan weten we toch nog niet waarom hij daar was?'

'Nee, tuurlijk niet.' Tilly legde een hand op de hare. 'Maar dan heb je toch in elk geval een soort houvast waarmee je naar de politie kunt gaan... Met dat afschrift en dit briefje... Volgens mij kun je dan heel goed vragen of ze het na willen gaan.'

Politie. Verbluft staarde ze Tilly aan.

'En als ik Hans vanavond vraag of hij morgen voor me wil navragen bij het Rode Kruis wie de huisarts van Neervoort was.'

'Maar... de politie heeft nou juist geconstateerd dat Jim verongelukte bij Wassenaar!'

'Is dat zo?'

'Wat?'

'Is er iemand geweest die...' Tilly zweeg met samengeknepen ogen toen ze de hand onder de hare voelde spannen.

'Er was een man,' zei Margriet toonloos, 'die zei dat hij plotseling vlammen zag, op de hoek van de Paauwlaan en de Rijksstraatweg. Hij remde af en sloeg rechts af en zag dat het een brandende auto was. Hij heeft Jim eruit gehaald en de politie gebeld. Hij heeft me dat zelf verteld na de begrafenis. De politie zei dat Jim in een slip moet zijn geraakt, tegen de vangrail is gebotst en toen een slinger over het wegdek heeft gemaakt naar de andere kant waar hij tegen een boom aan is geknald.'

'Maar dat heeft niemand gezien?'

Met samengeknepen lippen schudde Margriet haar hoofd.

'Wel gek eigenlijk, vind je niet? Dat moet dan om een uur of tien zijn gebeurd als de ambassadeur al bij jou om elf uur was... Nou, ik rij er wel eens om die tijd en dan is het toch behoorlijk druk daar, dat weet je zelf. Weet je nog hoe die man heette die hem vond?'

'Ja. Ik heb de politie later nog gebeld voor zijn adres, om hem nog een bedankbriefje te sturen. Hij was een advocaat ergens in de binnenstad... Aardige vent van een jaar of vijftig. Danckert. Mr. Danckert. Het adres weet ik niet meer.'

Tot haar verbazing reikte Tilly achter zich en ze viste de telefoongids tevoorschijn. 'Dat moet toch makkelijk zijn.'

'Wat wou je dan doen?'

'Gewoon, vragen of hij misschien weet... Danckert, hier. Advocatenkantoor Danckert en Van Beek. Prinsengracht, was dat het?'

'Ja, maar...'

'Laat nou maar, lieverd, als die man zo aardig is als je zegt, zal hij in elk geval even willen luisteren.'

Tilly glimlachte tegen haar terwijl ze de hoorn oppakte. Margriet rookte nerveus. Tilly! Natuurlijk was ze opgelucht dat ze het aan Tilly had verteld, en zeker omdat ze haar geloofde, maar Tilly was altijd zo voortvarend en zo...

'Ja, u spreekt met mevrouw De Boer, ik zou graag mr. Danckert willen spreken als dat kan... Wat?' Tilly's ogen keken haar verrast aan. 'Is dat pas gebeurd?' Terwijl Margriet heel vaag de stem aan de andere kant hoorde, zag ze hoe haar schoonzusje in een schrikbeweging de hoorn even van zich afhield. 'Sorry, kunt u dat nog eens zeggen? Weet u dat zeker? Is er een ander dan? Een zoon of zo? Nee. Nee... Nee, dank u wel.'

Heel langzaam hing ze op, alsof de hoorn van porselein was, haar ogen wijd open, haar lippen trillend van elkaar.

'Wat is er?'

Tilly schudde haar hoofd alsof ze tot zichzelf moest komen. 'Weet je dat zeker, dat die man mr. Danckert heette?'

'Ja. Hij staat ook in het condoleanceregister. Tilly, wat is er verdomme?'

‘Mag ik een trekje alsjeblieft?’

‘Wat?’

‘Een trekje!’

Ze trok de sigaret zowat uit Margriets hand, inhaleerde heel diep en liet de rook beetje voor beetje tussen haar tanden ontsnappen.

‘Mr. Danckert,’ zei ze zachtjes alsof ze het tegen zichzelf had, ‘is de oprichter van dat kantoor. Hij is in 1961 overleden. Sindsdien werkt daar niemand die zo heet.’

14

Het eerste geluid dat Goedschalk kon thuisbrengen onder de ruis van de band was een lang aanhoudende rokershoest die opeens overging in de daverende start van vliegtuigmotoren.

'Dit is zondagavond 4 oktober 1992,' meldde Graanoogst, 'rond kwart over zes. Jullie zullen straks de exacte tijd wel horen als de verkeerstoren zich meldt. De crew van de El Al is aan boord van een Boeing 747-200 die El Al 1862 wordt genoemd. Ze staan klaar voor take-off. Volgens de rapporten die ik van onze mensen in Den Haag heb binnengekregen, landde de Boeing die middag tegen halfvijf Nederlandse tijd op Schiphol na een vlucht van Kennedy Airport in New York. Op het eigen platform van El Al-bevrachtingen daar. Grondpersoneel van de luchthaven heeft verklaard dat daar onderhoud aan de motoren werd verricht en dat er olie werd ververst, maar niet door Hollands personeel. KLM-monteurs werden geweigerd onder het motto dat dat vertraging zou opleveren. Je luistert nu naar het warmdraaien van de vier motoren.'

Goedschalk keek naar de glanzende recorder op tafel. Onder de plexiglas kap draaide een flinterdun bandje dat in het felle zonlicht wel van goud leek. Volgens Graanoogst waren twee technici achtenveertig uur onafgebroken aan het werk geweest om van de verrinneweerde tape in Percy's recordertje een acceptabele kopie te vervaardigen. Twee technici van Renfurms dienst. Het recordertje was inderdaad van Israëlische makelij. Rafael was een elektronisch concern dat vooral voor de wapen- en vliegtuigindustrie werkte. Goedschalk keek even naar de creool in zijn smetteloos witte kostuum. Hij scheen te slapen, maar Goedschalk wist uit ervaring dat Renfurm zelden sliep. Het was een van de redenen dat hij als tweede man van de veiligheidsdienst alle wisselingen binnen het gouvernement en de ambtenarij sinds 1980 had overleefd. Letterlijk, want zijn voorganger was in zijn slaap doodgeschoten, en hoewel iedereen wel wist wie daar verantwoordelijk voor was geweest, lag het politiedossier erover nog altijd in de archiefkast voor onopgeloste zaken.

Waarom Renfurm hierbij was, wist Goedschalk niet. Hij had zonder meer niet goed begrepen waarom Graanoogst hem na een onverwacht telefoontje deze ochtend had laten halen uit de kazerne bij Moengo. In de gesloten auto had, even onverwacht, Glenn Renfurm gezeten. Deze had tijdens de tachtig kilometer naar Paramaribo over ditjes en datjes gesproken en alleen gezegd dat Graanoogst spoedoverleg wilde naar aanleiding van Percy's dood en het gevonden recordertje. Dat had Goedschalk logisch geleken. Hij had na de schokkende mededelingen van de *bakra*-arts over Percy's ziekte bij Graanoogst op nader onderzoek aangedrongen. Graanoogst had toegezegd ogenblikkelijk maatregelen te zullen nemen en had hem gevraagd er vooralsnog tegenover iedereen over te zwijgen.

Het recordertje had straling afgegeven volgens de arts, dat begreep hij. Maar waarom luisterden ze naar het bandje met vluchtgegevens?

'Volgens de experts,' zei Renfurm, 'draaien de motoren een vrij hoog toerental omdat de *plane* te zwaar beladen is. Dat schijnt vaker voor te komen.'

Op de band zei een mannenstem iets onverstaanbaars. Iemand anders lachte. Het motorgeluid veranderde wat van toonhoogte.

'Ivriet,' zei Renfurm. 'De crew. Als je de verkeerstoren hoort, gaat dat gepaard met een hoop *noise*. Die *flight recorder* zit in de cockpit, het is een magnetische band van dertig minuten die steeds automatisch schoon wordt gewist en weer opneemt. Alles wat de crew onderling zegt, maar ook alle radiocontact, ieder geluid wordt opgenomen. Maar niemand buiten de cockpit hoort het. Het is niet verplicht. De captain kan hem uitzetten...' Hij lachte. 'Die *boys* praten natuurlijk ook wel eens over andere vrouwtjes dan moeder thuis. Het is dus een ander apparaat dan de black box, die ze niet zelf kunnen bedienen.'

Gefascineerd luisterde Goedschalk naar het motorgeluid dat even oorverdovend aanzwol en daarna weer regelmatig zoemde. 4 oktober 1992, dacht hij. Wat zou Lucie op dat moment in haar flat hebben gedaan? De kinderen aankleden? En Percy? Hij had verteld dat hij die middag had gevoetbald en dat Lucie hem nog een pak *bron-go* had verkocht omdat hij te laat thuis was gekomen. Percy. Hij staarde naar de bewolkte lucht boven het matglas, nog net de toppen van bomen. Zou Percy daar nu ergens zijn, met Lucie en de kleintjes, en vertellen over oom Stanley? Hoewel hij recht had op enkele dagen vrij, had hij toch besloten aan het werk te gaan in Moengo, toen Henck hem belde over het bandje.

Hij schrok op van een mannenstem die in het Engels zei dat 'El Al 1862 toestemming heeft om op te stijgen van baan 01L'. Iemand anders bevestigde dat en zei dat het 18.20.49 was.

Er klonken nu meer stemmen terwijl de toonhoogte van de motoren veranderde. Hoe goed Goedschalk ook luisterde, hij kon geen touw vastknopen aan de gesprekken die nu eens luid, dan weer gedempt doorkwamen alsof er sprake was van een microfoon die steeds van positie veranderde.

'El Al 1862, goedemiddag, u heeft toestemming voor take-off van baan 01L.'

'Dat is de verkeerstoren,' zei Graanoogst. Een lage mannenstem zei: '01L, *Roger*.'

De vier motoren bromden regelmatig terwijl de stemmen hun conversatie weer hervatten.

'Als je goed luistert,' zei Graanoogst, 'kun je een vrouw horen.'

Aandachtig leunde Goedschalk wat voorover.

Inderdaad zat tussen het gebabbel een hoge, hese stem die soms even lachte.

'Er waren vier mensen aan boord,' zei Graanoogst. Hij zette zijn bril op en pakte de papieren voor zich. 'Gezagvoerder Fuchs, eerste officier Arnon Ohad, copiloot, boordwerktuigkundige Gedalya Sofer en die vrouw. Haar naam was Anat Solomon en ze was, althans formeel, de verloofde van een in Nederland gestationeerde agent van de Mossad, de Israëlische veiligheidsdienst.'

Renfurm glimlachte met zijn ogen dicht. Het gieren van de motoren bereikte een onwaarschijnlijke hoogte, leek even af te breken, waarna het zware gedaver weer klonk. Goedschalk slikte om het weeë gevoel in zijn maag te onderdrukken en reikte naar zijn sigaretten.

In de cockpit zei iemand dat het water ergens beneden het Noordzeekanaal was en ogenblikkelijk doemde voor zijn geestesoog de kaart van Nederland op hangend in het schoollokaaltje van de Hernhutters in Apoera, vijfendertig jaar geleden. De waterweg naar Amsterdam, zeesluizen bij IJmuiden, uitmondend in het IJ, het eilandje Pampus.

'Amsterdam, El Al 1862, goedenavond,' kraakte dezelfde lage stem. 'Ik ga voorbij 4300.'

'4300 voet,' zei Graanoogst en hij keek op zijn Rolex.

Er klonk weer hevig geruis, een stem erdoorheen. 'Kun je de KL 237 zo hebben in verband met de El Al 1862, want die klimt voor geen meter...'

'Wat lullen ze daar?' zei kennelijk iemand in de cockpit. 'We klimmen toch oké?'

De lage stem antwoordde: 'Hij vergist zich, het KLM-toestel zit juist te laag. Ik ga versnellen om de *flaps* op te kunnen halen.'

'El Al 1862, hallo, klim naar 210.'

'210, *Roger*.'

'Toch lijkt het me dat-ie trager klimt.'

'Logisch met dat spul.'

Iemand lachte.

'Nog even, Ohad, dan kun je je vol laten lopen op de Dizengoff.'

'Ik ken een tent die...'

'Hoe hoog zitten we nu?'

'6300. Oké dus.'

Goedschalk schrok op van een krijsend hoog geluid alsof de band plotsklaps op meer dan dubbele snelheid was gezet.

'Niks aan te doen,' zei Graanoogst. 'Ze hebben de band daar aan elkaar moeten plakken omdat hij op dat punt doorgesmolten was. Het duurt maar even. Als hij weer pakt, is het bijna drie minuten voor halfzeven...'

Hij pakte zijn glas gekoelde *soft*. Achter hem wuifden boven het matglas de kruinen van de bomen in de Cultuurtuin. Tot Goedschalks verwondering was Renfurm niet naar Graanoogsts kantoor achter het Onafhankelijkheidsplein gereden, maar vanaf het pontveer aan de Waterkant via het centrum naar een koloniale villa vlak bij de Mangolaan in het noorden van de stad. Er was geen bordje aan het hek bevestigd waarop hij had kunnen zien van wie de villa was, maar het verlaten interieur verraadde een kantoor en hij had aangenomen dat het een van de vele filialen van de veiligheidsdienst was.

Een opgewonden mannenstem riep iets.

'De boordwerktuigkundige heeft gemerkt dat motor drie in brand staat,' zei Graanoogst. Hij had zijn bril weer opgezet en keek op de papieren in zijn hand. 'Het is nu drie minuten voor halfzeven. Motor drie staat het dichtst tegen de romp van de Boeing aan dus die kan hij zien. Beide vleugels dragen elk twee motoren. Volgens het technisch rapport hangt motor vier dan al los maar dat weten ze nog niet. Hij probeert die derde motor te blussen.'

Het was gek genoeg doodstil op de band. Toen zei de lage mannenstem in het Engels dat ze een *emergency* hadden.

Graanoogst keek op. 'Luister goed!'

'We hebben een probleem met de...' Het geluid alsof een deur werd geopend.

'*Who are you?*' De stem van de vrouw, geschrokken.

'*Will you please stay where you are...*'

Een nieuwe stem. Amerikaans, wist Goedschalk. Wie was dat? Henck had gezegd vier mensen...

'*Who the hell are you?*' Een schrille, boze stem.

Geruis. Graanoogst staarde voor zich uit, een vage glimlach om zijn lippen. Iemand op de band zei iets wat verloren ging door een klap. Eronder klonk de verkeerstoren: 'El Al 1862, *where are you heading?*'

'*Who are you?*'

'*What's the problem?*'

'*Who are you? What are you doin' in my plane? Jesus...!*'

Het geruis kraakte nu zo hard dat het op een onweersstorm leek. 'We moeten terug naar Schiphol! Ohad, vraag toestemming voor baan 06.'

'*Sorry, captain Fuchs, I want you to...*'

Er volgde een stroom woorden die Goedschalk niet verstond. Hij zat als aan zijn stoel gekluisterd, al zijn spieren gespannen alsof hij zelf in het vliegtuig zat. Tegenover hem staarde Renfurm met tot spleetjes samengeknepen ogen voor zich uit.

Onder het geruis hoorde Goedschalk vier korte piepjes, meteen daarop de Amerikaanse stem, nu in het Nederlands met een zwaar accent.

'*Charlie Parker for Condor... Charlie Parker for Condor...* Het schijnt dat we moeilijkheden hebben. Ik wil terug naar Schiphol... *please*, geef door dat ik baan 07 wil... Bevestig dit, *captain*... Baan 07.' Onwillekeurig verstrakte Goedschalk bij de droge knal waarvan hij ogenblikkelijk wist dat het een pistoolschot was. Waarom gilde er niemand?

‘*Captain Fuchs, ask permission for the Buitenveldertbaan.*’

Door het geruis en gekraak kon Goedschalk met moeite het verzoek van de piloot horen. De Toren protesteerde en raadde wegens de wind baan 06 aan. Het was wel duidelijk dat de mensen in de Toren de gesprekken in de cockpit niet konden volgen.

‘Ik begrijp, *captain* Fuchs, dat u wilt landen bij het El Al-platform… Ik raad u af dat te doen. De Nederlandse autoriteiten zijn op de hoogte, *so don't…*’

De motoren loeiden.

‘Hij trekt weer op,’ zei Graanoogst.

Goedschalk vroeg zich stomverbaasd af hoe dat kon als er een motor uit was gevallen en een ander loshing. Hij voelde zijn benen trillen van de spanning. Wie was die Charlie Parker?

Graanoogst bladerde door de papieren.

‘Op de een of andere manier heeft de *flight recorder* een minuut lang niets meer geregistreerd. Het is nu bijna halfzeven en hij probeert binnen te komen in een cirkel. Hij zit kennelijk te hoog, want hij draait weer, maar stijgt dan zelfs naar vijfduizend voet.’

Op het ruisen van de band na was het vreemd stil, ook in het kleine vertrek waar ze zaten.

Plotseling klonk de lage stem weer, onverstaanbaar.

‘Vermoedelijk de boordwerktuigkundige,’ zei Graanoogst. ‘*It's okay*,’ zei de Amerikaanse stem.

Er moest gas zijn teruggenomen want de motoren gaven alleen nog een zacht zoemend geluid. ‘*Flaps* gaan niet uit.’

‘*This is El Al 1862* – we hebben besturingsproblemen. Vraag…’

‘Tweede motor rechtervleugel reageert niet meer.’

‘Die was eraf gevallen,’ zei Graanoogst zacht. ‘Maar dat konden ze niet zien.’

‘Hoe snel dalen we?’

‘Honderd voet per vier seconden.’

‘Snelheid?’

‘Tweehonderdvijfennegentig knopen.’

‘We moeten over die woontorens. Trek de *flaps* in... Trek de *flaps* in en zet het landingsgestel uit.’

De band kraakte weer maar toch kon Goedschalk horen schreeuwen: ‘*Mayday! Mayday!*’

Bijna in dezelfde seconde klonk een metaalachtige stem: ‘*Going down, 1862, going down, going down, copied going down...*’ Hoewel het direct daarop doodstil werd, galmde het na tegen Goedschalks trommelvliezen als in een tunnel. ‘*Going down, going down, going down...*’

Tegenover hem liet Renfurm met gespitste lippen zijn adem ontsnappen. Graanoogst boog zich moeizaam voorover en drukte een schakelaar in op de recorder. In het zonlicht leek de plexiglas kap in brand te staan.

‘Iets drinken?’

Goedschalk ontspande zich en knikte. Ondanks de warmte had hij kippenvel op zijn armen. Renfurm stond op en liep naar een ouderwetse koelkast waaruit hij enkele blikjes luxe Heineken haalde.

‘Volgens jou stond Percy op dat moment buiten op een taxi te wachten. Halfzeven. De exacte tijd waarop de *plane* op de flats stort is 18.35 uur en nog wat.’

‘Hij rende weg... Hij zag het vliegtuig, en toen Lucie en de kinderen die op het balkon stonden en...’ Goedschalk zweeg even, blij dat Renfurm hem een blikje bier toestak. ‘Hij is weggerend, maar hij wist er niet veel méér van dan dat hij is gevallen en een tijdje tussen struiken heeft gelegen.’

‘Dan moet hij toen geraakt zijn,’ zei Graanoogst, ‘omdat hij die brandwonden had. Brokstukken van de *plane* en puin.’ Hij inhaleerde diep en wuifde met een hand door de uitgeblazen rook.

‘En de recorder. Waarom neemt een jongen zoiets mee? Paniek?’

Goedschalk knikte en klokte het ijskoude bier achterover.

'Volgens de rapporten was er heel snel politie en hulp ter plaatse, maar één ding is daarbij opvallend.' Graanoogst bladerde door de vellen aan elkaar geniet faxpapier. 'Volgens een politierapport moest er direct toegang worden verleend aan mannen van El Al. Mannen van El Al, zo staat het er letterlijk. Je vraagt je af waarom. Het was daar een rampgebied, je verwacht meteen brandweer, politie en ambulances. En later in de nacht, in de vroege ochtend, wordt het hele terrein hermetisch afgesloten. Alles verboden toegang. Er zijn ooggetuigenverslagen van ploegjes mensen in witte pakken...'

Stomverbaasd keek Goedschalk hem aan.

'Ja,' beaamde Renfurm. 'Inderdaad, majoor, witte pakken. Antistralingspakken. U weet dat we hier natuurlijk ook veel belangstelling hadden voor de ramp omdat velen van ons familie onder de slachtoffers hadden. Ik ben er een dag later naartoe gegaan, maar ook wij kregen geen inzage in de toedracht. Zelfs de lichamen van familieleden werden niet getoond.'

'De Nederlanders hebben uiteindelijk toegegeven dat er sprake is geweest van straling.' Graanoogst was opgestaan en naar het raam gelopen.

'Er is van meet af aan veel te doen geweest over de lading van die El Al. Vrachtbrieven waren weg of niet in orde. De toen verantwoordelijke minister van Waterstaat ontkende, net als Tel Aviv, dat er sprake zou zijn van een bijzondere vracht, maar later is toegegeven dat er Sidewinder-raketten aan boord van de *plane* waren. Illegaal. Duidelijk was wel dat het vliegtuig veel te zwaar beladen was. Wat betreft die mannen in witte pakken kwamen ze ten slotte naar buiten met een rapport over uranium dat in de oudere Boeings standaard als contragewicht in de staart en vleugels zit verwerkt. Hun verklaring was dat die mannen daarnaar zochten.' De rook van zijn sigaret kringelde als een halo boven zijn grijswitte kroeshaar. 'Ik heb begrepen dat dat verarmd uranium is dat zolang het als een massief blok in de *plane* zit geen gevaar oplevert. Het kan gevaarlijk worden als het versplintert of aan hoge temperaturen wordt blootgesteld. Dat is daar natuurlijk allebei gebeurd. Geschat wordt dat het ging om zo'n twaalfhonderd graden Celsius. Een crematorium dus.'

'Jezus,' mompelde Goedschalk, Lucies gezicht voor zich.

'Ze volstonden ermee dat ze wat gevonden hadden, dat de rest moest zijn verbrand en dat er geen gevaar was voor de volksgezondheid, hoewel er berichten zijn over miskramen en longziekten.' Graanoogst zweeg even. Van buiten drongen vaag verkeersgeluiden door. 'Anders dus dan bij Percy.'

Goedschalk trok niet-begrijpend zijn wenkbrauwen op.

'Want volgens Kenton wijzen de tests van het AMC in Amsterdam niet op verarmd uranium, maar op een heel andere stof, plutonium, die veel giftiger is. Kenton noemde het Plu.238. Afhankelijk van de dosis kan het lang duren voor de gevolgen van straling zich openbaren.' Graanoogst draaide zich om, zijn ogen verborgen achter het getinte glas van zijn bril. 'Dat Plu.238 wordt gebruikt in kernraketten. Die Israëlische cargo had dat aan boord en het moet vrij zijn gekomen bij de ramp...' Hij kwam terug naar de tafel en tikte tegen het plexiglas van de recorder. 'De Nederlanders hebben als gekken tussen de brokstukken gezocht naar de *flight recorder* en ten slotte aangenomen dat hij ergens op de bodem van een rivier ligt of verbrand moet zijn. Maar Percy had hem... Arme Percy...' Hij deed een paar stappen naar Goedschalk toe en legde een hand op diens schouder. 'Percy stierf niet voor niets, *boy...*'

Goedschalk verroerde zich niet. 'Wat bedoel je?'

'Omdat de band om drie redenen buitengewoon intrigerend is. Allereerst natuurlijk blijkt er nog iemand aan boord te zijn geweest. Je hoorde het. Als ze constateren dat ze pech hebben en terug willen, schrikt de vrouw en even later hoor je een Amerikaanse stem. Een man die zich aan zijn contact op de grond meldt als Charlie Parker. Zijn contact spreekt hij aan met Condor. Je hoorde ook een schot. Hij had dus een wapen en er was iets zo belangrijk dat hij er ook gebruik van maakte.'

Graanoogst ging weer zitten en pakte de papieren.

'Het kan niet anders zijn dan dat hij wilde dat ze naar een bepaalde landingsbaan terug zouden gaan.'

'Maar het gekke is *anyhow* hoe ze zelf eerst terug wilden,' zei Renfurm. 'Die gezagvoerder was een ervaren piloot. Elke piloot die in moeilijkheden komt zal allereerst denken aan een uitwijkmogelijkheid die zo min mogelijk mensenlevens in gevaar brengt. U kent Holland goed, majoor. Dan weet u dat vlak bij Amsterdam het IJsselmeer ligt. In feite zaten ze daar pal boven toen ze merkten dat er een motor in brand stond. Wat ligt er dan meer voor de hand dan dat je je *plane* in glijvlucht op het water zet? Het IJsselmeer is niet veel dieper dan drie à vier meter. In de cockpit van een Boeing 747-200 zit je zes meter hoog! Maar de Israëli besluit te gaan cirkelen boven Amsterdam en over een van de drukst bewoonde wijken, de Bijlmermeer, terug te keren naar Schiphol Airport. Toen hij al wist dat twee van de vier motoren niet meer functioneerden!'

'Hij wilde terug naar het El Al-cargo-platform,' zei Graanoogst. 'Vergeet niet dat ze toen ze uit New York aankwamen, ze al KLM-monteurs weigerden. El Al schermt overal ter wereld zijn locaties op vliegvelden af, of het nou om passagiers of om vracht gaat. En daar ging het hun ook om. Want als ze een noodlanding buiten dat territorium zouden maken, zouden ze de Nederlandse brandweer en luchthavenpolitie op hun dak krijgen...'

'De lading,' zei Goedschalk zachtjes.

'*Yes.* Het was te *risky.*'

'En die Amerikaan dwong hen naar een andere baan...'

'En zei tegen de piloot dat het zinloos was en, *mind you*, dat de Nederlandse autoriteiten op de hoogte waren. Op de hoogte! Snap je, Stanley? *They knew, boy! They knew!*'

Langzaam drong het tot Goedschalk door wat Graanoogst bedoelde. Renfurm nam hem onderzoekend op.

'Waarom?'

'*We don't know.* Israël en Nederland zijn altijd al bevriend geweest...'

'De Amerikaan bedoel ik?'

'Het plutonium,' zei Renfurm, 'moet er in New York zijn binnengebracht. Daar kwamen ze vandaan. Volgens onze mensen daar hebben ze op Kennedy Airport vracht afgeleverd en zijn ze toen verder gereden naar de El Al-terminal.'

Onze mensen daar, dacht Goedschalk. Had Renfurm mensen in *Yorku*?

'Waar je aan denkt is dat ze het gestolen hebben. Het zou niet de eerste keer zijn dat de Israëli's dat flikken. Het zou ook de aanwezigheid van de vrouw verklaren, want het lijkt wel duidelijk dat ze Mossad was. De man die zich Charlie Parker noemt, moet op Schiphol aan boord zijn gekomen. Vanzelfsprekend is hij net als de anderen omgekomen bij de ramp.'

'Maar als ze in Amerika begrepen dat het gestolen was,' zei Goedschalk nadenkend, 'zouden ze toch de Nederlanders hebben geïnformeerd en zouden ze die Boeing toch in Amsterdam hebben tegengehouden?'

Graanoogst knikte goedkeurend. '*You're right, boy.* Dat is de vraag waarop we het antwoord graag zouden willen weten.'

'Waarom?'

Glimlachend staarde Graanoogst naar de recorder. 'Als de Nederlanders ervan wisten, maar ze houden het toestel niet tegen zoals jij zegt, integendeel, ze laten toe dat het vertrekt en als het fout gaat draaien ze zich in duizend bochten, waarom dan? *Remember* wat Shanti zei?'

Verbluft trok Goedschalk zijn wenkbrauwen op. 'Shanti?'

'In Den Haag zouden ze genoeg bewijsmateriaal hebben om

Desi Bouterse wel driemaal te hangen. Ze konden hem pakken na 1982, en ze deden het niet! Integendeel, ze beschuldigen hem van de moorden in Zeelandia maar ze blijven hem geld en ontwikkelingshulp geven. Ze konden hem deze zomer in Brazilië arresteren, maar ze deden het niet. Integendeel, ze waarschuwden zelfs. *Why? I'll tell you*, Stanley. Desi weet iets, hij heeft iets, *I don't know*, iets waarmee hij Den Haag onder druk zet. Iets wat met de dood van Horb en van Radakishun te maken moet hebben. Iets waarover Vink het met die Lipman had.' Zijn glimlach werd breder. 'Wie weet hebben we hier iets waarmee wij sommige mensen in Den Haag kunnen overtuigen ons te vertellen wat dat is...' De glimlach verdween om zijn lippen, maar niet uit zijn ogen. 'Ik weet dat je loyaal aan hem bent, Stanley. Maar bedenk één ding... dat was Roy Horb ook, en Jaggernath Radakishun evenzeer. Beiden zijn in zijn opdracht vermoord... En nog wat, Stanley...'

'Wat?'

'Als de *bakra's* ervan wisten en doelbewust die *plane* hebben laten gaan, dan zijn zij hoe dan ook verantwoordelijk voor de dood van Lucie, van de kleintjes en ook van Percy, *boy*!'

15

Hoewel het pas drie jaar geleden was dat Kenton uit Nederland weg was, leek dat nu hij terug was veel langer. Hij vermoedde dat dat kwam doordat er heel veel veranderd bleek in die korte tijd. Het eerste wat hem was opgevallen was de immense verkeersdrukte. Op de snelwegen leek het onafgebroken spitsuur, maar ook in Haarlem, waar hij een auto had gehuurd, zat hij regelmatig vast en kon hij met moeite een parkeerplaats vinden in de burgermansbuurt waar zijn schoonzuster Lucretia woonde. Verder viel hem op dat er veel meer zwervers en armoedzaaiers rondliepen in de binnenstad, van zowel Haarlem als Amsterdam, dat de buurten dicht tegen het centrum aan er veel meer verpauperd uitzagen, met veel vuil en containers op straat en met afgebladderde woningen waarin kennelijk vooral kleurlingen waren gehuisvest, maar dat de centra zelf rijker oogden dan hij zich herinnerde: luxe winkels, banken, dure restaurants, gerestaureerde woonhuizen, parkeergarages. Alsof er ondanks de toegenomen welvaart toch steeds sprake was van een klassentegenstelling. Hij vond het wel een amusante gedachte dat hij ooit zelf hier in de provotijd en ook nog later bij het LOSON een fervent aanhanger was van de marxistische ideologie die het toen niet gehaald had omdat de sociaaldemocratie de plooien glad had gestreken. Nu dat gebeurd was, was er in dit land met zijn ongekende economische groei en spreekwoordelijke tolerantie zowaar sprake van een nieuw soort lompenproletariaat. De junks, de loslopende psychiatrische patiënten, de verarmde bejaarden met hun supermarkttassen, de

Antillianen, de criminele nazaten van de gastarbeiders die toen hij hier studeerde net het land waren binnengekomen. Je vroeg je af wat er van provo geworden zou zijn als de beweging indertijd zo'n voedingsbodem had gehad.

Met de auto was hij de dag na aankomst naar Amsterdam gegaan, waar hij al vroeg in de buurt van de Albert Cuypstraat had geparkeerd. Tegen Louise had hij gezegd graag de oude plekken van weleer op te willen zoeken. Zelf was ze met Lucretia in Haarlem gaan winkelen.

Ook de markt, waarover hij inderdaad uit pure nostalgie had gewandeld, was drastisch veranderd. De rijen vistentjes waren weg, net als veel andere voedselkramen, ervoor in de plaats een wirwar aan textiel, Afrikaanse snuisterijen en leer. Hoewel er veel Surinamers liepen, had hij niemand herkend en niemand hem, al werden er soms wel nieuwsgierige blikken op hem geworpen.

Tevergeefs had hij gezocht naar zijn favoriete haringstal op de hoek van de Ferdinand Bolstraat. Een haring met uitjes was waarop hij zich al verheugd had in het vliegtuig en al kon je ze wel krijgen in Paramaribo, rechtstreeks en gekoeld uit Nederland, op de een of andere manier smaakten ze daar gek genoeg 'tropisch' zoals Louisa zei. Alsof de juiste smaak afhing van de juiste omgeving. Hij had er ten slotte een gekocht bij een viswinkel en hem daar opgegeten, wat hem de gelegenheid had gegeven de mensen op straat op te nemen. Er was geen enkele reden waarom iemand hem in de gaten zou houden of zou volgen al was het alom bekend dat Bouterses mensen op Schiphol regelmatig de binnenkomende vliegtuigen van de SLM en KLM screenden, zowel op passagiers als op ophalers. Kenton wist dat hij niets te vrezen had; al zou wel ergens genoteerd staan dat hij lang geleden bij het LOSON was geweest. Sinds zijn afstuderen had hij zich bewust afzijdig gehouden van politieke activiteiten, al had hij zijn ideeën – maar wie had die niet? En sinds Henck Graanoogst hem na zijn terugkeer had benaderd, had hij die binnenskamers gehouden, niet alleen omdat hij Graanoogst en de anderen aanvankelijk niet vertrouwde – het zou niet de eerste keer zijn dat tegenstanders van het regime op die manier in de val waren gelokt –, maar vooral omdat het een perfecte dekmantel was binnen het piepkleine Surinaamse wereldje: de goedmoedige arts die af en toe flink kon kankeren, maar gewoon zijn werk deed en zijn belastingen betaalde. Toch hadden Graanoogst en Renfurm hem gewaarschuwd op te letten, dus maakte hij een omweg door het Sarphatipark alvorens naar de Ruysdaelkade te gaan, waar Iwan Behr op hem wachtte. Hoewel hij wel wist waar hij verwacht werd, had de aanblik van de kade hem verbijsterd. In plaats van de wat saaie rijtjeshuizen die hij nog kende, was het deel tussen de Albert Cuypstraat en de Ceintuurbaan nu één lange doorgetrokken hoerenkast waar vooral allochtonen langsliepen. Het opgegeven adres bevond zich boven een coffeeshop waaruit keiharde rap golfde. Enkele Marokkaanse jongens hingen verveeld tegen de gevel. Een van hen maakte likkende bewegingen toen hij langs hen naar een openstaande deur liep. Erachter werd een gangetje schemerig verlicht. Door een glazen binnendeur glimlachte een jong, koffiekleurig meisje in een witte beha hem toe, maar hij liep door naar een trappetje waar het naar talkpoeder en schoonmaakmiddelen rook. Ook op de eerste verdieping zat een hoer die ongeïnteresseerd naar klapdeurtjes wees toen hij naar Iwan vroeg en daarna haar gordijn had dichtgetrokken alsof hij haar klant was.

Iwan Behr was een van de twee contacten die Graanoogst hem had meegegeven. Kenton kende hem al jaren. Hij was een neef van een van de vijftien slachtoffers van de Decembermoorden en was midden jaren tachtig naar Nederland gekomen, waar hij zich sterk had gemaakt binnen het LOSON dat toen al op sterven na dood was.

Iwan Behr, freelancejournalist, had met enkele geestverwanten een nieuwe groep verontruste Surinamers bij elkaar gebracht, voornamelijk in Amsterdam, die zich Democratisch Appel noemde. Kortweg DA, wat, niet toevalligerwijs, in het Sranan ook het woord is voor 'toen'. Toen natuurlijk de achtste december 1982 waarop Bouterse en zijn aanhangers hun tegenstanders hadden geëxecuteerd. Het eerste wat de groep gedaan had, was het oude LOSON opheffen om op die manier van de vele Bouterse-infiltranten af te komen, maar ondanks een voortvarende start was er sindsdien weinig anders ondernomen dan propaganda in de vorm van schotschriften en eens hier en daar een artikel van Iwan in een Nederlandse krant of weekblad.

Kenton had zich indertijd niet bij het DA aangesloten, al sympathiseerde hij wel met de denkbeelden en enig doel: het wegwerken van Bouterse en zijn kliek om ervoor in de plaats een werkelijke democratie te creëren. Kenton verschilde daarover niet van mening, maar wel over de strategie; hij vond dat die strijd niet vanuit Nederland, maar in Suriname zelf moest worden gevoerd. Bovendien bleek het DA al snel intern verdeeld over het begrip 'democratie' en ook had de groep het tij tegen toen het erop leek dat Bouterse zich terugtrok na de verkiezingen, waardoor zijn tegenstander Ronald Venetiaan president werd.

Sinds Bouterse terug was, niet meer op het militaire, maar op het politieke podium als de macht achter de troon van de nieuwe president Jules Wijdenbosch, waren er in Suriname berichten doorgekomen dat het DA zich weer roerde. Dat had, paradoxaal genoeg, vooral ook te maken met de vooraanstaande positie die Shanti Radakishun binnen haar partij bekleedde, al waakte ze er zorgvuldig voor niet met leden van het DA gezien te worden. En zeker niet met Iwan Behr, die het hongerloontje van de freelancejournalistiek al lang had verruild voor de veel lucratiever inkomsten uit de raamverhuur op de Ruysdaelkade.

Hij zag er desondanks, vond Kenton, nog steeds uit als de linkse intellectueel van indertijd met zijn keurig getrimde kroeshaar en zware hoornen bril.

Terwijl beneden hen de rap dreunde, had Kenton verslag uitgebracht over Shanti's bezoek en dat van Eduard Vos en Diederik Schouten.

Iwan kende hun standpunt wel, maar toch had hij Kentons woorden ingedronken.

'De belangrijkste kopstukken van hun partij steunen het idee om nieuwe verkiezingen te forceren, maar dat ligt gevoeliger bij andere partijen. Niet het idee Bouterse weg te krijgen, maar wel om ons steun toe te zeggen omdat ze vinden dat het een bemoeienis met onze interne zaken is.'

'Schijtlijsters zijn het,' zei Iwan en hij stak een kreteksigaret op. 'Bouterse is geen interne aangelegenheid, Bouterse is een internationale crimineel. *So?*'

'Nee,' zei Kenton. 'Volgens Henck Graanoogst gaat het daar niet om. En Shanti bevestigt dat. Volgens haar willen nou juist ook de jongeren binnen partijen als de PvdA het wel. Dat is ook de reden dat ze hier het Openbaar Ministerie hebben gesteund om Bouterses opsporing door Interpol mogelijk te maken.'

Behr barstte in hoongelach uit, maar met een glimlach beduidde Kenton hem te zwijgen.

'*I know, I know*, Iwan. Ze praten erover, ze bereiden het voor, maar ze doen het niet. Maar het is geen kwestie van partijpolitiek of angst dat ze zich met onze binnenlandse aangelegenheden bemoeien.'

'Wat dan, man?'

En Kenton had, zonder dat overigens te weten, vrijwel hetzelfde gezegd als Henck Graanoogst enkele dagen geleden op zijn jacht tegen Stanley Goedschalk.

'Vind je het niet vreemd dat Bouterse en Horb niets in de weg werd gelegd na de coup van 1980? Je weet best dat de druk van de vs groot werd toen Bouterse steeds meer Cubanen als adviseurs binnenhaalde. Ook toen Bishop langskwam, ook toen de Russen hun ambassade uitbreidden. De Amerikanen lagen voor de Surinamerivier, Iwan. Waarom deden ze niets?'

'Waarom niet?'

Kenton zuchtte. 'Ik weet het niet, ik weet alleen dat Reagan Grenada wel innam. Ze zeggen dat het komt doordat Bouta Chin A Sen naar voren schoof als democraat en plotseling zelf in augustus radicalen als Hawker en Rambocus uitschakelde, maar jij en ik weten net zo goed als Den Haag en Washington dat zijn kliek hetzelfde bleef. Sital, Mijnals, Alibux, Harvey Naarendorp, Horb. Oké, na de Decembermoorden in 1982 heeft Den Haag verdragen opgeschort en de suppletiegelden uitgesteld, maar iedereen weet dat dat een wassen neus was. Ook dat er geheime onderhandelingen zijn geweest met Brunswijk. Jullie waren er zelf bij betrokken. Brunswijk lag zowat voor Paramaribo, Iwan, en jullie hier en Chin A Sen daar hadden een prachtig politiek plan om de zaak over te nemen. Den Haag was het ermee eens, *remember*? 1987? Waarom ging het dan niet door, Iwan? Waarom trok Lubbers zich uiteindelijk toch terug als zijn topmensen het ermee eens waren? We zouden het zelf gedaan hebben, we vroegen niet anders dan solidariteit. Maar ze laten Brunswijk hangen, Bouterse pakt zijn politieke tegenstanders op, en jullie hier horen niets meer.'

'Wat suggereer je, man?'

Daar was Kenton niet op ingegaan. Uit zijn tas had hij een grote enveloppe gehaald met enkele portretfoto's van een oudere man. 'Ken je hem?'

'Nee. Hoezo?'

'Hij heet Rikken, Frits Rikken. Hij was vanaf 1978 verbonden aan de Nederlandse ambassade in Paramaribo. Hij was daar bevriend met kolonel Bas Vink die toen militair attaché was. Die ken je natuurlijk wel. Rikken was een *bigi visie*, Iwan. Ambassaderaad.

Hij heeft nu een hoge functie op het ministerie van Buitenlandse Zaken in Den Haag en woont met zijn vrouw hier in Amsterdam. Hij houdt van jongens, Iwan, snap je? Van donkere, jonge jongens.'

Iwan had het ogenblikkelijk gesnapt en de foto's aangenomen.

'Waarom?'

Kenton was overeind gekomen. 'Dat hoop ik je te kunnen vertellen als jullie hem in de tang hebben. Doe het snel.'

Het tweede contact dat Kenton had meegekregen was een Nederlandse vrouw. Hoewel ze lang in Suriname had gewoond, kende hij haar niet. Graanoogst had niet anders gezegd dan dat ze verpleegster was geweest in Manlobi bij Stoelmanseiland, van al voor de onafhankelijkheid tot eind jaren tachtig. Toen Kenton lachend had gevraagd of ze soms een van zijn vele veroveringen was geweest, had Graanoogst spijtig zijn hoofd geschud. 'Ik wilde wel, Joseph, want ze was wat je noemt *wan moy meti*, maar Radakishun was mij voor.'

Jaggernath Radakishun, die haar als witte buitenvrouw al die jaren had bemind tot hij was neergeschoten en aan de termieten was gevoerd. Was dat de reden dat ze terug was gegaan naar Nederland? En dat ze nu zijn contact hier was?

Ze heette Elise Damsteegh, maar hij had alleen een telefoonnummer gekregen, in Amersfoort. De afspraak was dat hij haar om de twee dagen zou bellen, zowel om informatie door te geven als om te horen of er bericht voor hem was uit Paramaribo. Hij had toch nieuwsgierig in de telefoongids haar naam opgezocht, maar die stond niet vermeld. Hij had zich afgevraagd of dat betekende dat ze een geheim nummer had of dat ze, net als Iwan Behr, voor hun gesprekken elders heen ging. Het laatste leek hem het waarschijnlijkst, want Graanoogst had gezegd dat hij gewoon zijn naam en informatie kon doorgeven.

Om stipt halfvijf belde hij haar vanuit een telefooncel tegenover De Nederlandsche Bank en hij keek gefascineerd naar de paarsige wolken die zich boven de glazen toren samenpakten. Geamuseerd herinnerde hij zich hoe hij op de plaats waar het gebouw nu stond ruim dertig jaar geleden blaadjes van provo had staan verkopen.

'Met mevrouw Damsteegh.'

Een heldere, vaste stem.

'Met Joseph Kenton,' zei Kenton. 'Ik wilde u graag melden dat ik de foto's heb afgeleverd.'

'Aha. Dank u. Ik heb overigens ook een mededeling voor u, dokter Kenton.'

'Ja?'

'De heer Renfurm belde gisteravond uit Paramaribo. U heeft morgenmiddag een afspraak in Den Haag.'

Verbaasd fronste Kenton zijn wenkbrauwen.

'Mevrouw Radakishun verwacht u dan om vier uur in restaurant Le Bistroquet aan het Lange Voorhout. Kent u het?'

'Nee. Maar ik vind het wel.'

'Ik zal vanavond uw bericht aan de heer Renfurm doorgeven.'

'Dank u. Ik bel u dan donderdag weer om deze tijd.'

Nog steeds verbaasd hing hij op en liep naar de Van Woustraat waar hij de huurauto in een zijstraat had staan. Shanti. Geen moment had hij eraan gedacht dat ze al terug zou zijn, maar dat was niet alleen de oorzaak van zijn verbazing. Waarom gebruikte Shanti het telefonisch contact om hem te benaderen? Ze wist dat hij bij Louisa's zuster in Haarlem zat. Dus als ze hem wilde spreken, waarom dan niet daarheen gebeld? Omdat ze hem alleen wilde spreken? Dat moest dan haast wel.

Hij stapte in de Polo, reed weg en vroeg zich opeens weer af hoe en waar Percy Goedschalk ooit in aanraking had kunnen komen met zuiver plutonium zoals ze dat in het AMC hadden geconstateerd.

Ze zouden er wel nooit achter komen, dacht hij, en het zou die arme Percy ook niet meer kunnen helpen.

Hij draaide de ringweg op en begon na te denken over een aannemelijk verhaal voor Louisa waarom hij morgen alleen naar Den Haag wilde.

16

Van Leeuwen besefte dat de twee jongens hem al vanaf het Torarica waren gevolgd, en hij vervloekte zichzelf zo stom te zijn geweest te gaan lopen. Maar het was in de middag, op het heetst van de dag, dus wie dacht er dan aan kleine criminelen die uit waren op je geld? Godverdomme! dacht hij nerveus en hij liep zwetend langs een dichtgegroeide, stinkende stadskreek waarboven wolken muskieten dansten. Hoe kwam hij weg? En waar was hij?

De ene jongen, een kolos in jeans en een grauw T-shirt, volgde hem op zo'n twintig meter; de ander, een Javaan, liep schuin achter hem mee aan de overkant.

Waarom was er verdomme nergens een taxi? Normaal zag je overal taxi's, gewone of snorders, maar deze buurt leek uitgestorven. Een ogenblik overwoog hij terug te keren naar het Torarica maar hij besefte dat zijn huis hoe dan ook dichterbij moest zijn, al had hij geen idee waar hij in zijn toenemende paniek was beland. Een verpauperde wijk ergens ten noorden van de Mahonylaan, want hij was de Wilhelminastraat afgelopen en was daarna links afgeslagen. Hij had verdomme naar het ziekenhuis moeten gaan in plaats van naar het hotel!

Godverdomme, wat wilden die twee?

Hij sloeg een zijstraatje in. De zon brandde onbarmhartig op gescheurd plaveisel tussen houten huizen met kleine erfjes vol rotzooi. Er was geen mens te bekennen, wel tientallen kooien met zangvogeltjes, kippen, een geit, een magere, gele hond die sliep maar evengoed dood kon zijn. Als hij hier ergens binnen zou lopen, gewoon om hulp vragen? Dat was helemaal de goden verzoeken! Ze hielpen elkaar allemaal als het om een *bakra* ging.

'Hé, *bakra*!'

Hijgend liep hij verder, zijn broek kleefde aan zijn benen.

Niet op ingaan! Niet op ingaan! dreunde het door zijn hoofd. Als je op hen wacht en vraagt wat er is, proberen ze je te provoceren, je uit je tent te lokken zodat ze een aanleiding hebben.

'*Bakra, you want a woman?*'

Achter hem klonk een zacht keelgelach.

Hij begon te rennen, zijn voeten pijnlijk gezwollen in zijn leren schoenen, het zweet als water uit zijn hoofdhaar over zijn gezicht. Hij kon hun blote voeten horen op het wegdek.

'*Bakra, you're afraid, man?*'

De spottende stem schalde door het straatje.

Godverdomme, tuig!

Hij holde langs de kale erfjes en sloeg bij een kleine kerk weer een hoek om. Een driehoekig pleintje met amandelbomen, waar tot zijn opluchting een auto optrok. Een witte Mercedes met veel chroomwerk waarop de zonnestralen uiteen leken te spatten.

'Hé!'

Hij rende de weg op en bleef staan terwijl de wagen langzaam op hem afkwam en vlak voor hem stopte. Achter het stuur zat een magere creool met een zonnebril op. Van Leeuwen graaide zijn portemonnee tevoorschijn en holde ermee naar het portier. Uit het raampje denderde reggae.

'Wilt u me alstublieft meenemen?'

'Waarnaartoe?'

'Kan me niet schelen! Ik betaal ervoor!'

'Dat hoeft niet. Stap maar in.'

Terwijl hij dol van vreugde om de motorkap heen holde, zag hij de kolos en de Javaan op de hoek tegen de luiken van een Chinese winkel staan.

'Klootzakken!'

Hij opende het portier en schoof in de koelte van de wagen.

'Jezus!' zei hij buiten adem. 'Wat ben ik blij dat u hier bent!'

De creool knikte en zette de muziek af. 'Wat is er?'

Van Leeuwen trok het portier dicht en wees hijgend naar de twee jongens. 'Ze zaten me achterna.'

'Aha.'

De Mercedes trok geruisloos op, langzaam.

'Volgens mij wilden ze me beroven.'

'*Could be*,' zei de creool. 'Laten we het ze vragen, *okay*?'

Hij grijnsde breed en liet even een stuk helroze kauwgom zien.

'Wat?' zei Van Leeuwen onnozel. 'Waarom?'

Maar de creool gaf geen antwoord en stuurde de wagen naar de winkel. En op dat moment realiseerde Van Leeuwen zich dat er iets verschrikkelijk mis was, dat de twee jongens hem hierheen hadden gemanoeuvreerd, zoals jagers hun prooi omzichtig naar de valkuil lokken. In paniek stootte hij het portier open, toen de Javaan buiten als een slang op hem afschoot, een mes in het zonlicht als een streep zilver die plotseling tot aan het heft in zijn buik verdween. Van Leeuwen klapte happend naar lucht achterover op de stoel. Tot zijn bevreemding voelde hij geen pijn in zijn buik, alleen maar een behaaglijke warmte die zich langzaam door zijn hele lichaam verspreidde. Stomverbaasd hing hij met open mond tegen de skai bekleding en vroeg zich af waarom hij ineens alles zo onscherp zag. Heel vaag hoorde hij een portier dichtklappen en het geluid van een motor aanzwellen. De warmte bereikte zijn hoofd en zijn ogen, die zich langzaam sloten. Met zijn rechterhand wreef hij door het bloed dat uit zijn buik over zijn dijen stroomde, maar ook dat voelde hij niet. Onder het geronk van de motor hoorde hij als van heel ver weg iemand lachen en onwillekeurig wilde hij teruglachen, maar op de een of andere manier kon hij echter geen geluid produceren.

Kloteland, dacht hij rozig, wat een kloteland...

17

Het was jaren geleden sinds Hansen geschaduwd had. De meeste collega's hadden er de pest aan, niet alleen omdat het zeer inspannend werk was, maar ook en vooral omdat het nauwelijks werd gewaardeerd. De algemene opvatting was dat schaduwen, 'staarten' in het jargon, een noodzakelijk kwaad was dat bij voorkeur uitbesteed diende te worden, aan rechercheurs van de Politie Inlichtingendienst of aan freelancers.

Die opvatting was een misvatting, vond Hansen, want 'staarten' was zo ongeveer het moeilijkste wat er was. Maar Lucas Hansen was dan ook een van de weinige BVD'ers met een politieverleden, een man die ondanks zijn carrière toch liever de geur van de straat opsnoof dan die van bureaus en dossierkasten. Ooit had hij met twee collega's een cursus gevolgd in Londen, waar instructeurs van MI5 hun een weekend *the art of tailing* hadden bijgebracht. In tegenstelling tot zijn collega's, die de cursus beneden hun stand en ouderwets hadden gevonden en snierende opmerkingen hadden gemaakt over boyscouts en vossenjachten, had Hansen het een leerzaam weekend gevonden. De Engelsen hadden de moeilijkste omstandigheden bedacht, een vreemde stad zonder eigen vervoer terwijl de te volgen 'haas' dat wel had en op eigen terrein was. Alle drie waren ze hun prooi kwijtgeraakt, maar Hansen had het het langst volgehouden, en was er zelfs in geslaagd de trucs in de underground te omzeilen. Het navrante was dat hij het spoor pas kwijt was geraakt op de makkelijkst denkbare plaats en op de meest voor de hand liggende manier: op een klein, verlaten kerkhof in

Highgate, nota bene bij het graf van Karl Marx. Hansen had pas begrepen wat er gebeurd was nadat hij zoekend terug was gelopen naar de tombe, waar hij in de struiken een blonde pruik, een jurk en platte damesschoenen had aangetroffen. Toen realiseerde hij zich dat de man die hem vriendelijk had toegeknikt bij de uitgang, de vrouw was geweest die hij uren achterna had gezeten. Britser kon het niet, een perfect staaltje van travestie dat bijna negentiende-eeuws van eenvoud was. Je kon dat dan ouderwets noemen, maar het was wel verdomd effectief.

Joseph Kenton volgen gaf geen enkel probleem. De Surinamer, die inderdaad verrassend veel weg had van de jazztrompettist Louis Armstrong, stak met kop en schouders boven de meeste mensen uit, ook op de drukke Albert Cuypmarkt, en hij gedroeg zich als een alledaagse toerist. Hij was sinds zijn aankomst tweemaal van Haarlem naar Amsterdam gegaan, beide keren met een huurauto, een Polo. De eerste keer had hij zijn vrouw, een oudere, zeer modieus en westers geklede creoolse, onderweg naar het AMC bij de flat Eeftink in de Bijlmermeer afgezet. Na enkele uren had hij haar weer opgepikt, waarna ze samen wat hadden gedronken bij Schiller op het Rembrandtplein en hadden gegeten in het visrestaurant van Sluizer. Hansen had de naam van de bewoner in Eeftink genoteerd en doorgegeven voor screening aan de Amsterdamse recherche; die had gerapporteerd dat het om een zoon van de schoonzuster in Haarlem ging. Een jongen zonder strafblad die culturele antropologie studeerde en veldonderzoek onder zijn landgenoten in de Bijlmermeer deed.

Kenton had in het AMC een afspraak met een radioloog van het laboratorium en ook diens naam had Hansen aan de recherche doorgegeven, al leek het erop dat de arts Kenton gewoon een bezoek had gebracht aan een vroegere collega.

De tweede maal was hij alleen naar Amsterdam gegaan en had zijn auto in de Pijp geparkeerd. Hansen had eerst aangenomen dat hij ook daar kennissen zou opzoeken, maar was er natuurlijk gezien Hildebrandts verzoek op gespinsd geweest dat het voormalige leden van het LOSON zou betreffen. Kenton had wat doelloos rondgeslenterd en was daarna een haring gaan eten in een winkel, van waaruit hij steeds de straat af had gekeken, waarna hij kennelijk met opzet een omweg had gemaakt door een stadspark. Maar Kentons redenen waren tot zijn verrassing veel platter gebleken: al die poespas bleek hij opgevoerd te hebben om er zeker van te zijn dat geen oude bekenden hem bij een hoer op de Ruysdaelkade binnen zouden zien gaan. Een witte hoer natuurlijk, want, dat wist Hansen nog wel van zijn reisjes naar Suriname, voor zwarte Suri's gold: hoe lichter van huidskleur, hoe aantrekkelijker.

Vervolgens was Kenton van de Ruysdaelkade de Pijp doorgestoken, maar niet direct naar zijn auto gegaan. Hij was naar De Nederlandsche Bank gelopen, waar hij een telefooncel was binnengestapt en een kort gesprek had gevoerd. Pas daarna had hij zijn auto gehaald en was rechtstreeks naar zijn logeeradres in Haarlem teruggereden.

Het enige wat je je kon afvragen, overwoog Hansen, terwijl Kenton de Polo naar rechts stuurde voor de afslag Leiden/Den Haag, was waarom hij uitgerekend daar had gebeld, want hij was tijdens zijn wandeling ettelijke telefooncellen gepasseerd en de route via de bank was beslist niet de kortste geweest naar zijn parkeerplaats. Onderweg was hij bovendien een paar keer gestopt en had blijkbaar geaarzeld of hij wel goed liep. Hansen had gemeend het patroon te herkennen van iemand die er zeker van wilde zijn dat hij niet werd gevolgd, maar hij weet dat aan zijn eigen beroepsdeformatie. Kenton deed tot nu toe exact wat je verwachtte van een man die vakantie hield. Volgens zijn dossier had hij in Amsterdam medicijnen gestudeerd en was hij een aanhanger van de provobeweging geweest. Het kon heel goed dat hij die wandeling als een *tour sentimentale* had bedoeld en gezocht had naar hem dierbare plekken.

Hoe dan ook, dacht Hansen terwijl hij een sigaret opstak en gas terugnam om eveneens de afslag te nemen, Hildebrandt had hem die ochtend gezegd dat Van den Heuvel de volgende dag weer zou beginnen en Kenton over zou nemen. Het zou aardig zijn om dan tot aan het weekend vrij te nemen en zijn belofte aan Daantje gestand te doen om met de jongen naar Duinrell te gaan vóór ze daar het seizoen afsloten.

Terwijl hij er zorgvuldig voor zorgde dat er steeds drie auto's tussen hem en Kentons Polo zaten, vroeg hij zich af of De Niet aanleiding zou zien in het weekendverslag van de recherche over Margriet Bradey de zaak nog aan te houden. Hansen dacht van niet. Het verslag dat hij in de vroege ochtend had geparafeerd, had de voorlopige conclusie in zijn eigen rapportage bevestigd: Margriet Bradey vormde geen risicofactor. Dat ze nog naar de weduwe van Hans Neervoort was gegaan had erin gezeten, daar hadden ze keurig op geanticipeerd. Hooguit zou ze de reactie van Anneke Neervoort vreemd hebben gevonden, maar wat dan nog. Volgens de rechercheur was ze die zondagochtend onverrichterzake naar huis teruggekeerd, had ze de hond uitgelaten, wat in haar tuintje gewerkt, en was ze gebeld door haar vriend die had gezegd terug te komen van Terschelling. Aan het einde van de middag had ze met haar auto in Scheveningen een rijsttafel voor twee personen en een fles oude jenever gehaald, waarmee ze naar het huis van de vriend was gegaan.

Volgens het politieverslag was ze later in de avond naar haar eigen huis teruggekeerd, waar ze de stekker van de telefoon eruit had getrokken.

De PID had in het huis en kantoor van de vriend, als advocaat per slot een extra risicofactor, taps geplaatst. Uit niets was gebleken dat Margriet Bradey hem had geïnformeerd. Hansen had dat aanvankelijk juist verontrustend gevonden, tot hij de aantekening had gelezen dat de twee 'gezien de wijze waarop het pand werd verlaten, mede gezien het feit dat B. thuis de telefoonstekker uit het contact heeft getrokken' waarschijnlijk ruzie hadden.

De volgende ochtend had ze, zoals werd verwacht, gebeld met het verpleegtehuis in Hoofddorp en gevraagd of daar op de avond van 4 oktober 1992 een zekere James Ellroy Bradey in het mortuarium had gelegen en was opgehaald.

Hansen haalde de Polo in en zag vanuit zijn ooghoek dat de Surinamer opgewekt zat te zingen. Wat? 'Uncle Satchmo's Lullaby'?

Na drie auto's te hebben ingehaald, voegde hij weer rechts in en minderde zijn snelheid zodat de afstand tussen de Polo en zijn Volvo weer gelijk bleef.

Het verpleegtehuis had niets geweten. Natuurlijk niet. Ze zouden die Bradey er nooit onder zijn eigen naam hebben gelegd. Dat had iemand dan ongehoord snel moeten regelen, want als Bradey in dat El Al-toestel had gezeten, hadden ze hem eruit moeten halen en...

Hij kneep zijn ogen samen omdat het plotseling tot hem doordrong dat het lichaam dat Neervoort en hij die avond hadden opgehaald misschien helemaal niet dat van Bradey was geweest! De Amerikaan had in het vliegtuig gezeten dat die flats midscheeps had geramd. Al zou hij de klap ongeschonden door zijn gekomen, wat godsonmogelijk was, dan zou hij alsnog verbrand zijn! Het was meer dan duizend graden geweest op het terrein, laat staan in wat je letterlijk het brandpunt kon noemen! Kon het toch?

Bradey. Een loden, verzegelde kist. Een knaap van de CIA met een vrouw thuis die niet had mogen weten waar hij die avond was.

Hij draaide de Volvo een benzinestation in en wachtte tot de Polo uit het zicht verdween, trok op en bleef achter een bus hangen in de drukke verkeersstroom op de Rijksstraatweg. Hoe zou die Bradey in dat vliegtuig zijn gekomen? Die jongens van El Al waren doorgaans niet misselijk met hun veiligheidsmaatregelen, er vloog er altijd wel eentje van de Mossad mee. Misschien hadden ze hem op Schiphol opgepikt. Mossad en CIA, dat was ondanks al dat gezoen tussen Arafat en Clinton toch nog steeds twee handen op één buik. En er waren al onmiddellijk na de ramp geruchten geweest over de lading van die Boeing. Raketten of zo. De Israëli's hadden wel eens sterkere staaltjes uitgehaald, iets met torpedoboten die ze in Frankrijk hadden gepikt, en anders Entebbe wel.

Links van hem schemerde het roodbruin en groen van het geboomte waarachter de voormalige Ursulakliniek schuilging, de oprijlaan waar Neervoort en hij, vijf jaar geleden, de ambulance om een uur of negen in de avond naartoe hadden gereden. God nog aan toe, dacht Hansen, als het waar was, als het het lijk van een ander was geweest, dan had die weduwe van hem al die jaren staan treuren bij het graf van een onbekende. Maakte dat wat uit? Niet voor je verdriet, maar vast en zeker wel voor je ego. Stel je voor dat het Daan zou zijn overkomen en dat hij er nu achter was gekomen dat er in de kist een vreemde had gelegen...

Hij vloekte omdat hij de Polo kwijt was, gaf gas en schoot de linkerrijbaan op, herademde toen hij de auto nog net onder het viaduct van de Landscheidingsweg zag verdwijnen.

Den Haag. Het stond nu wel vast dat Kenton naar Den Haag ging.

Alsnog mensen van dat LOSON opzoeken? De volgende treurige groep immigranten na de Molukkers die het verschil tussen gelijk hebben en gelijk krijgen nog steeds niet doorhadden. Kenton leek hem daar geen man voor, al meldde zijn dossier dat hij vroeger behoorlijk radicaal was. De laatste jaren hier was hij arts geweest in het Zuiderzeeziekenhuis van Lelystad en had hij geen contacten met tegenstanders van Bouterse onderhouden. Als dat wel het geval was geweest, had hij geen toestemming gekregen om naar zijn land terug te keren. Bouterse had, dat was bekend, al vrij snel nadat hij aan de macht was gekomen via de ambassade hier een goed lopend netwerk van informanten en infiltranten opgebouwd dat de dienst aardig in kaart had gebracht.

Dus wat? Weer naar een hoer? Dat was dan wel een heel lange omweg! Het huwelijk van Kenton was goed, stond er in zijn dossier, maar dat zei niets. Dat was het zijne voor de buitenwereld ook geweest.

In elk geval werd het Den Haag. Het was nu kwart voor vier. Wat ging je dan doen? Borrelen, met iemand een hapje eten…

De Polo passeerde de Utrechtsebaan en reed langzaam rechtdoor. Het was wel duidelijk dat Kenton op weg was naar het centrum, wat vervelend was omdat hij dan op zoek zou moeten naar een parkeerplaats. Vroeger was dat een stuk simpeler geweest, dan had je een politieontheffing die je achter je voorruit plaatste, maar sinds daar op grote schaal misbruik van was gemaakt, had de Haagse politie geprotesteerd en moest je nu ook tijdens diensturen gewoon als elke burger een plaats zoeken en betalen.

Kennelijk wist Kenton de weg niet, want opeens zeilde de Polo over de volle breedte van de straat naar links om voor te sorteren en Hansen ging vloekend op het allerlaatste moment achter hem aan, botste bijna tegen een motorrijder en bonkte over een vluchtheuvel de Koningskade op.

Enkele minuten later sloeg hij van het Korte Voorhout rechts af het Lange Voorhout op en zag Kenton de Polo in een parkeerhaven manoeuvreren. Hoewel hij de Volvo enkele meters verder kwijt kon, reed hij langzaam door naar Hotel Des Indes, draaide daar en zag Kenton verderop op het terras van restaurant Le Bistroquet lopen.

Dus toch een borrel. Een dure dan, want Le Bistroquet was de favoriete stek van politici en diplomaten. Terwijl hij het restaurant passeerde, omhelsde Kenton op het drukke terras een jonge vrouw. Zelfs in het voorbijgaan zag Hansen dat ze een schoonheid was, met een lichtbruine huid en opgestoken, ravenzwart haar. Ze droeg een korte, rode lakjas en de zon vonkte op gouden hangers in haar oren.

Ongetwijfeld een Hindoestaanse Surinaamse.

Hij parkeerde de auto aan de overkant toen ze wegliepen. Geen borrel dus. Hij wachtte nog even, stapte uit en sloot de auto af. Ze bleven stilstaan voor de ingang van de Amerikaanse ambassade op de hoek van het Tournooiveld en tot zijn verwondering wees de vrouw druk pratend naar de ingang bovenaan het bordes. Sightseeing? Maar Kenton had jaren in Nederland gewoond. Hij liep achter hen aan toen ze overstaken naar de Korte Vijverberg.

Wat nu? Het Mauritshuis? Binnenhof? Maar waarom had Kenton dan zijn vrouw niet meegenomen?

Ze wandelden zo'n twintig meter voor hem langs de Hofvijver en sloegen inderdaad bij het Mauritshuis rechts af. Even later zag hij vanuit het schaduwrijke wandelpoortje tot zijn verrassing hoe de vrouw een achter de Ridderzaal geparkeerde witte Citroën Xantia opende, er iets uit haalde en in haar schoudertas stak. Op de kofferbak van de Xantia, even boven de bumper, prijkte een sticker met de Surinaamse vlag. In gedachten noteerde Hansen het kenteken. De vrouw sloot de auto af en vroeg lachend iets aan Kenton, die instemmend knikte. Vervolgens wandelden ze langs de Ridderzaal naar de voorkant. Terwijl hij wachtte tot een groepje toeristen tussen hen en hem in meeliep, haalde Hansen zijn telefoon tevoorschijn en toetste een kort nummer in. Hij noemde zijn naam en gaf vervolgens het kenteken van de Xantia door. Tussen de dagjesmensen door, die zich om een gids verdrongen, zag hij de vrouw en Kenton via de oude ingang het Tweede Kamergebouw binnengaan.

Wie was ze? Een Hindoestaanse die haar auto op het Binnenhof parkeerde en hier kennelijk bekend was.

Zijn zaktelefoon rinkelde.

'Hansen.'

'Die witte Citroën Xantia is van een zekere Shanti Radakishun, geboren in Paramaribo op 15 april 1958. Kwam in 1986 naar Nederland. Ongehuwd. Woont alleen, hier in de Bazarstraat 14. Hé, Lucas...'

'Ja?'

De vrouw in de centrale van de BVD lachte. 'Niet om het een of ander hoor, maar neem jij niet waar voor Broerse en Van den Heuvel?'

'Hoezo?'

'Broerse is toch naar Suriname voor ons?'

'Ja.'

'Hij was er met een parlementaire delegatie waar die mevrouw Radakishun ook bij was. Ze is een fractiemedewerkster.'

Hansen zweeg perplex.

'Ben je daar nog?'

'Ja. Oké. Bedankt.'

Hij schakelde het apparaatje uit en schudde een nieuwe sigaret uit zijn pakje terwijl hij langs de oude gebouwen omhoogkeek. Een fractiemedewerkster van een politieke partij. Vermoedelijk kende ze die Kenton van vroeger, of van hier of nog uit Suriname. Radakishun. Hindoestaans, zoals hij al gedacht had. Ze zou met Kenton hebben afgesproken haar werkomgeving te laten zien en hem vanwege de wirwar hier wel hebben opgewacht in Le Bistroquet. Zoiets.

Hij stak de sigaret op. Hij zou wachten tot Kenton naar buiten kwam, kijken of de Surinamer de weg naar Haarlem terug zou nemen en het dan erbij laten voor Broerse en Van den Heuvel.

Het werd tijd om eens aan zijn eigen werk te beginnen.

In de kleine gelambriseerde kamer op de eerste verdieping keek Joseph Kenton ongelovig op van het taperecordertje dat alleen nog maar een zacht geruis voortbracht. In zijn oren galmde het wanhopig geschreeuwde '*Mayday! Mayday!*' nog na.

Tegenover hem zette Shanti haar leesbril op en pakte enkele vellen papier van haar bureau.

'Hun redenering in Paramaribo is de volgende. De man die de

cockpit binnenkomt is een Amerikaan, maar zoals je net kon horen, spreekt hij goed Nederlands. Er zijn twee mogelijkheden. Of hij kwam het toestel in New York al binnen, of op Schiphol. Het laatste ligt voor de hand, want het is nogal gek dat ze hem in zo'n vrachtvliegtuig dan niet eerder zouden hebben ontdekt. Bovendien duidt dat Nederlands erop dat hij hier verbleef.'

Ze nam een stuk tekst door. Kenton vond dat de leesbril haar nog sexyer maakte dan ze al was.

'En ook nog, hij zegt duidelijk dat de Nederlandse autoriteiten op de hoogte zijn.' Ze glimlachte even bitter. 'En dan moet je nagaan dat ik nog geen jaar geleden de vragen van de fractiespecialist aan de minister heb zitten voorbereiden over de vrachtbrieven van die El Al-Boeing waar ook niks van klopte! Enfin... Een Amerikaan die Nederlands spreekt en zeer waarschijnlijk op Schiphol is ingestapt. Hoe, mag God weten, want die El Al-mensen zijn ongehoord paranoïde, maar Glenn Renfurm oppert de mogelijkheid dat hij zich als bevrachter kan hebben voorgedaan. Het vliegtuig heeft, afgezien van olie en kerosine, koffers ingenomen van de verloofde van de vrouwelijke passagier, een man die *by the way* een officier van de Mossad is.'

Kenton staarde uit het hoge raam naar de massieve verweerde blokken van de Ridderzaal. Natuurlijk herinnerde hij zich de ramp in de Bijlmer. Hij was toen nog werkzaam in het ziekenhuis in Lelystad, waar ze ogenblikkelijk hulp hadden aangeboden. Percy. Percy Goedschalk was daar toen geweest, en noch Van Leeuwen noch hij had dat geweten. Waarom ook? Percy was in paniek weggerend en had op de een of andere manier zijn ticket en pas bij zich gehad toen hij de ochtend na de ramp een volgende SLM-vlucht had genomen. Naar zijn oom Stanley, zoals zijn dode moeder en haar andere kinderen al die avond hadden willen doen. Percy was officieel doodverklaard, net als zoveel anderen van wie ze in die hel niets meer hadden gevonden.

'Zoals je hoorde noemt die Amerikaan zich Charlie Parker en vraagt hij naar iemand die Condor heet. Kennelijk een codenaam, volgens Renfurm doodnormaal bij alle inlichtingendiensten, ook de CIA. Maar dat leek gek. De Amerikanen en de Israëli's staan op goede voet met elkaar, dus waarom zou een Amerikaan dan een van hun vliegtuigen bedreigen?'

'De enige Charlie Parker waar ik van gehoord heb, was The Bird, een jazzmusicus,' zei Kenton nadenkend. 'Een heel goeie saxofonist. Bebop.'

Shanti keek op. 'Dat was ook het eerste wat bij Renfurm opkwam. Condor is overduidelijk een codenaam, dus moest Parker dat ook zijn, leek hem. Volgens hem gebruiken veiligheidsagenten graag namen waar ze wat mee hebben. Je weet misschien dat Glenn Renfurm een tijdje hier op onze ambassade heeft gezeten, in het begin van de jaren negentig. Hij kende in die tijd een secretaresse op de Amerikaanse ambassade...'

'Natuurlijk,' zei Kenton grijnzend. 'Was ze twee meter lang met blond haar en zekere maten?'

Shanti glimlachte. 'Hij heeft die vrouw via de Amerikaanse ambassade in Paramaribo kunnen traceren en toen hij haar aan de telefoon had langs zijn neus weg geïnformeerd of ze zich soms een medewerker in Den Haag rond 1992 kon herinneren die een voorliefde had voor die saxofonist Charlie Parker. Dat wist ze meteen.'

Kentons ogen lichtten op.

'Het zou gaan om een zekere James Ellroy Bradey, die hier toen een van de twee secretarissen op de ambassade was.'

'Zo!' zei Kenton verbaasd over Renfurms geluk.

'Ja, maar die vrouw vond het uiterst vreemd toen Renfurm verder vroeg. Volgens haar was die Bradey namelijk op de avond van de Bijlmerramp zelf bij een auto-ongeluk in Wassenaar omgekomen.'

'Dan kan hij het dus niet zijn.'

'Wacht even. Renfurm trok dat na via onze ambassade hier, en dat klopte. Hij belde toen die vriendin toch nog een keer en liet haar de stem van Bradey horen... En die vrouw was honderd procent zeker dat het zijn stem was.'

Kenton fronste zijn wenkbrauwen. 'Hoe kan dat dan?'

'Geen idee. In elk geval klopt het niet. Hij moet doodgegaan zijn bij de vliegramp. Niemand heeft die overleefd, dat staat vast.'

Een grote foto aan de muur achter Shanti's bureau trok Kentons aandacht. Het was een foto van haar en de fractievoorzitter, die hij zich herinnerde als een man die zeer nadrukkelijk sprak alsof hij vroeger een spraakgebrek had gehad.

'Renfurm vroeg die Amerikaanse secretaresse of de naam Condor haar iets zei, maar dat was niet het geval.'

Shanti legde de vellen papier neer en zocht in haar tas naar haar sigaretten.

Kenton keek weer uit het raam. Tegen een steunbeer van de Ridderzaal stond een lange man met krullend haar die steeds even op zijn horloge keek alsof hij ongeduldig op een afspraak wachtte.

Plu.238 hadden ze op het AMC gezegd. Levensgevaarlijk materiaal dat werd gebruikt in kernreactoren en kernraketten. Hij herinnerde zich de verhalen die na de ramp in de Bijlmermeer de ronde hadden gedaan, verhalen over een geheime lading, over slachtoffers die heimelijk waren afgevoerd omdat hun lijken zouden zijn overdekt met vreemde zweren en brandwonden.

Percy Goedschalk, die aan de hel ontsnapt was. Met een half verkoold recordertje afkomstig uit de cockpit.

'Henck Graanoogst stelt voor dat je zijn weduwe benadert,' zei Shanti.

'Wat?'

'*Don't worry*, Joseph!' Shanti lachte haar prachtige tanden bloot. 'Je hoeft geen James Bond te spelen. Ze woont alleen, hier in Den Haag. Het lijkt Renfurm absoluut onwaarschijnlijk dat ze op de hoogte was van wat haar man deed, maar misschien zou ze kunnen weten wie er met die codenaam Condor werd bedoeld.'

'Ja,' zei Kenton weifelend.

'En jij was in die periode nog hier als arts. Bradey werkte op de ambassade. Je zou hem dus gekend kunnen hebben.'

'Hoe dan?'

'We verzinnen wel wat. Als Glenn en Henck gelijk hebben en die Bradey heeft voor de CIA gewerkt, dan heeft zijn vrouw weinig van zijn contacten en kennissen geweten. Ik bel Henck vanavond nog.'

Kenton knikte langzaam.

De telefoon rinkelde en ze nam op. De man buiten scheen er genoeg van te hebben en slenterde weg.

Kenton dacht na over Henck Graanoogst. Hoewel hij nu al maanden op de hoogte was, was hij nog steeds ten prooi aan dezelfde verwarring als op het moment dat Graanoogst hem in vertrouwen nam. Nota bene Henck Graanoogst, directeur van het Kabinet van de President, vriend van Desi Bouterse, een van de machtigste mannen van de Republiek, die in het diepste geheim een kleine kring zeer invloedrijke mensen om zich heen had verzameld met het doel zowel die president als Bouterse ten val te brengen. Mensen als Gerard Rusland, David Elstak, Lucien Hofwijk en Fatma Girjasing. Het was op hem overgekomen alsof iemand hem had willen vertellen dat God de duivel was, en hij had er ook niets van geloofd. Integendeel, hij was ervan overtuigd geweest dat ze hem wilden provoceren, erachter wilden komen of hij, de radicale student die hij in Nederland was geweest, die radicale ideeën na terugkeer nog koesterde. Een valstrik van Renfurms geheime dienst, het zou niet de eerste keer zijn. Dus had hij beleefd gezegd zich vereerd te voelen met de uitnodiging langs te komen, maar niet meer geïnteresseerd te zijn in politiek. Hij had gezegd juist terug te zijn gekomen omdat hij vond dat alles maar eens vergeten en vergeven moest worden. Het ging toch ook goed met Suriname? Oké, hij was ooit fanatiek tegen mensen als Bouta en Wijdenbosch geweest, maar hij zag nu zelf de vruchten van de nieuwe politiek, van Wijdenbosch' ideeën over *clean government* en het Honderddagenplan om de elementairste zaken te regelen. Hij was, had hij gezegd, er nu zelfs trots op daar zijn steentje aan bij te kunnen dragen.

Graanoogst had hem lachend op de schouder geklopt. 'Satchmo, je had acteur moeten worden! Gerard, vertel Joseph alsjeblieft hoe de zaken werden gefinancierd.'

In Graanoogsts prachtige oud-Hollandse werkkamer aan het Onafhankelijkheidsplein, op een steenworp afstand van het kantoor van Bouterse, had Gerard Rusland, topambtenaar van Justitie, een stapeltje dagafschriften uit zijn aktetas gehaald. Kenton had zijn ogen niet geloofd. De overschrijvingen volgden een route als een chartervliegtuig: regelmatig waren sinds 1989 kleinere en grotere bedragen in Amerikaanse dollars van grote Surinaamse staats- en semi-staatsbedrijven als Suralco en Telesur overgemaakt naar bonafide toeleveringsbedrijven in Brazilië en op Curaçao, waaronder enkele van David Elstak. Vandaar waren de gelden doorgesluisd naar diverse rekeningen bij de Société Générale in Luik, België, vanwaar het ten slotte in maandelijkse porties werd gestort op enkele rekeningen bij verschillende banken in Amsterdam, Rotterdam en Den Haag. Geschokt herkende Kenton ogenblikkelijk een daarvan als de geheime bankrekening van het LOSON, die hij zelf jarenlang had beheerd voor de Surinaamse activisten in Nederland.

'Je gelooft het nog niet, hè Joseph?' Henck Graanoogst had een rekeningafschrift van de toenmalige NMB-bank in Amsterdam opgehouden. '*Look*, een batig saldo van twee miljoen dat belegd werd. Kijk naar de codering. JC. Wat? Jezus Christus? Johan Cruyff? Nee, man, Jungle Commando! Kijk naar de datum. Weet je nog? Jullie van het LOSON kregen toen veel geld om veteranen die Brunswijk moesten komen helpen te laten trainen in Florida. Geld waarvan jullie dachten dat het via via van de CIA kwam, die Desi weg wilde hebben... Wij betaalden dat, man, wij!'

Nog had hij het niet geloofd.

'Bel Iwan Behr!' Graanoogst had de telefoon gepakt en die hem toegestoken. 'Hem vertrouw je toch wel? Je oude makker daar in *Holanda*! *Go ahead*, de telefoon is *clean*. *Ask him!*'

'Waarom?'

'Omdat je ons niet gelooft, Joseph!'

'Dat bedoel ik niet. Waarom zouden mensen als jij, als Elstak en Hofwijk Bouterse willen wippen? Jullie zijn zijn vrienden, jullie hebben samen met hem die zogenaamde verdomde Revolutie gemaakt... Jezus, jullie hebben zelf het bloed aan je handen van Slagveer, van Kamperveen, van...'

'Omdat Bouta ons belogen heeft, Joseph. Wij dachten dat die vijftien jongens onze revolutie wilden verraden, dat Roy Horb voor de CIA werkte, dat Jaggernath Radakishun door het Jungle Commando was geliquideerd. Nu weten we dat Bouterse dat om heel andere redenen heeft gedaan – omdat hij bang was dat de waarheid uit zou komen.'

'Wat dan?'

Graanoogst en Rusland hadden om beurten het verhaal van Shanti verteld. Hoe ze de diplomaat Lipman had ontmoet die haar verteld had over een geheime bijeenkomst op de Nederlandse ambassade, enkele weken voor Bouterse en Roy Horb hun eerste coup in 1980 pleegden.

'Bouterse en Horb sloten een deal met de Nederlanders, Joseph, het kan niet anders...'

'Waarom in godsnaam?'

'Dat weten we niet. Maar Horb kreeg na december 1982 berouw, begrijp je? Ze hadden het volk bedrogen, ze hadden gezegd dat zij Suriname van de *bakra's* en de buitenlandse investeerders hadden bevrijd. Terwijl ze juist door hen op de troon zijn gezet! Joseph, luister man... Het feit dat niemand in Nederland of in Amerika heeft ingegrepen toen de vijftien werden geëxecuteerd, dat niemand Desi in al die jaren heeft aangepakt, dat betekent toch dat hij hen in zijn macht heeft! En jij weet toch ook dat dit land nog corrupter en rotter is dan het ooit is geweest! Je weet toch dat hij daar in Leonsberg doet waar hij zin in heeft… Dit land, Joseph, is de risee van de internationale politiek! Een narcostaat! Kijk om je heen. Met wie hebben wij betrekkingen? Met Brazilië, waaraan hij ons uitverkoopt. Met Indonesië, een land waar corruptie zowat het nationale logo is! Met de kartels in Colombia. En wat dan nog meer? Met enkele onbeduidende Caraïbische eilanden, maffianesten. En ondertussen zijn wij nog steeds, bijna vijfentwintig jaar, onafhankelijk, een neokolonie die gestraft wordt met het intrekken van ontwikkelingshulp… Vanwege maar één man, Joseph!'

Toen had Graanoogst zelf een nummer gedraaid, opnieuw intercontinentaal, opnieuw naar Nederland, en hem vervolgens weer de hoorn toegestoken. 'Vraag het Shanti Radakishun. Je kent haar goed genoeg.'

Dat telefoontje, bedacht hij peinzend, was toen door haar in deze kleine kamer op het Binnenhof aangenomen.

Shanti. Shanti, die had gezegd dat ze al maanden in contact stond met de groep van Henck. Shanti, die hem naderhand had verteld over de dood van Roy Horb en die van haar vader. Beiden waren gestorven omdat ze op de hoogte zouden zijn van die avond in de ambassade.

Toch was hij ook toen nog argwanend en op zijn qui-vive geweest. Pas nadat hij de anderen had ontmoet – niet alleen Beatrix Graanoogst, Fatma Girjasing, Lucien Hofwijk, David Elstak en Glenn Renfurm, maar ook enkele oude studievrienden van hem die eertijds lid van het LOSON waren maar nu eerzame burgers van de republiek –, was hij overtuigd, en enthousiast geraakt. Ze hadden hem ingelicht over de geestverwanten in Nederland, onder wie Iwan Behr, die doende waren een schaduwregering voor te bereiden. Dikwijls had hij het Louisa willen vertellen, maar

Graanoogst had hem verzocht dat niet te doen, en Kenton wist dat hij gelijk had; zo'n goede echtgenote als Louisa was, ze was bevriend met Bouterses jonge vrouw en ze was peettante van diens nichtje. Arme Louisa zou zich geen raad weten met de kennis.

Hij schrok uit zijn overpeinzingen. Hij had niet gemerkt dat Shanti haar telefoongesprek had beëindigd. Kennelijk zat ze hem al een tijdje geamuseerd op te nemen.

'Dat was Iwan,' zei ze. 'Hij meldde dat Rikken sneller toehapte dan ze hadden gedacht.'

Een klein halfuur later startte Kenton de Polo en hij sloeg, na een blik op de entree van de Amerikaanse ambassade, links af naar het Malieveld om via Wassenaar binnendoor naar Haarlem terug te rijden. Het liep tegen zessen, maar het was tamelijk stil op straat. Het regende en de tenten van een circus op het Malieveld stonden er troosteloos bij.

Natuurlijk begreep hij nu de importantie van het bandje. Als het waar was, als de Nederlanders op de een of andere manier betrokken waren bij de geheimzinnige lading en het ongeluk van de El Al-Boeing, dan zou dat de hefboom kunnen zijn om hen te dwingen te zeggen wat er indertijd in Paramaribo was gebeurd. Waarom Desi Bouterse, ondanks alle formele protesten, al die jaren de hand boven het hoofd werd gehouden. Door wie?

Het zou chantage zijn, ordinaire chantage. Natuurlijk, dacht Kenton, het was oog om oog en tand om tand. Wat stelde chantage voor bij de liquidatie van de vijftien door Bouterses Bloedraad in Fort Zeelandia? Bouterse, die eigenhandig de huilende Daal zijn genitaliën had afgesneden, omdat hij vond dat een grienende man geen aanspraak kon maken op zijn geslachtsorgaan.

Mijn god, chantage was nog een mild middel vergeleken bij dergelijke misdaden.

Driftig draaide hij de Benoordenhoutseweg op.

Rikken had toegehapt, had Iwan zojuist aan Shanti bericht.

Frits Rikken, een diplomaat die begin 1980 werkzaam was geweest op de Nederlandse ambassade aan de Lim A Postraat. Een vriend van kolonel Vink. Hun collega Lipman had Shanti verteld dat Bouterse en Horb die avond, nog geen vier weken voor hun geweldloze staatsgreep, overleg hadden gevoerd. Met wie? En waarover? Twee sergeants die in het geheim werden ontvangen op het consulaat.

'Bouterse weet iets waarmee hij Den Haag in de tang heeft, Joseph. Hij heeft iets waarmee hij Nederland chanteert, het kan niet anders. Rikken kan er weet van hebben. Hij toen was ambassaderaad.'

Terwijl hij ongeduldig wachtte voor de stoplichten bij de Van Alkemadelaan viel hem plotsklaps een lichtgrijze Volvo op. Vaag meende hij de auto eerder gezien te hebben. Hij trok op en ging keurig rechts rijden, zag hoe de Volvo eveneens vaart minderde en enkele auto's achter hem invoegde. Vergiste hij zich? Kwam het door de schok die Shanti's informatie over Percy en het bandje teweeg had gebracht? Wie zou hem verdomme volgen? Was hij toch gesignaleerd door Bouterses mensen op Schiphol? Zijn knieën trilden toen hij het gaspedaal intrapte en onder het viaduct de straatweg op reed terwijl hij met samengeknepen ogen in zijn spiegel de Volvo in de gaten hield. Na enkele minuten nam hij gas terug en zag de wagen passeren, even een grijzig silhouet aan een stuur. Enkele seconden later voegde hij voor een bus weer in. Verbeeldde hij het zich? Nerveus dwong hij zichzelf niet harder te rijden dan de toegestane zeventig kilometer en mompelde hardop enkele malen het kenteken om het te onthouden. Hij besloot bij het eerste het beste tankstation te stoppen en te wachten, maar zag er geen en ging noodgedwongen links rijden om vast voor te sorteren voor de afslag naar Wassenaar, in de verwachting dat de Volvo dat ook zou doen. Maar toen hij de stoplichten naderde en afremde, zag hij de auto tot zijn opluchting plotseling gas geven, door oranje rijden en rechts afslaan, in de richting van Voorschoten/Leidschendam.

Hij herademde, grinnikte om zijn eigen zenuwen, en zette zijn ruitenwissers op volle snelheid om een plotselinge stortbui te kunnen verwerken. Enkele minuten later was hij de Volvo en het kenteken ervan alweer vergeten en dacht geamuseerd aan Jaap van Leeuwen, die nu ongetwijfeld kankerend op de hitte en het hangmattempo ergens in het Lands Hospitaal zat, zich volkomen onbewust van wat hij teweeg had gebracht.

In de Volvo belde Hansen de dienst en vroeg wat er op het menu van de kantine stond. De keuze was beperkt en hij bestelde min of meer tegen zijn zin een nasi goreng. Vervolgens meldde hij Hildebrandt, die op het punt stond naar huis te gaan, dat Kenton volgens verwachting onderweg was naar zijn vrouw en schoonzuster in Haarlem. Terwijl hij dat doorgaf, reed hij Leidschendam al binnen. Niet veel later parkeerde hij de Volvo in de ondergrondse garage van de dienst. Hij liet de nasi op zijn kamer brengen terwijl hij zijn korte verslag schreef en zijn onkostendeclaratie opstelde. Om precies zeven uur werd hij doorverbonden met de PID in Haarlem, die hem doorgaf dat Kenton de Polo zojuist om de hoek bij zijn schoonzuster had geparkeerd.

De nasi was lauw en smakeloos. Hij liet het bord staan, pakte zijn verslag en het declaratieformulier, sloot zijn kamer af en stapte buiten in zijn eigen Saab om op kosten van de dienst bij Garuda, niet ver van Le Bistroquet, een rijsttafel te gaan eten. Het verslag en de declaratie zou hij morgenochtend wel aanpassen.

18

'Het kon niet anders,' zei Glenn Renfurm. 'Hij wist van de recorder. Percy was zijn patiënt, de kans was levensgroot dat hij de directie van het Lands zou hebben ingelicht. Het ging per slot om straling.'

Graanoogst nipte van zijn ijsthee.

'Waar hebben jullie hem gelaten?'

'Doet dat ertoe?'

'Ik vroeg je waar jullie hem hebben gelaten.'

'In een kreek bij Einde Rust. *Don't worry*, die is al maanden dichtgegroeid dus het zal wel even duren voor ze hem vinden. De jongens van het waterleidingbedrijf staken, *remember*? Het zal gewoon als een roofmoord beschouwd worden.'

Graanoogst keek naar het verkeer bij de Palmentuin. Midden op de rijweg stond een auto stil waarvan de chauffeur aan de overkant schaafijsjes kocht voor zijn gezin dat lachend uit de raampjes gebaarde naar de claxonnerende automobilisten. Tussen de gebouwen door schitterde het zonlicht in het water van de Surinamerivier. Natuurlijk zou het een roofmoord zijn, Renfurm zou zich ongetwijfeld bemoeien met het politieonderzoek. De conclusie lag voor de hand, weer een onvoorzichtige *bakra* die zich alleen in het moerasgebied achter de Commewijne had gewaagd.

'En zijn vriendin? Pien Roell?'

'Ze is in Nederland op vakantie bij haar ouders, maar we weten dat Van Leeuwen de avond voor haar vertrek met haar heeft gegeten in de Plantation Room.'

Graanoogst keek hem afwachtend aan, hoewel hij wist wat er ging komen.

'Sorry, Henck, maar we kunnen het risico niet nemen, zeker niet met haar. Ze werkt op de ambassade hier, *remember*?'

Graanoogst knikte. 'Dat was ik niet vergeten.'

Bij het presidentieel paleis stonden twee mannen vuil te verbranden, de zwarte rook steeg boven het dak uit zodat het leek of het gebouw in brand stond. Aan de andere kant wierpen metershoge papaja's hun schaduwen op de buitenmuur van het kantoor van Desi Bouterse, een muur zonder ramen. Bouterse had geen ramen nodig om te weten wat zich 'buiten' afspeelde en het voordeel was dat niemand er stenen door kon gooien.

Behr, dacht Graanoogst, Renfurm zou het Iwan Behr opdragen. En die zou het door een van zijn mensen laten opknappen. Natuurlijk had Renfurm gelijk. Die Van Leeuwen had geweten dat het radioactieve recordertje afkomstig was uit een vliegtuig. Elke arts zou gealarmeerd zijn en zijn directie inlichten. Dat had Van Leeuwen nog niet gedaan, maar het lag voor de hand dat hij het die avond dat hij met Pien Roell was gaan eten wel aan haar had verteld. Pien Roell, een vrolijke mooie Hollandse meid met wie hij vaak gelachen had op de vele recepties in de Hollandse residentie. Al zou ze weten van de straling, en van het recordertje, *so what*?

Hij zag dat Renfurm hem glimlachend opnam alsof de veiligheidsman zijn gedachten raadde, schudde geïrriteerd zijn hoofd en doofde zijn sigaret.

'Wanneer verwacht je bericht over Rikken?'

'Iwan en Shanti spreken hem morgen,' zei Renfurm. 'Als het goed is, heeft hij nu de foto's.' Hij leunde achterover en keek uit het raam. 'Maak je geen zorgen over die vrouw, Henck. Het zal een ongeluk zijn. We kunnen niet anders. *You know that.* We doen dit...'

Hij zweeg abrupt omdat een lange, zwarte Cadillac langzaam langs het grote grasveld reed en onder de papaja's parkeerde. Er stapten twee mannen uit, zonnebril op, de rechterhand achteloos tussen de revers van hun smetteloos witte colbert. De brede houten deur van het huis zwaaide open en er daalden twee militairen in zomertenue het bordes af. Nadat ze het plein rond hadden gekeken, stak een van hen een hand op. Bouterse kwam naar buiten, gekleed in een licht, gestreept pak, blootshoofds, met op de arm een peuter die hij even liefkozend door het kroeshaar woelde en toen overgaf aan de beeldschone jonge vrouw achter hem. Ze liepen samen naar de Cadillac, waar een geüniformeerde chauffeur het achterportier openhield. Op het gras keek de ijsjes etende familie toe, maar het meeste verkeer raasde verder in de richting van de Gravenstraat.

Renfurm keek de Cadillac na tot hij om de hoek was verdwenen. 'We doen dit in het belang van de staat,' zei Renfurm. Hij bukte zich en haalde een plastic map uit zijn aktetas. 'Ik kreeg vlak voor ik naar je toe kwam een verrassend bericht van Sjitiproto uit Washington.' Uit het mapje haalde hij enkele gladde faxvelletjes zonder briefhoofd. 'Dat El Al-toestel kwam zoals je weet uit New York en had Amsterdam als tussenstop. Je weet dat de Israëli's, afgezien van enkele koffers en brandstof, geen lading op Schiphol hebben ingenomen.' Hij las even. 'Tussen alle puin en schroot in de Bijlmermeer zaten ook vrachtbrieven waarop melding werd gemaakt van militair materieel. *Military ordinance equipment* zoals ze dat noemen. Op een ervan stond dat er spullen in de States werden verladen door een bedrijf Interglobal Forwarding Services, *as agent from* MOD, oftewel in opdracht van het Amerikaanse ministerie van Defensie. Militair materieel.'

'*Mi gado!*' zei Graanoogst ongelovig. 'Wou je beweren dat de Amerikanen dat plutonium gewoon meegaven aan een stel Israëli's in een oud vrachttoestel?'

'Nee,' zei Renfurm. 'Dat leek Sjitiproto ook niet. Dus was de vraag niet alleen hóé de Israëli's aan dat spul kwamen, maar ook wáár ze die officiële papieren vandaan haalden.' Hij grijnsde. 'Het een bleek rechtstreeks met het ander te maken te hebben. Die vrachtbrieven zijn indertijd openbaar gemaakt voor het onderzoek. Nietszeggend, als je niet van dat plutonium weet. Sjitiproto kon ze gewoon inzien bij de onderzoekscommissie van Boeing en hij zag dat ze waren afgetekend door een vent van dat verladersbedrijf, Ruben Levy. Dat zei hem natuurlijk nog niets, maar wel toen hij hoorde dat die Levy een vooraanstaand lid was van een zionistische club.'

Graanoogst kneep zijn ogen wat samen.

'Je weet dat de zionisten een machtige lobby vormen in de States, tot in de Senaat en het Congres. Natuurlijk dacht Ali Sjitiproto hetzelfde als jij en ik nu, dus probeerde hij erachter te komen waar hij die Levy kon bereiken. Maar bij dat Interglobal Forwarding Services zeiden ze dat hij al jaren dood was. Dank je...' Renfurm nam de aangeboden sigaret aan. 'Sjitiproto hoorde dat Levy zelfmoord had gepleegd.' Hij accepteerde eveneens een vuurtje, inhaleerde diep en liet de rook beetje bij beetje ontsnappen. 'Gek genoeg op 5 oktober 1992, een dag nadat die Boeing vertrok.'

Zwijgend gaf Graanoogst zichzelf vuur.

'Om een lang verhaal kort te maken... Hij hoorde dat de Israëlische passagiere van die El Al-*plane* de nacht van 2 op 3 oktober samen met Levy in een motel was geweest bij Conway, dus eerst dacht hij nog even dat het zo'n sappig Amerikaans seksschandaal was, maar Ali wist ook net als iedereen *nowadays* dat die vrouw voor de Mossad werkte. En Levy was de man die de vrachtbrieven had getekend. Conway ligt op zo'n tweehonderd mijl van New York en Kennedy Airport. In de buurt staat de kernreactor CNPP, de Country Nuclear Power Plant.' Renfurm kwam overeind en staarde peinzend uit het grote raam. 'Een El Al-toestel landt op 4 oktober in de ochtend in New York. De dag tevoren is Ruben Levy, een functionaris van een verladersbedrijf samen met een Mossad-agente in een plaats waar ze plutonium hebben. Die vrouw zit een dag later in de *plane* die op de Amsterdamse Bijlmermeer neerstort en wij weten dankzij Percy Goedschalk dat er plutonium aan boord was. Plu.238, exact de soort die ze in dat Conway maakten. De man die zijn handtekening zette, Levy, schiet zich een dag later door zijn kop.' Renfurm draaide zich om. 'Je weet hoe ze in Jeruzalem zitten te springen om kernwapens. Stel je eens voor dat die Levy hen hielp.'

'Hoe?'

'*We don't know.* Stel dat de Amerikanen erachter kwamen, maar te laat, want de *plane* is dan al onderweg, via Nederland naar Israël. Het ligt voor de hand dat de CIA in Langley contact opnam met hun mensen in Den Haag. Bradey en die Condor. Op de een of andere manier kwam Bradey ongezien aan boord.'

'Waarom? Hij zegt op die band dat de Nederlandse autoriteiten ervan weten. Dan zouden ze de Boeing toch hebben tegengehouden?'

'*I know, I know...*' Mismoedig schudde Renfurm zijn magere hoofd en hij liep terug naar zijn stoel. '*I don't know...*'

Hij ging weer zitten. 'Er is maar één persoon die die vraag kan beantwoorden, Henck, en dat is Condor. Hij moet weten wat er gebeurd is en wat de rol van Nederland is geweest. Laten we hopen dat Bradeys weduwe weet wie Condor is.'

Graanoogst zweeg en wreef zich vermoeid over zijn ogen. Toen hij zijn hoofd ophief, keek Renfurm hem opgewonden aan. 'Stel je voor dat we gelijk hebben. Dat de Nederlanders tot aan hun oren in de shit zitten. En dat Shanti er bovendien achter komt waar het document is. Jezus, Henck, *that'll be the day, man*!'

Graanoogst knikte en kwam moeizaam overeind.

'Laten we het hopen,' zei hij.

19

Shanti draaide de grote weg op en wierp een snelle blik op het dashboardklokje. Het was bij halfzeven, ze zou ruim op tijd zijn voor de afspraak met Iwan in Amsterdam. Hoewel het nog licht was, brandden de lampen aan weerskanten van de rijbaan al. Ze gaf gas en dacht even aan de uitputtende tocht met de huurauto over de stoffige onverharde weg naar Nieuw Nickerie om Van Groningen op te zoeken, de *boeroe* die haar vader had willen laten ontkomen aan Bouterses mannen. Ze had bijna een dag gedaan over de tweehonderd kilometer. En wat had het opgeleverd?

Ze grimlachte en minderde vaart om in te voegen vanwege een wegafzetting. Waar was Van Groningen zo bang voor geweest? Nog steeds voor Bouterse, zoals Graanoogst meende? Zou hij iets hebben gezegd als ze hem er wél van had kunnen overtuigen de dochter van Jaggernath Radakishun te zijn? Ze vloekte boos om haar verdwenen paspoort en sieraden. Suriname, natuurlijk had het evengoed in Amsterdam of in Den Haag kunnen gebeuren, maar toch… En nota bene in het Torarica waar vierentwintig uur per etmaal beveiligingsbeambten met honkbalknuppels toezicht hielden op ongewenst bezoek! De pas en de armband waren vervelend, maar ze had gehuild om het medaillon. Wat zouden ze ermee gedaan hebben, de dieven? Schoffies, die het verkocht hadden ergens in de sloppen van Blauwgrond of Frimangron om er drugs voor te kopen? Hotelratten, die de foto hadden weggegooid en het goud hadden omgesmolten? De tranen schoten haar weer in de ogen bij de gedachte aan het fotootje in het medaillon, het enige wat ze nog had gehad van haar vader en haar samen, niet lang voor zijn dood gemaakt. Hij was er trots op geweest als een kind, had het medaillon met de inscriptie '*Por Daddy, with Love from Shanti*' nooit af willen doen. Maar zij had dat verdomme wel gedaan, omdat ze zo nodig moest zwemmen! Zou die *boeroe* Van Groningen iets hebben willen zeggen als ze hem het fotootje van papa en haar had kunnen laten zien? Zou hij het medaillon misschien herkend hebben? Papa had het die bewuste dag gedragen, want de politie had aan de hand daarvan zijn skelet geïdentificeerd. Ze hadden haar het sieraad later gebracht.

Zou Van Groningen iets hebben kunnen zeggen? Had papa hem verteld waarom hij op de vlucht was? Henck Graanoogst had gezegd dat het er niet toe deed.

'We kijken wel,' had hij gezegd. 'Het is belangrijker dat jij nu teruggaat en contact opneemt met Kenton en met Iwan.'

Iwan die de foto's had.

Foto's van Rikken met twee kleine Marokkaanse jongens. Het was walgelijk en ze had ze niet willen zien, zich ervoor geschaamd dat het zo moest en dat ze er hoe dan ook aan meewerkte, al begreep ze dat het niet anders kon.

Ze vroeg zich af hoe Eduard Vos zou reageren als hij van de chantage op Frits Rikken wist. Keurige Eduard, een hardwerkende jongeman met een vrouw die zich verdienstelijk maakte in allerlei clubjes, van de lokale vrouwenafdeling tot aan het bestuur van het schooltje waar hun drie jonge kinderen op zaten. Hij zou het niet willen weten, maar waarschijnlijk ook niet afkeuren als middel. De oudere garde in de partij zou er daarentegen problemen mee hebben. De partijleider was dan geen moraalridder maar wél een politicus van de oude stempel, ofschoon hij uit het bedrijfsleven kwam. Zelfs dat bedrijfsleven had mores gekend die daar nu passé waren. En waarschijnlijk in het grootste deel van de Nederlandse samenleving. Maar niet bij de toonaangevende politici in de Kamer.

Soms dacht ze dat de Kamer vooral bevolkt werd door de laatste dinosaurussen, die zich hadden teruggetrokken in het glazen reservaat aan het Binnenhof. Mannen en vrouwen die als enigen in het land nog geloofden in verzuiling en handelden vanuit waarden en normen die niemand buiten dat glazen gebouw nog herkende. Het had haar dikwijls, zeker als het om haar voormalige vaderland ging, wanhopig gestemd, maar de opkomst van mensen als Vos en Schouten binnen de partij had haar toch gemotiveerd. Zij waren politici die over de scheidslijnen heen konden kijken, niet alleen partijpolitiek gesproken maar ook in het algemeen. Beiden hadden aanvankelijk zeer huiverig gereageerd toen ze hen op verzoek van Graanoogst had gepolst over het plan. Begrijpelijk natuurlijk. Ze had ook zelf, tot Iwan haar overtuigde van het tegendeel, Graanoogst gezien als een marionet van Bouterse, een man met het bloed van de achtste december aan zijn handen.

'Jezus, Shanti, oké, dat is zo, maar je eigen vader was daar net zo hard bij betrokken! En waarom? Omdat ze dachten dat de vijftien verraders waren. Omdat Bouta dat zei! Omdat ze toen allemaal heilig geloofden in zijn verzet tegen Arron en Ferrier! Sinds Graanoogst weet dat zijn neef Roy Horb is opgehangen omdat hij kon bewijzen dat Bouterse zelf de verrader is, is hij om, baby!'

'Hoe weet hij dat dan?'

'Jezus, Shanti, als we dát wisten, was dit toch niet nodig, ja!'

Iwan. Onvermoeibaar als het ging om de strijd. Iwan, de intellectueel die in hoeren handelde en zichzelf als de Surinaamse Che Guevara beschouwde.

Ze draaide het raampje open en snoof de frisse herfstlucht op. Dinosaurussen, oké, maar dit? Chantage was het, platte chantage die je toch allerminst politieke vernieuwing kon noemen!

Wat had Stanley Goedschalk gezegd op dat feestje van Henck en Bea? 'Wat jullie daar er ook over denken, we zijn een stukje Zuid-Amerika, *meti*.' Dat zou best, maar daarom hoefde je nog geen gangstermethoden te hanteren! Er bestond nog zoiets als universele beschaving, had ze betoogd tegen Graanoogst. Maar Renfurm had cynisch gevraagd hoe ze dan wel dacht over haar vaders dood.

Oog om oog, tand om tand. De wet van de jungle. Een stukje Zuid-Amerika. Deed ze het vanwege haar vader? Vanwege Suriname, dat nog steeds *Broko parnasi* was, een kapotte plantage?

Vos en Schouten waren geïnteresseerd geraakt toen hun was gebleken dat Graanoogst politici als Fatma Girjasing, Lucien Hofwijk en Liau Hardjoprajitno om zich heen had verzameld. Zij vertegenwoordigden de nieuwe generatie van de belangrijkste oppositiepartijen NPS, VHP en de KTPI, en bij hen hadden zich belangrijke zakenmensen gevoegd als David Elstak en Herman Asmus en invloedrijke Surinamers als Lesley Kamperveen en Gerard Rusland. En niet te vergeten vooraanstaande Surinamers in Nederland, creolen en Hindoestanen.

Maar nog belangrijker was het verhaal van Wim Lipman over die avond van 28 januari geweest... Als het waar was wat Wim had gezegd, dat Roy Horb door Bouterse was vermoord vanwege die bijeenkomst, dan moest er toen iets gebeurd zijn wat Bouterse ook jaren later nog vreesde en wat de reden was geweest waarom hij papa had gedood.

Horb had de militair attaché Vink die avond verzocht een gesloten enveloppe naar haar vader te brengen en die later terug te brengen. Waarom? Waarom had papa, een vriend van Desi Bouterse, zes jaar later voor hem willen vluchten?

Ze moest weer aan Van Groningen denken. Hij woonde al lang niet meer bij Patamacca, maar bleek een verwaarloosde Hollandse plantage te exploiteren in de omgeving van Nieuw Nickerie waar hij met Javaans personeel inheemse vis kweekte voor de export naar Holland. Van Groningen was ondanks zijn jaren een beer van een man, een reus van een albino die op lieslaarzen door de waterbassins struinde en zijn arbeiders opjoeg in een merkwaardig soort Sranan. Ze had haar bezoek aangekondigd als een werkbezoek, maar zodra ze met hem alleen was geweest in zijn primitieve houten huis, had ze zich voorgesteld als de dochter van Jaggernath Radakishun.

Ze rilde onwillekeurig bij de herinnering aan zijn blauwbleke ogen die haar wantrouwig hadden opgenomen.

'Kunt u dat bewijzen?'

'Waarom gelooft u me niet, meneer Van Groningen?'

Oogjes die heel even maar onmiskenbaar paniek hadden uitgestraald. Onmiddellijk daarna had hij nors zijn stoel achteruitgeschoven en was zonder een woord te zeggen opgestaan en naar buiten gegaan. Perplex was ze achter hem aan gelopen, aangestaard door de halfnaakte bruine jongens met hun vangnetten in de bassins, maar hij was zonder om te kijken in zijn Land Rover gestapt en weggereden.

'Natuurlijk is hij bang,' had Henck Graanoogst gezegd toen ze het hem vertelde. 'Zou jij dat niet zijn als je getuige bent geweest van een van Desi's moordpartijen? Hij heeft het daar aardig voor elkaar, dat riskeert hij niet. We zullen Stanley vragen met hem te praten.'

Stanley. Ze glimlachte en dacht aan de avondwandeling met hem door Graanoogsts tuin. Stanley Goedschalk, die jaren en jaren geleden misselijk was geweest van de opwinding toen ze zich aan hem had aangeboden in de kreken bij Peperpot. Stanley, die de nacht na Percy's dood met haar mee was gegaan naar het Torarica en onmachtig van woede en verdriet naast haar in het grote bed had liggen huilen, hulpeloos net als toen.

Ze schrok op van een massieve schim pal voor haar. Toen ze zich realiseerde dat het een vliegtuig was dat de landing naar Schiphol inzette, zuchtte ze.

Percy... Kleine Percy Goedschalk die daar ergens vijf jaar geleden radeloos had rondgedoold en ten slotte het vliegtuig naar zijn oom had genomen.

Ze remde wat af en reed de tunnel in, waarboven een Boeing langzaam naar de startbanen taxiede.

Er bestond geen God, daar was ze al langer van overtuigd, en al helemaal geen Rechtvaardige God, maar het was wel waar wat Henck Graanoogst had gezegd. Percy Goedschalk was door de hemel gezonden.

20

Marius had dinsdagmiddag laat gebeld en gedaan alsof er niets was gebeurd. 'Sorry dat ik nu pas bel, maar ik heb het ongelooflijk druk gehad met een voorgenomen fusie van een paar verzekeraars.'

Opgelucht dat hij toch belde, maar vooral geïrriteerd omdat hij geen enkel excuus maakte, had ze afwezig naar hem geluisterd, haar ogen gericht op de opengeslagen mappen met bankafschriften en paperassen op tafel, erbovenop het opengeslagen condoleanceregister.

'Ik dacht dat het wel leuk zou zijn om vanavond wat te gaan drinken.'

'Wat?'

'Lieverd, ik vroeg of je straks wat wil drinken. Wat is er met je? Ik moet zeggen dat je behoorlijk afwezig klinkt.'

Ze aarzelde. 'Marius, Danckert en Van Beek, ken je die?'

'Jazeker. Heel behoorlijke tent. Zitten een paar verrekt goeie kerels bij. Daan van Aldenroode, een jaargenoot van me, is er firmant.'

'Ken je ze al lang?'

'Al jaren. Ik had er bijna zelf gezeten. Waarom wil je dat weten?'

'Ik...' Ze staarde naar het condoleanceregister en probeerde zich de man weer voor de geest te halen die zich na de begrafenis in de aula aan haar had voorgesteld. 'Mijn naam is Danckert, mevrouw Bradey, ik ben degene die uw man zag verongelukken.'

Een aardige, goedgeklede man van een jaar of vijftig, een wat blozend gezicht, kortgeknipt grijs haar.

'Tilly is er een jaar of wat geleden geweest en vroeg zich af of jij daar een man kende...'

Ze beschreef de man die zich Danckert had genoemd.

'Zegt me helemaal niets. Weet ze geen naam?'

'Nee.'

'Lastig. Heeft ze een advocaat nodig?'

'Nee, het was zomaar.'

'Aha. Zeg, zal ik je over een uurtje of zo oppikken?'

Ze aarzelde, eigenlijk van plan om nee te zeggen. 'Goed.'

Toen hij had opgehangen, bedacht ze boos dat ze hem had moeten laten boeten voor zijn lullige gedrag van de afgelopen zondag en had moeten weigeren. Waarom kon ze hem niet en Tilly wel vertellen wat er aan de hand was? Omdat ze hem wilde ontzien met Jimmy? Dat was onzin, dit had alles met háár van doen. De brief, de man die zich voor Gevers had uitgegeven, de onbekende die zich Danckert noemde. God nog aan toe! dacht ze verbaasd, ik heb al jaren een verhouding met een man en ik durf hem niet eens te vertellen wat me overkomt omdat ik bang ben dat hij me niet gelooft! Want dat was het natuurlijk. Hij zou geduldig luisteren, zijn pijp in zijn mond, en hij zou vast en zeker doen of het hem interesseerde, maar ten slotte zou hij op die bedaarde toon van hem het allemaal ontzenuwen door met allerlei voorbeelden aan te komen die hij zelf had ervaren. Of een collega. Weet je, schat, ik heb een collega op kantoor die...

Ze hoorde het hem zeggen! Op die begrijpende en vaderlijke toon die ze anders zo rustgevend en erudiet vond maar die haar nu, alleen al bij de gedachte eraan, mateloos ergerde. De toon, zijn zachte stem die nooit eens uitschoot... Nooit eens *Goddammit, the fucking bastards!*, altijd 'Schat, laten we om te beginnen met beide benen op de grond blijven staan...'

Wat een klootzak!

De tranen schoten haar in de ogen toen het tot haar doordrong wat ze dacht en in een opwelling greep ze Jimmy's portret van de secretaire. Zijn donkere ogen keken haar lachend aan alsof hij wilde zeggen: *Go on honey, just go on. You'll find out!*

You'll find out.

Jim en zij hadden samen twee rekeningen gehad, een bij de bank, een bij de giro, maar op geen van beide had ze in de maanden oktober en november 1992 afboekingen kunnen vinden die sloegen op betalingen die hij op 4 oktober had gedaan. Schiphol, had Tilly gesuggereerd, of daar ergens in de buurt.

Dat was niet zo gek. Hoofddorp lag daar niet ver vandaan en Tilly's tijdberekening klonk heel logisch. Al had Frank gezegd dat Jimmy op de receptie was geweest, ze was er nu zeker van dat die Neervoort geen gek was geweest. Ze zette het portret weer neer en veegde de tranen uit haar ogen.

Een man die zich Danckert noemde.

Een advocaat die al in 1961 was overleden. Aanvankelijk had ze nog gedacht dat ze zich dan bij de begrafenis vergist moest hebben en dat de man zich misschien namens het kantoor had voorgesteld, maar elke twijfel was weggenomen toen ze het condoleanceregister erop na had geslagen. Keurig in het voorgedrukte rechthoekje had hij een zeer leesbare handtekening gezet: 'O.J.M. Danckert'.

Wie was hij dan geweest?

Voortvarend als ze was, had Tilly het hoofdbureau van de politie gebeld en gevraagd naar iemand die iets kon zeggen over het ongeluk. Toen die persoon eindelijk opgetrommeld was, bleek dat de gegevens van indertijd al vernietigd waren.

'Sorry, mevrouw, u bent wat dat betreft net te laat. Die dossiers worden na vijf jaar opgeruimd.'

Een man die zich mr. Danckert noemde maar hem niet was. Een andere man die zich had uitgegeven voor een pastoor. Een man die een brief op zijn sterfbed had geschreven. Ze kon het Tilly niet eens kwalijk nemen dat zij, nadat ze hier Jims oude bankafschriften tevergeefs hadden nagevlooid, Margriet een wat argwanende, onderzoekende blik had toegeworpen.

'Ik weet het Til, het klinkt niet alleen absurd, het is het ook! Laat me maar.'

'Ben je gek? Ik zal Hans in elk geval vragen of hij die huisarts kan opduikelen.'

'En dan?'

Tilly was haastig vertrokken omdat de kinderen teruggebracht zouden worden. Een kus. 'Hou je goed, meid! Ik bel je nog als ik Hans erover heb gesproken.'

Maar de flits van opluchting in haar ogen was Margriet niet ontgaan, al had ze net nog gebeld.

'Met Til. Hoe gaat het?'

'Goed hoor.'

'Fijn. Hé, ik heb Hans er nog niet naar gevraagd.'

'O.'

'Ik bedoel, eigenlijk had je wel gelijk... Wat moet ik dan zeggen...? Waarom ga je niet alsnog naar de politie?'

'Wat moet ik daar dan zeggen? Til, ik neem het je niet kwalijk als je denkt dat ik gek ben.'

'Hoe kom je daar nou bij?'

Maar opnieuw had ze de twijfel in de stem van haar schoonzusje onderkend.

Nadat ze Zooey had uitgelaten, had ze toch weer Frank Belusian gebeld en verward naar diens antwoordapparaat geluisterd. *'I'm not in till comin' Wednesday, hut you can leave a message after the bleep. In any case of emergency, please phone the U.S. Embassy on the following...'*

Tijdens het eten had ze tegen beter weten in toch ook de dagafschriften van eind 1992 en het eerste kwartaal van 1993 door zitten bladeren, geëmotioneerd toen ze de betalingen tegen was gekomen van zijn begrafenis en van het hoveniersbedrijf dat zijn grafperk had aangelegd.

Ze schrok op toen de telefoon overging en nam op.

‘Met Margriet Bradey.’

‘Goedenavond, u spreekt met Seinpaal. Het spijt me u te storen, maar is uw man thuis?’

Perplex kon ze geen woord uitbrengen.

‘Hallo? Mevrouw Bradey?’

Een lage, hese mannenstem.

‘Spreek ik met de echtgenote van James Bradey?’

Ze had het idee dat haar eigen stem nu even hees klonk als die van de man.

‘Ja. Wie bent u?’

‘Martin Seinpaal, mevrouw Bradey. Ik ken James van vroeger.’

Ze herademde. Seinpaal? Wat was dat voor een idiote naam? Ze had hem nooit eerder gehoord, maar dat zei niets. Jimmy had zoveel kennissen gehad… Sommigen van hen hadden onwetend van zijn dood ook nog wel eens voor hem gebeld, maar nooit zoveel jaar later.

‘U bedoelt Jimmy.’

‘Pardon?’

‘Mijn man noemde zich Jimmy.’

Het was even stil.

‘Eh, ja, ja. Jimmy. Als ik soms ongelegen bel, dan…’

De man zweeg abrupt alsof hij zich nu pas realiseerde dat ze in de verleden tijd had gesproken.

‘U moet hem lang geleden hebben gekend, meneer Seinpaal, want Jimmy is al jaren dood.’

‘O my God, I’m sorry!’

Het Engels verbaasde haar. ‘Nee, dat kunt u niet helpen. Eh… Hoe kende u hem?’

‘Van zijn werk op de ambassade. Ik zat hier zelf in diplomatieke dienst. Ik ben Surinamer, mevrouw, ik kende uw man via een groepje diplomaten dat elkaar wel eens sprak op…’

Surinamer. Die hadden inderdaad merkwaardige namen. Plotseling wist ze aan wie zijn stem haar deed denken en even liepen haar de rillingen over de rug omdat ze Jimmy voor zich zag, die haar probeerde te overtuigen van de kwaliteit van jazzmuziek.

'*Listen honey*, misschien vind je dit dan wel goed. "Louis Armstrong Plays W.C. Handy".'

De man aan de andere kant van de lijn klonk precies als Louis Armstrong.

'Ik ben hier met vakantie, dus ik dacht... Eh, wanneer is dat gebeurd?'

'Oktober 1992. Op de avond van de ramp in de Bijlmermeer. De vierde. Hij is 's avonds met zijn auto verongelukt.'

'De avond van de Bijlmerramp?'

'Ja. Op de weg van Wassenaar.' Ze aarzelde even en glimlachte wrang naar zichzelf in de spiegel boven de secretaire. 'Vermoedelijk heeft hij te hard gereden en...'

'In de avond zei u?'

'Wat? Ja. Hij was op een receptie bij zijn ambassadeur. Misschien kent u die ook wel? Joe Melville III.'

De schorre stem lachte verontschuldigend. 'Sorry, mevrouw Bradey, maar u zei toch de vierde?'

'De vierde oktober ja, een zondagavond.'

'En hoe laat was dat dan, als ik vragen mag?'

Ze fronste naar haar spiegelbeeld. 'Dat weet ik niet zeker, ik weet alleen dat hij me belde om een uur of halfzes om te zeggen dat hij op die receptie was en... Waarom wilt u dat weten?'

Enkele seconden lang zweeg hij en hoorde ze slechts het geruis op de lijn, toen vroeg hij haar: 'Vergist u zich niet?'

'Wat?'

'Mevrouw Bradey, ik zou graag even met u spreken.'

'Eh, ja, natuurlijk...'

'Ik ben hier in de stad. Het is nu zeven uur, ik kan met tien minuten bij u zijn.'

'Maar… maar waarom?'

'Omdat ik die avond van de vierde uw man heb gezien, mevrouw, en ik weet zeker dat dat niet in Wassenaar was maar op Schiphol Airport. Ik ging namelijk die avond terug naar Suriname en Jim was daar ook. We hebben nog even met elkaar gepraat en hij zei dat hij zelf ook ergens heen moest… ik ben vergeten waarheen.'

Ze verstijfde.

Jim die ergens naartoe had gemoeten vanaf Schiphol? Op de vierde?

'Ik ben zo bij u. Het is toch nummer 24?'

'Ja,' fluisterde ze.

'Dan zie ik u graag zo.'

Wezenloos staarde ze naar haar doodsbleke gezicht zonder zich bewust te zijn van de ingesprektoon in haar oor. In plaats daarvan dreunden de woorden als hamerslagen na in haar hoofd. 'Ik ging namelijk die avond terug naar Suriname en Jim was daar ook… hij zei dat hij zelf ook ergens heen moest.'

Kenton hing op, stak de telefoonkaart in zijn binnenzak en duwde de deur van de telefooncel open. Tegenover hem tekende het silhouet van een kerk zich af tegen de donkerende hemel. Een zwerver met een herdershond stond bij de glasbak en duwde er enkele flessen in.

'Feestje,' zei hij grijnzend. 'M'n hond en ik.'

Kenton glimlachte en stak van het middenpad de rijweg over naar een smalle zijstraat.

Geërgerd betrapte hij zich op vage schuldgevoelens vanwege zijn leugens zojuist, maar hij hield zich voor dat Bradey een CIA-man was geweest die er waarschijnlijk nog veel minder scrupules op na had gehouden. Verdomme, waarom had Renfurm Elise Damsteegh niet gemeld dat die vent Jimmy werd genoemd? CIA. Wat had een agent van de CIA in dat El Al-toestel uitgespookt? Mocht hij nu die weduwe bedriegen, de superieuren van haar echtgenoot hadden haar tóén willens en wetens belazerd met dat verkeersongeluk, dat was wel duidelijk. Hoe was Renfurm er in Paramaribo zo snel achter gekomen? Van hieruit? De veiligheidsdienst had veel mensen en contacten hier, dat was een van de eerste dingen waar Bouterse zorg voor had gedragen, zich bewust van het nieuwe gevaar dat in Nederland school: meer Surinamers dan in Suriname zelf, en vooral, meer ontevreden Surinamers. Het bleef een krankzinnige gedachte dat zijn vertrouweling Glenn Renfurm zich nu tegen hem had gekeerd. Van Graanoogst begreep Kenton het inmiddels. Henck was hoe dan ook een idealist die lange tijd blind geloofd had in de oprechtheid van de Bevel, maar Renfurm was ronduit een rat. Waarschijnlijk besefte hij met zijn aangeboren sluwheid dat Desi's dagen geteld waren en koos hij, opportunist die hij was, nu voor de sterkste partij.

Hij liep langs smalle huizen met kleine voortuintjes en glimlachte herkennend toen hij door de ramen zag hoe de meeste bewoners de eettafel afruimden. In de periode dat hij in Amsterdam bij een hospita had gezeten, had hij nooit kunnen wennen aan dat stipte avondeten tussen zes en zeven.

Bradey, een CIA-man. Een vreemd toeval dat Graanoogst die dienst ook al had genoemd toen ze hem vertelden over de raadselachtige bijeenkomst van eind januari 1980 die Bouterse en Horb op het Nederlands consulaat hadden. Horb had die avond een gesloten enveloppe aan Vink gegeven met de opdracht die naar Shanti's vader te brengen. Waarom? Het moest iets zijn, had Graanoogst benadrukt, waarmee Bouterse Den Haag klem kon zetten – en wie weet ook de Amerikanen. Vier weken later had hij zijn eerste coup gepleegd, twee jaar later nog een. Niemand die er iets aan gedaan had, ook niet toen bekend werd dat hij Cubaanse adviseurs binnenhaalde en wat later het drugskartel van Escobar vrij doorgang bood. 'Waarom anders, Joseph, denk je dat de Nederlanders of de

CIA sindsdien hem alleen maar hebben gedreigd?'

Lipman, die Shanti hier had ontmoet, had beweerd dat iemand hem in vertrouwen had verteld dat Bouterse soms rechtstreeks met de Nederlandse minister-president belde. Wie? Die Rikken naar wie Iwan Behr en Shanti nu toe waren? Rikken was er als ambassaderaad bij geweest die avond in 1980. Rikken en Vink.

Kenton bleef staan en keek naar het hoekhuis schuin aan de overkant. Achter de hoge glas-in-loodramen brandde zacht licht, vanachter het hek in het kleine stadstuintje keek een labrador hem nieuwsgierig aan. Terwijl hij de hoek omsloeg en nu langs de voorkant van het huis liep, drong het tot hem door dat hij twee vrouwen bedroog, niet alleen Bradeys weduwe maar ook Louisa, die met Lucretia een dagje naar familie in Twente was.

'Red je het wel alleen?'

'*Don't worry, mi lobi.* Ik vermaak me heus wel.'

Martin Seinpaal. Het was de naam van een handelsreiziger die hij ooit had gespeeld in een klucht bij het studententoneel in Amsterdam. Daarin moest hij struikelen zodat zijn koffer openviel en er vier condooms uit vielen. Lachen natuurlijk, een vent die vier kapotjes over elkaar nodig had en tot ieders hilariteit ook nog eens Seinpaal heette.

Condor.

Hij had er sinds het laatste telefoontje met Elise Damsteegh de vorige avond over gepiekerd hoe hij die naam te berde moest brengen, maar was er nog niet uit. Condor, Bradeys contact op de grond die avond. Het was uitermate onwaarschijnlijk dat zijn weduwe van die codenaam op de hoogte zou zijn.

Toen hij het tuinhekje openduwde, zag hij achter het raam in de voorkamer een schim. Ze had hem dus zien aankomen.

Nerveus natuurlijk, net als hij. Hoe oud zou ze zijn? Bradey was zevenendertig geweest toen hij stierf.

Ze deed de voordeur al open voor hij aan kon bellen.

‘Meneer Seinpaal?’

‘Ja.’

‘Komt u verder alstublieft.’

Een intellectuele vrouw, zag en hoorde hij meteen. Tenger, een hoog voorhoofd, halflang donker haar, de scheiding in het midden, donkere ogen die hem nerveus opnamen. Ze droeg een lange beige rok tot op haar enkels, een donkerbruine blouse.

Ze ging hem voor door een hoge gang. De labrador kwam nieuwsgierig uit de keuken.

‘Hij doet niets. Zooey, naar je mand.’

‘Zooey?’

‘Van *Franny en Zooey*, Salinger. Het was een van de lievelingsboeken van mijn man.’

‘Ach.’

De kamers en suite waren spaarzaam gemeubileerd alsof de bewoonster nog aarzelde over de inrichting, maar een lange muur werd vrijwel helemaal in beslag genomen door boekenkasten tot aan het geornamenteerde plafond. In de gauwigheid zag Kenton auteurs als Norman Mailer, Raymond Carver, Saul Bellow en John Updike, maar ook vertalingen van Livius, Vergilius en Plato en veel boeken over de antieke beschaving. Onderin stonden rijen grammofoonplaten. Stan Getz, las hij op de rug van een, Dizzy Gillespie, Modern Jazz Quartet, Charlie Parker.

‘Wilt u koffie? Of iets anders?’

‘Nee, dank u. Ik moet zo weer naar mijn vrouw. Een avondje met vrienden hier.’

Ze knikte naar een zwartleren bank. Hij ging zitten. Tegenover hem stond op een secretaire het portret van een lachende jonge man, ergens op een strandje, ontbloot bovenlichaam, een militair kettinkje om zijn gebruinde nek.

Ze nam tegenover hem plaats. ‘De laatste foto die ik van hem heb. We waren samen op Sint Maarten om onze vijfde huwelijksdag te vieren.’

Hij kwam weer overeind en liep naar de secretaire om het portret beter te bekijken.

'Kende u hem goed, meneer Seinpaal?'

'Nee.' Hij pakte het portret op. Bradey had wel wat weg van een filmster op wiens naam hij niet kon komen. 'U weet hoe dat gaat in ons werk. Je ontmoet zoveel mensen…'

'Weet u zeker dat u hem zag op Schiphol?'

Haar stem haperde. Hij was blij dat hij zijn aandacht op de foto in zijn handen kon vestigen, zodat hij haar niet aan hoefde kijken. 'Absoluut. We hadden elkaar net daarvoor nog ontmoet op een of andere receptie en ik had hem verteld dat ik terug zou keren naar mijn vaderland.'

'En, eh, weet u ook nog hoe laat u hem daar zag?'

Hij zweeg even, deed alsof hij nadacht. 'Ik denk zoiets van half-zeven. Mijn vliegtuig vertrok om een uur of negen. Ik stond op het punt om in te checken.'

'En zei u niet dat Jimmy had gezegd zelf ook weg te gaan?'

'Ja.'

Hij zette de foto neer en ging weer zitten.

'Zei hij waar hij naartoe ging?'

'Nee.'

Ze zweeg en staarde naar de foto. Kenton vroeg zich af wanneer hij over Condor zou beginnen. Op de een of andere manier voelde hij zich plotseling buitengewoon ongemakkelijk.

Door het raam zag hij aan de overkant van de straat de lichten van een auto doven. Margriet Bradey kwam overeind en liep naar de secretaire waar ze een velletje papier uit een laatje trok.

'Anderhalve week geleden kwam er een priester aan de deur die me deze brief gaf,' zei ze toonloos. 'Ik zou graag willen dat u hem las.'

Fronsend nam hij de brief aan en las de tekst met stijgende verbazing. Een priester? Zat Renfurm hierachter? Dat was onmogelijk!

Anderhalve week geleden leefde Percy nog en wist niemand van de bandopname. Wie had dit geschreven? Hoe dan ook iemand die ervan wist.

'Ik dacht eerst dat het door een of andere gek moest zijn geschreven.' Ze ging weer zitten en stak een sigaret op. De aansteker trilde in haar hand.

Kenton luisterde zwijgend naar haar korte verhaal terwijl de gedachten door zijn hoofd maalden.

'Ik geloofde er niets van,' zei ze ten slotte, 'tot ik dacht dat het allebei kon. Ik bedoel, hij belde me zo tegen halfzes dat hij die vriend van vroeger had ontmoet. Als ik u moet geloven, zou hij dat dan onderweg naar Schiphol of al daar hebben gedaan. Dan nog kunt u hem gesproken hebben, en kan hij terug zijn gegaan, want hij is pas later in de avond verongelukt...' Ze boog zich voorover om de as af te tippen, en in de flonkering van het lamplicht kon Kenton de tranen in haar ogen zien. 'Maar ik moet inmiddels na alles wat er gebeurd is wel geloven dat die Neervoort de waarheid heeft geschreven over de opdracht hem in Hoofddorp op te halen.'

Een ogenblik voelde Kenton medelijden in zich omhooggolven.

'Het schiet me opeens te binnen,' zei hij, 'dat toen ik Jim daar zag, hij met iemand anders zat te praten.'

'O?'

'Ja. Een man. Ze spraken Engels. Uw man stelde hem niet voor, maar hij zei wel dat ze samen ergens heen zouden gaan.'

'Weet u nog hoe hij eruitzag?'

'Nee.' Kenton sloot zijn ogen alsof hij zich wilde concentreren en vroeg zich af hoe in godsnaam verder te gaan. 'De man liet ons alleen en zei dat hij Jimmy straks wel... Wacht eens!' Hij opende zijn ogen weer en keek haar aan. 'Zegt de naam Condor u iets?'

'Wat?'

'Condor. Ik herinner me dat toen die ander ons alleen liet, uw man een beetje lacherig zei: "*I'll see you in a minute, Condor.*"'

‘Condor?’

‘Ja. Misschien heb ik het verkeerd verstaan en was het… Mevrouw Bradey, wat is er?’

Ze leek dwars door hem heen te staren, haar ogen groot van schrik. ‘Dat kan niet.’

Hij lachte aarzelend. ‘Ik begrijp het niet. Wat kan niet?’

‘Frank was de hele avond op die receptie.’

‘Frank?’

‘Frank Belusian. Een collega van mijn man op de ambassade. Hij…’ Met grote ogen keek ze hem aan. ‘Kunt u zich vergist hebben?’

‘Nou, ik zei al dat ik het misschien verkeerd heb verstaan…’

Hoofdschuddend blies ze de rook voor zich uit. ‘Dit is krankzinnig. Frank Belusian heeft wel wat weg van de acteur Robert Redford, meneer Seinpaal… Hij en Jimmy waren dol op een film met Redford, *Three Days of the Condor*, een of ander ingewikkeld spionageverhaal. Frank is nogal ijdel… Maar het kan niet. Hij was er meteen die nacht van het ongeluk…’ Ze pakte het briefje van tafel en keek ernaar. ‘Hij heeft dit ook gelezen en zei dat Jimmy al die tijd op de receptie van de ambassadeur is geweest.’ Ze zweeg verbouwereerd en trok zenuwachtig aan de sigaret. ‘Ik kan me ook niet herinneren dat Jimmy hem ooit zo noemde.’

Kenton dacht koortsachtig na. Robert Redford. *Three Days of the Condor*. Hij kende de film niet. Een ingewikkeld spionageverhaal dat die Belusian zo mooi vond. Zo simpel? Glenn Renfurm had gezegd dat Bradey zich vermoedelijk Charlie Parker had laten noemen omdat hij affectie zou hebben met die naam. Dat leek te kloppen met de collectie platen tegenover hem. Had die Belusian de naam Condor gekozen omdat hij vond dat hij wel wat van Robert Redford weg had? Een collega van die Bradey. CIA?

Hij schrok op omdat ze plotseling opstond en naar een muurkast liep. ‘Ik heb wel een foto van hem. Dan kunnen we zien of u zich wel of niet vergist.’

Hij leunde achterover terwijl zij neerhurkte en met haar vingers langs een rij plakboeken dwaalde.

En dan? Als hij zou bevestigen dat het om die Belusian ging? Wat zou ze dan willen? Koste wat het kost diende hij te vermijden dat ze hem nu stante pede zou bellen!

'Het gekke is dat ik hem zojuist nog belde,' zei ze toen ze terugkwam met een plakboek. 'Hij is tot morgen de stad uit. Kijk, dit is hem.'

De man op de foto leek inderdaad wel wat op de oudere Redford. Een gebruind, jongensachtig gezicht, blond haar. Hij zat op een terras naast Bradey en hield uitnodigend een glas whisky op.

'Is dat de man die u met Jimmy zag?'

Kenton bracht het opengeslagen boek dichter bij zijn ogen. Hij zou nu kunnen zeggen dat het niet het geval was, maar dan zouden ze hem zelf moeten benaderen. Een man van de CIA. Hoe? Beter was het, veel beter om haar het contact te laten leggen. Nu Belusian pas morgen thuis zou zijn, konden Iwan en hij overleggen...

Hij knikte.

'Weet u het zeker?'

'Ja.'

Ze beet op haar lip en schudde haar hoofd weer. 'Ik begrijp het niet. Waarom heeft hij daar dan niets over gezegd?'

Kenton legde het plakboek op tafel en keek op zijn horloge. 'Het spijt me, mevrouw Bradey, maar ik heb beloofd mijn vrouw op te pikken bij 't Gouden Hooft...'

'Natuurlijk.'

Hij kwam overeind en wees naar de brief.

'Waarom gaat u er niet mee naar de politie?'

'Ik zou niet weten wat ik moest zeggen. Begrijpt u? De politie heeft hem gevonden, daar bij Wassenaar, ze hebben hem zelf naar de kliniek gebracht. Ik bedoel... O mijn god...' Ze zuchtte en snoof.

'Ja,' zei Kenton. 'Ik begrijp wat u bedoelt. Het klinkt ook allemaal heel onlogisch. Eh... Mag ik u wat voorstellen?'

Ze keek naar hem op.

'Ik weet niet hoe goed u met meneer Belusian bent, maar zou het geen goed idee zijn als u hem bijvoorbeeld morgenavond hier uitnodigt en dat ik langskom? Ik was tenslotte een bekende van Jim, en mogelijk herkent hij mij ook.' Kenton grinnikte. 'Ze kunnen veel van me zeggen, maar niet dat ze me makkelijk over het hoofd zien, wel?'

Ze lachte verrast. 'Nee. Zou… zou u dat willen?'

'Maar natuurlijk. Misschien heeft de heer Belusian wel goede redenen gehad om het niet over Schiphol met u te hebben, redenen die niets te maken hebben met Jims dood. Misschien had het te maken met hun werk, zoals die briefschrijver suggereert. Ik bedoel er niks mee, maar enfin, ik ben zelf diplomaat, soms heb je van die zaken die, eh, nou ja…'

'Ja,' zei ze en ze ging hem voor naar de gang. 'Maar hoe kan de man die dat schreef dat dan hebben geweten?'

'Geen idee, maar u zei zelf al dat u niet weet wat voor werk hij deed.'

'Nee.'

Hij bleef staan bij de voordeur. 'Zal ik u in de loop van morgenmiddag bellen om te horen of u een afspraak met de heer Belusian heeft kunnen maken?'

'Eh, ja. Ik apprecieer het heel erg van u. Ik weet zeker dat Frank er een verklaring voor zal hebben.'

'Dat denk ik ook.' Kenton trok zelf de voordeur open. 'Maar als ik u was zou ik hem nog niets over onze ontmoeting zeggen.'

'Waarom niet? Frank was een vriend van mijn man.'

'Mevrouw Bradey, ik suggereer niets over de heer Belusian, maar u vertelde zelf hoe vreemd het allemaal is, met die pastoor Gevers en die advocaat die uw man toen vond.'

Ze begreep het veel sneller dan hij had verwacht. 'Bedoelt u dat iemand me in de gaten houdt? Dat is toch belachelijk!'

'Hopelijk wel, mevrouw. En nogmaals, ik wil u niet bang maken, maar u zei het zelf, dit is zo krankzinnig! Ik zou het als ik u was binnen vier muren houden.'

Ze knikte verbluft.

Bij het tuinhekje draaide hij zich om. 'Ik bel u morgenmiddag.'

Ze keek hem na, een reus van een schim die de hoek omsloeg, wilde verward de deur sluiten toen ze ineens Marius bij het tuinhekje zag staan.

'Hallo! Had je bezoek?'

'Eh, ja.'

Hij kuste haar op de wang. 'Ik dacht even dat ik de geest van Louis Armstrong naar buiten zag komen!'

Ze rook dat hij gedronken had. 'Een vriend van Jimmy.'

'O. Waarom zei hij dan dat hij je morgenmiddag zou bellen?'

Ze keek hem vorsend aan. 'Heb je ons staan afluisteren?'

'Ik? Welnee, ik kom net aan! Jezus, wat denk je wel?'

Ze liep voor hem uit naar de woonkamer en stak voor hij binnen was de brief in de zak van haar rok.

'Of heb je je laten beïnvloeden door al die verhalen over de vermogens van de zwarte man?' Hij grinnikte en liet zich op de bank zakken. 'De fysieke natuurlijk dan.'

'Marius, je bent dronken.'

'Hoogstens wat aangeschoten, lieverd. Die jongens van die verzekeringsmaatschappijen waren nogal ruim van schenken. Kijk, kijk…'

Hij greep het plakboek voor ze het kon pakken.

'Wat is dit?'

'Niks, meneer Seinpaal wilde wat foto's van vroeger zien.'

'Seinpaal?' Marius schaterde. 'Heet hij werkelijk Seinpaal? Mijn god, waar komt die vandaan? Takki-takki-land?'

'Marius, beheers je, wil je?'

'Oké, oké. Heeft meneer Seinpaal dat ook gedaan?'

Een ogenblik dacht ze dat ze hem zou aanvliegen, toen trok ze het boek uit zijn handen en liep ermee naar de kast. Niet boos meer, en niet gekwetst, alleen maar opgelucht dat ze de beslissing had genomen, en stomverbaasd dat ze het niet al veel eerder had gedaan.

Aan de overkant van de straat startte Van den Heuvel de auto en sloeg het zijstraatje in. Bijna liet hij het stuur glippen toen hij moest niezen. In paniek remde hij af en vervloekte zichzelf dat hij ondanks de griep toch weer aan het werk was gegaan. Lucas Hansen had gelijk. Dit was tijdverspilling. Die Kenton mocht dan in zijn jonge jaren een radikalinski zijn geweest, maar hier en nu was hij niet anders dan een man die tijdens zijn vakantie wat kennissen van vroeger opzocht. Je kon, dacht hij somber, heel wat aan te merken hebben op de dienst van vroeger, maar in elk geval wist je toen waar je voor bezig was. Sinds de val van de Muur leek het wel alsof de heren op de bovenste verdieping van het hoofdkantoor radeloos bezig waren allerlei opdrachten en taakstellingen te verzinnen die geen ander doel schenen te hebben dan het bestaansrecht van de dienst te legitimeren.

Vlak voor de Prins Mauritslaan zette hij de auto opnieuw aan de kant, nu omdat de grote Surinamer op het middenpad de Polo startte en langzaam achteruitreed. Hij wachtte tot de wagen aan het einde van de laan links afsloeg en trok toen op, zag hem achter het gebouw van het Joegoslaviëtribunaal de Johan de Wittlaan op gaan en gaf een dot gas om het groene verkeerslicht van de kruising met de Scheveningseweg te halen.

Bij Wassenaar nam Kenton de weg binnendoor naar Haarlem. Zelf keerde hij via de afslag bij Duindigt terug naar de stad en stopte op het verlaten parkeerterrein van een tuinderij. Hij nam zijn blocnootje uit zijn binnenzak en gaf telefonisch het verzoek door de bewoners van het pand Johan van Oldenbarneveltlaan 24 te checken én het kenteken van de auto van de man die daarbinnen was gegaan nadat Kenton het huis had verlaten. Hij nieste, vloekte, sloeg de weg naar huis in en hoopte van harte dat zijn vrouw niet vergeten had citroenen te halen.

21

Frits Rikken woonde met zijn vrouw in een stille bochtige laan vlak bij het Vondelpark. Shanti herinnerde zich de buurt uit haar studietijd als exclusief terrein voor rijke intellectuelen en zakenmensen die zich niet langer meer thuis hadden gevoeld op de Goudkust van de hoofdstad toen de drugs- en seksbaronnen zich daar vestigden.

Het half vrijstaande herenhuis van Rikken kostte toen hij het in 1994 kocht bijna twee miljoen gulden en hij had het voor minstens een half miljoen laten verbouwen. Het geld was niet het zijne, wist Shanti, maar van zijn vrouw, een telg uit een vooraanstaande adellijke familie van wie enkele leden tot de koninklijke hofhouding hadden behoord. Rikkens vrouw Marie-Louise was ook nu nog een van de vaste gasten van paleis Huis ten Bosch. Rikken had eertijds in meer dan één opzicht een fortuinlijk huwelijk gesloten. De nu drieënzestigjarige ex-diplomaat was afkomstig uit een burgermansmilieu en was bij Buitenlandse Zaken begonnen in de tijd dat naam en komaf belangrijker waren dan capaciteiten. Zodra hij dan ook had kunnen zeggen met een De Beaufort getrouwd te zijn, en nog wel met een volle nicht van de roemruchte De Beaufort die jarenlang de weerspannige hofhouding van de vorige koningin met ijzeren hand had bestierd, had zijn tot dan toe wat schimmige carrière een grote vlucht genomen. Hij was letterlijk van de ene op de andere dag van tijdelijk zaakgelastigde op het toenmalige Ceylon gepromoveerd tot tweede man op de prestigieuze ambassade in Bonn, daarna in Brussel, om vervolgens in 1978 benoemd te worden tot ambassaderaad in Paramaribo, dat voor diplomaten, in tegenstelling tot vele mensen met een ander beroep, een felbegeerde standplaats was. Of zoals zij dat onder elkaar zeiden: 'In Paramaribo komt zelfs de Amerikaanse ambassadeur naar je toe voor informatie.' In Suriname bezocht je de president bij hem thuis, en de premier in de kroeg, terwijl je in andere landen maanden moest wachten tot je audiëntie werd verleend door een of ander onbenul van een onderminister.

Frits Rikken had in het nog jonge Suriname bovendien het geluk gehad vrijwel alle zaken namens het koninkrijk te kunnen behartigen, omdat ambassadeur Vredeling van Klarenbeek aan het einde van zijn loopbaan zat en het, afgezien van tal van amoureuze affaires, wel voor gezien hield.

Shanti had dat allemaal gehoord van Wim Lipman, die toentertijd als eerste secretaris op de ambassade direct onder Rikken werkzaam was.

In de late jaren tachtig was Rikken teruggekeerd naar Den Haag om er zijn carrière voort te zetten op het ministerie van Buitenlandse Zaken zelf, waar hij na enkele jaren secretaris-generaal was geworden, alleen verantwoording schuldig aan minister en staatssecretaris. Shanti had hem enkele malen ontmoet bij commissieberaad en was onder de indruk geweest van zijn kennis en flux de bouche.

Terwijl hij haar voorging naar de eerste verdieping, drong zich het beeld aan haar op van dat corpulente lichaam twee treden boven haar in bed met jonge jongens en ze probeerde zich gruwend te concentreren op de olieverfschilderijen in het trappenhuis. Volgens Glenn Renfurm was Rikken er buitengewoon slim in zijn pedofiele geaardheid te verbergen en was die zelfs niet bekend bij de BVD, die toch alle hoge functionarissen uit en te na screende. Integendeel, hij gold als een uiterst bekwaam topambtenaar met een voortreffelijk huwelijk, wiens enige ondeugd ijdelheid was. Een imago dat hij zorgvuldig polijstte door veel op societyparty's te verschijnen met bekende persoonlijkheden uit de vaderlandse kunstwereld, niet vreemd gezien zijn reputatie als zeer verdienstelijk amateur-kunstschilder en als collectioneur van zeventiende-eeuwse Hollandse meesters. Niet voor niets was hij namens het kabinet onderhandelaar met de Russen inzake de teruggave van de Koenigs-collectie. Niet voor niets ook was hij steevast in het gezelschap van Hare Majesteit de koningin wanneer zij de jaarlijkse aanmoedigingsprijzen uitreikte aan beginnende talentvolle kunstenaars. Shanti had eens een expositie van Rikkens schilderijen op het Haagse Noordeinde bezocht, grote, kennelijk door Willink geïnspireerde doeken die onveranderlijk taferelen uit de Griekse en Romeinse oudheid uitbeeldden. Ze had ze toen bewonderd, maar nu ze in de hoge gang van de eerste verdieping enkele van zijn schilderijen passeerde, bekroop haar alleen maar walging: jonge jongens in lendendoeken op de Akropolis waarboven de bliksem door Zeus naar Athene werd geslingerd; badende kinderen gadegeslagen door faunen; twee worstelende naakte Spartaanse jongens; naakte kinderen die oudere mannen in de thermen wasten.

Rikkens dekmantel was zijn schilderkunst, maar in zijn Surinaamse periode had hij een keer buiten het toeval gerekend, alhoewel branden in het toen nog grotendeels uit hout opgetrokken Paramaribo schering en inslag waren. Het was een ongelooflijk vulgair en lachwekkend verhaal dat Glenn Renfurm, in zorgvuldig gekozen bewoordingen vanwege Shanti's aanwezigheid, had verteld. Toen Frits Rikken onder het mom hem als model te schilderen een jonge Javaan anaal had genomen, was er door een omgevallen kaars brand uitgebroken in zijn atelier. Door de schrik waren de twee letterlijk aan elkaar vast komen te zitten, zoals dat veelvuldig voorkomt bij honden en zelden bij mensen. Hippend als een tweekoppig monster waren Rikken en de jongen door de rook en vlammen eerst in paniek en vervolgens bewusteloos geraakt. Zijn 'dienstje' had hen gevonden en de huisarts gewaarschuwd. Het had Rikken veel geld gekost hun discretie af te kopen, maar een van de bij het onderzoek naar de brand betrokken politiemannen was een oom van de Javaanse jongen. Dat had Rikken nog meer geld gekost, maar ook een notitie bij de geheime dienst, waarvoor die politieman hand- en spandiensten verrichtte. Glenn Renfurm had vervolgens in opdracht van Bouterse zelf Rikken een tijdlang laten volgen, niet ongebruikelijk bij diplomaten in de Surinaamse hoofdstad.

Hoezeer het hele idee Shanti ook tegenstond, ze had verbaasd gelachen toen Renfurm chantage als mogelijkheid had geopperd. Seks met jonge jongens was walgelijk, maar niemand in Nederland, had ze beargumenteerd, zou er wakker van liggen, zelfs op het departement niet. En niemand van de pers zou dergelijke foto's publiceren, ook de roddelbladen niet.

'Het is ook niet de bedoeling dat zijn minister of de pers de foto's te zien krijgt, Shanti.'

'Wat? Wie dan wel? Zijn vrouw? Die kan het niets schelen zolang ze haar gang kan gaan.'

'Exact, lieve Shanti. Maar Beatrix staat in tegenstelling tot haar volk niet bepaald bekend om haar onorthodoxe ideeën, is het wel?'

Gechoqueerd had ze Graanoogst en Renfurm aangestaard, half in de verwachting dat ze een grap maakten. De koningin!

'Hij zal het daar niet op aan laten komen, denk je wel?'

Ze had geweigerd. 'Godverdomme, Henck, dit kan toch niet! Ik word straks verondersteld de eed van trouw aan Hare Majesteit te zweren als ik in het parlement word gekozen! En kom alsjeblieft niet weer aan met dat beroep op mijn vader, want...'

'Je begrijpt het niet, Shanti. Natuurlijk krijgt Beatrix die foto's niet te zien. Maar we kunnen er wel mee dreigen... als hij zijn medewerking weigert. Denk je niet dat dat voldoende is?'

Achter Rikkens bureau hing een uitvergrote foto waarop een lachende prins Claus stond met zijn arm om een meisje, van wie Shanti wist dat het Rikkens dochter was. Eronder zag ze enkele kleinere foto's waarop ze de koningin met Rikkens vrouw herkende.

Rikken, gekleed in een vrijetijdsshirt met choker en een corduroybroek waarover zijn buik stulpte, maakte een uitnodigend gebaar naar twee fauteuils bij een salontafel. '*Asseyez-vous, s'il vous plaît.*'

De zware gordijnen waren gesloten. De muren gingen schuil achter hoge boekenkasten. Hier en daar verlichtte een booglampje een olieverfportret. Bij de deur hing een groot schilderij waarop ze een deel van de Centrale Markt in Paramaribo herkende, het uitzicht op de Surinamerivier, nog net het wrak van de Goslar zichtbaar achter het autoveer. Vooraan stonden twee zwarte jongetjes in shorts, hun gezichten sereen opgeheven naar de hemel.

'Wilt u iets drinken, mevrouw Radakishun? Ik heb een uitstekende medoc, of als u liever wit heeft, een...'

'Een glas medoc graag.'

Bloednerveus ging ze zitten, de schoudertas op schoot, en keek hoe Rikken een antieke kast opende waarin tal van flessen boven een tafelkoelkastje lagen. Het gedempte licht van een schemerlamp verdeelde zijn vierkante kop messcherp in tweeën zodat het leek alsof hij de helft van zijn witte haardos zwart had geverfd.

'Zoals ik u telefonisch al vertelde, vind ik het vleiend dat uw fractiespecialisten mijn oordeel over de Nederlands-Surinaamse betrekkingen blijkbaar op prijs stellen, maar u begrijpt natuurlijk waarom ik op mijn beurt er prijs op zou stellen dat dit onder ons blijft.'

'Natuurlijk,' zei Shanti en ze nam het glas wijn aan. Dat was ook precies waarom ze het zo hadden ingekleed. Rikken was ijdel genoeg om zich gestreeld te voelen, maar zelfs hij in zijn positie kon zich geen openlijke politieke voorkeuren permitteren, laat staan adviseurschappen buiten zijn departement om. Tussen de gordijnen tegenover haar kierde het licht van een straatlantaarn.

Ze vroeg zich af wat Iwan daar beneden nu deed. Lopen over straat terwijl hij naar dezelfde gordijnen keek? Wachten in zijn auto? God nog aan toe, ze zou er goud voor overhebben met hem te ruilen!

Rikken nam tegenover haar plaats. 'Vindt u het bezwaarlijk als ik rook?'

Ze glimlachte. 'Nee, als ik dat ook mag.'

'Ah... U gaat onderhandelen! Heel goed, mevrouw Radakishun, voor een toekomstig politica!'

Je moest eens weten, smeerlap! dacht ze. Je moest eens weten hoe we gaan onderhandelen!

Op de een of andere manier maakte die gedachte dat ze zich plotseling een stuk rustiger voelde. Kalm wachtte ze tot hij het ritueel achter de rug had van het uitkiezen van de juiste pijp, het stoppen en aansteken, en ze haalde vervolgens de fractiemap uit haar tas.

'Santé. Het is jammer dat mijn vrouw er niet is. Ze kent uw naam natuurlijk, althans die van uw vader. Wanneer kwam u toch ook weer naar Nederland?'

'Najaar 1986,' zei ze en ze nam plichtmatig een slokje van de wijn.

Hij knikte en blies een rookwolk uit. '*Terrible.* Ik herinner me nog goed dat ik het nieuws hoorde. Ik meen dat de heer Bouterse nog een klopjacht naar Brunswijks rebellen heeft georganiseerd, nietwaar? Vruchteloos natuurlijk, want dat gajes verdween doorgaans geruisloos via Stoelmanseiland Frans-Guyana in. Enfin, *it is in the past, isn't it*? Ik moet u zeggen dat het me deugd doet dat de heren Vos en Schouten de fractie proberen te winnen voor normalisering van de betrekkingen met Suriname. Ik sprak afgelopen augustus president Wijdenbosch nog toen hij in het Okura hier in Amsterdam verbleef om het Hollandse bedrijfsleven te interesseren...' Hoofdschuddend nipte hij van de wijn. 'En, sub rosa natuurlijk, mevrouw Radakishun, ik heb toen wel even aan Van Mierlo laten blijken hoe absurd het was dat niemand, ook de staatssecretaris niet, namens het kabinet acte de présence gaf. Ik bedoel, het is zo... ja zo ongehoord calvinistisch om dat land nog steeds bepaalde ongeregeldheden van vijftien jaar terug na te dragen, nietwaar?'

'Inderdaad.'

Het zweet stond Shanti in de handen toen ze zonder ernaar te kijken de map doorbladerde naar de geplastificeerde hoes met de foto's.

'We zouden graag uw gewaardeerd advies willen op deze concepttekst, meneer Rikken.'

Met ingehouden adem schoof ze de open map over de lage tafel naar hem toe, en ze ving een glimp op van de foto's die ze geweigerd had te bekijken.

Door de lichtval van de schemerlamp kon ze zijn ogen niet zien, maar wel zijn handen waaraan links een trouwring, rechts een zegelring blonken. De lange vingers trilden een ogenblik en lieten toen krachteloos de map los zodat hij weer op tafel gleed.

'God nog aan toe,' fluisterde Rikken. Hij keek niet op. 'God nog aan toe.'

Shanti zat doodstil.

'Overval hem ermee,' had Iwan gezegd. 'Knal erin zodat hij geen kans krijgt zich terug te trekken. Denk erom, hij is diplomaat geweest. Hij zal liegen en draaien om eronderuit te komen. Trap er niet in, *meti*!'

'Meneer Rikken, ik wil graag weten wie er zeventien jaar geleden, op 28 januari 1980, met de heren Bouterse en Horb op het consulaat aan de Lim A Postraat een bespreking hadden,' zei ze, verrast door de vastheid van haar stem.

Stomverwonderd hief Rikken zijn hoofd op, het licht nu vol op zijn bleke gezicht.

'Wat?'

'28 januari 1980. Kolonel Vink was erbij die avond. U was toen ambassaderaad. De heer Vredeling was naar Nederland.'

Zijn lippen trilden zo dat ze bang was dat de pijp uit zijn mond zou vallen, maar hij legde hem in de asbak.

'Ik begrijp niet waar u het over heeft.'

Ze zei niets, dronk van de wijn en pakte zonder hem aan te kijken een nieuwe sigaret. De ontkenning had Iwan als mogelijkheid gesuggereerd, net als haar reactie hem te negeren. Pas toen ze de sigaret had opgestoken, zei ze: 'Kolonel Vink moest die avond van Roy Horb een enveloppe aan mijn vader in de Heerenstraat geven en die later weer terugbrengen.'

Hij leek te bevriezen.

'Hoe weet u dat in godsnaam?'

Nu herkende ze de paniek in zijn ogen en er schoot een wilde vreugde door haar heen omdat ze er zeker van was dat Lipman gelijk had gehad.

'Wie waren er toen in het consulaat, meneer Rikken?'

Hij zuchtte en leunde voorover, verborg zijn gezicht in zijn handen.

'Ik wist het,' zei hij schor, 'ik wist het al zodra die twee jongens me waarschuwden dat ik een lekke band had. O god...'

Shanti fronste haar wenkbrauwen. Had Iwan het zo gedaan? Een band leksteken van Rikkens auto en die twee Marokkanen laten opdraven om hem zogenaamd te helpen?

Ze schrok omdat hij plotseling begon te huilen, vreemd hoog, met schokkende schouders. Ze beet op haar lip en bedwong de neiging een hand op die schouders te leggen.

'Wat zat er in de enveloppe die naar mijn vader moest worden gebracht?'

'Ik weet het niet.' Zijn stem klonk gesmoord vanachter zijn handen. 'Met kerst 1979 kwam er bericht van het ministerie dat we op de ambassade informeel contact moesten opnemen met Bouterse, Horb en Harvey Naarendorp. Er werd niet gezegd waarom. Ik ben er toen niet bij geweest omdat Vredeling er nog was. In de eerste week van het nieuwe jaar hebben ze met elkaar ergens in Leonsberg overlegd, later nog in Albina. Vredeling hield dat voor zich.'

'Wist kolonel Vink wél waar het om ging?'

Rikken keek op. 'Wie heeft u dit verteld, mevrouw Radakishun?'

'Wist kolonel Vink het wel?'

Hij dronk van de wijn en was zich er niet van bewust dat hij op zijn broek morste.

'Ik denk het wel. Hij vroeg me die laatste week van januari erop toe te zien dat niemand van het personeel die avond op de ambassade zou zijn. U weet misschien dat we toen ook nog het consulaat herbergden, maar daar zorgde hij als attaché voor. Hij vroeg me tevens ervoor zorg te dragen dat er geen nachtwaker zou zijn.'

Shanti zweeg afwachtend.

'Vink had me tevoren de sleutels van de kluis gevraagd. Ik vroeg hem waarom. Hij zei dat er die avond een geheime bespreking zou plaatsvinden en dat er een militair stuk zou worden getekend waar hij de verantwoordelijkheid voor droeg.'

Rikken staarde met waterige ogen voor zich uit. Shanti was er zeker van dat hij loog.

'Met wie spraken Bouterse en Horb daarbinnen?'

'Ik weet het niet.'

'U liegt, meneer Rikken. We weten dat u er die avond bij was! U was de plaatsvervanger van ambassadeur Vredeling. Iemand vertelde dat Desi Bouterse de afgelopen jaren regelmatig contact heeft opgenomen met het Catshuis, steeds als hij in het nauw dreigde te komen...'

Zijn ogen vernauwden zich. 'Wie?'

‘Dat doet er niet toe. Er is daar die avond op de Lim A Postraat iets gebeurd waardoor Desi Bouterse zich heeft kunnen handhaven. U weet wat dat is.’

‘Lipman! Verdomme, u woonde indertijd bij hem herinner ik me.’

‘Meneer Rikken, hoe zou Wim Lipman hebben kunnen weten wie de MP op zijn geheime nummer belde?’

Verbluft staarde hij haar aan. ‘U bedoelt dat Dries zelf… *Impossible! Impossible!*’

Shanti glimlachte wrang. ‘Dat zeg ik ook niet. Toen Bouterse zich bij de vorige verkiezingen terugtrok en Ronald Venetiaan president werd, dachten wij allemaal dat de democratie eindelijk een kans kreeg, meneer Rikken. Een vroegere minister in het kabinet van Lubbers lichtte Venetiaan toen in dat Bouterse nog een troef achter de hand heeft. Ook hij wist niet welke, maar hij wist wél dat de bevelhebber regelmatig en met succes druk uitoefende op Den Haag. Dat is dus ook gebeurd, zoals u weet. Ik kan zijn naam niet noemen.’

‘Waarom vraagt u hém dan verdomme niet wat er gebeurde?’

‘Omdat hij enkele jaren geleden is overleden, meneer Rikken. Iedereen die hiermee te maken had, is dood. Wim Lipman, kolonel Vink, Roy Horb, deze minister, mijn vader…’

‘O god,’ zei Rikken zachtjes. ‘Jan! Hij had een Surinaamse vrouw, hij was er toen…’

Shanti zweeg. Ergens in het huis sloeg een klok.

Rikken kwam overeind en liep met zijn glas naar de antieke kast. ‘Roy Horb kwam later die avond alleen naar buiten via de achtertuin en gaf Bas Vink de enveloppe.’

‘Wat zat erin?’

Rikken stond met zijn rug naar haar toe, zijn schouders gebogen als van een oude man.

‘Wie waren er in het consulaat behalve Bouterse, Vink en Horb?’

Hij scharrelde tussen de flessen. Toen hij weer begon te spreken klonk zijn stem dof.

'Er was een aanvrage in de namiddag voor een speciaal escorte om een delegatie uit Nederland van Zanderij naar de ambassade te brengen.'

'Wat voor delegatie?'

'De toenmalige premier met de ministers van Buitenlandse Zaken en Defensie. Officieel brachten zij toen een bezoek aan de Benedenwindse Eilanden. Niemand van ons wist dat ze kwamen, maar Bas Vink kennelijk wel...'

'En Desi Bouterse.'

'Ja. Ik weet dat men een stuk heeft getekend dat Vink in de kluis moest leggen. Begrijpt u? De delegatie keerde diezelfde nacht nog terug naar Curaçao, het betreffende stuk zou de volgende ochtend per diplomatieke koerier naar Den Haag worden gevlogen.'

Shanti luisterde roerloos. Rikken dronk zijn glas leeg, nog steeds met zijn rug naar haar toe, schonk zich opnieuw in, scheen haar volkomen te zijn vergeten.

'Het stuk was een uniek exemplaar. Geen afschrift of kopie dus, uitsluitend voor ons bestemd...'

'Omdat Bouterse er anders...' Shanti kwam plotseling opgewonden half overeind. 'Vink was Bouterses oude militaire leermeester en hij zorgde ervoor dat Horb het mee naar buiten kon nemen. Daar wachtte hij hem op en bracht het naar mijn vader! En mijn vader fotografeerde het in zijn studio. Er was dus een kopie! Waar?'

'Ik heb geen idee. Ik weet slechts dat Vink het origineel later die avond terugbracht, de enveloppe opnieuw verzegelde en hem teruglegde in de kluis.'

'En Bouterse heeft de kopie?'

'Denkelijk.'

Het duizelde Shanti.

'Maar waarom heeft Bouterse Horb dan twee jaar later laten vermoorden? Omdat hij ervan wist? En mijn vader?'

Rikken zweeg en nam een slok wijn.

'Meneer Rikken, u was erbij toen de premier met Bouterse en Horb sprak, nietwaar?'

Ze hoorde hem zuchten.

'Wat stond er in dat stuk?'

Geschokt zag ze opeens de loop van een pistool op zich gericht. In paniek wilde ze schreeuwen, maar haar keel leek dichtgesnoerd.

Rikkens bleke gelaat was niet meer dan een beschaduwd masker.

'Ik heb ooit een man neergeschoten, mevrouw Radakishun, een man die mij net als u wilde chanteren...' Er kroop een glimlach om zijn lippen. 'Er is hier niemand in huis zoals u weet. Ik denk ook niet dat iemand het schot zou horen...' Als versteend zag ze hoe hij naar de foto's op tafel knikte, de glimlach nu een droevige grimas. 'Maar natuurlijk zijn er anderen, nietwaar? Anderen die de originele hebben. Waar doet u dit voor, mevrouw Radakishun? Voor uw vader?'

Ze knikte automatisch.

'Uw vader... Jaggernath Radakishun... Een communist, die begin jaren tachtig nog vurig geloofde in Desi Bouterse. Waarom ook niet? Bouterse zelf zei marxist te zijn, hij, Alibux, Naarendorp, Graanoogst. Geen invloedrijker ambassade toen dan de Russische. 's Avonds zaten de Cubaanse en Chinese adviseurs openlijk in Krasnapolsky, u zult zich dat herinneren, erover te discussiëren hoe Suriname het Chileense fiasco van Allende kon vermijden. Horb was toen al dood, eerst de vijftien in december en toen in januari ook hij... Horb had het document, mevrouw, en Bouterse wist dat.'

Ze slaagde erin geluid te produceren, haar ogen gefixeerd op het pistool dat nog steeds op haar was gericht. 'Wat stond erin?'

Maar Frits Rikken leek de vraag niet te horen. Hij staarde naar de foto's, zijn gezicht plotseling verwrongen, de tranen over zijn wangen. Er blonk waanzin in zijn ogen. Ze zag hoe zijn vinger zich om de trekker spande, voelde haar spieren slap worden van paniek en wanhoop en kon zich alleen nog maar vastgrijpen aan de leuning, haar ogen krampachtig gesloten, haar gedachten een vacuüm.

De knal leek haar trommelvliezen te scheuren, en ze hoorde zichzelf in doodsangst gillen. Ze vloog overeind en botste tegen de schemerlamp aan die kletterend omviel.

Hij lag bij de kast, de benen wijd, de buik er grotesk boven, zijn hoofd half afgewend in een plas bloed, het pistool los bij de hand waaraan de zegelring helblauw vonkte.

Ze haalde diep adem om niet weer te schreeuwen, rende naar de deur, maar bedacht zich, rende weer terug, greep de map, haar sigaretten en haar tas zonder naar Rikken te kijken, en holde zonder te beseffen dat ze huilde de gang op, haar voetstappen galmend tegen de hoge muren.

Het regende. Aan de overkant van de laan, onder de halo van een straatlantaarn, stapte Iwan uit zijn auto.

'Wat is er gebeurd?'

Ze wierp zich tegen hem aan, haar hoofd tegen zijn borst. 'Hij... hij heeft zichzelf doodgeschoten!'

'Wat?'

Ze huilde met gierende uithalen zodat hij haar vastgreep en tamelijk ruw in de auto duwde.

'Heeft hij het verteld?'

'Ja... nee... Ik... ik weet het niet.'

Hij vloekte zacht en keek naar het huis. De voordeur bovenaan het bordes stond op een kier.

'Waar heb je de foto's?'

'Hier.'

Hij pakte de map. 'Blijf zitten en wacht tot ik terug ben.'

Door haar tranen en de regen heen zag ze hem naar het huis sprinten en naar binnen glippen.

Ze sloot haar ogen en rilde terwijl ze tegen de rugleuning aan kroop.

Enkele minuten later opende hij het portier aan de andere kant en schoof naast haar. In een hand hield hij haar lege wijnglas vast. Zwijgend startte hij de auto.

22

Iemand had ooit de computerzaal in het nieuwe hoofdkantoor spottend 'het Orakel van Dikke Arthur' genoemd en zo was de afdeling blijven heten, hoewel Arthur Docters van Leeuwen inmiddels alweer jaren weg was als Hoofd BVD. Hansen had niet veel op met computers, maar hij moest toegeven gefascineerd te zijn door het blauwe scherm dat bezaaid was met gele blokjes en stippellijntjes. De jonge programmeur liet zijn vingers razendsnel over het toetsenbord dartelen alsof hij er een boogiewoogie op speelde. 'Het systeem is net nieuw,' zei hij, 'en je kunt diverse categorieën gegevens tegelijkertijd invoeren die meteen automatisch naar oorzaak en gevolg worden gerubriceerd. Vergelijkt u het maar met het oude systeem van die gele plakblaadjes waarop je allerhande notities maakte die je steeds in een verschillende volgorde kon opplakken.'

In een van de gele blokjes stond de naam KENTON. Van daaruit liep een groen stippellijntje met pijltjes naar een ander blokje M. BRADEY. Daaronder kronkelde een groene lijn naar BELUSIAN en ook een naar MARIUS HILLENIUS en weer een ander naar TILLY DE BOER. Onder het blokje KENTON was een blokje geprojecteerd waarin S. RADAKISHUN stond. Een rode lijn liep naar de naam MARTIN SEINPAAL. Een tweede rode lijn verbond KENTON met LOSON/DA. In de wirwar zag Hansen verder blokjes met NEERVOORT, diens vrouw ANNEKE, MARTENS, GEVERS, JAMES ELLROY BRADEY, KENTONS vrouw en zijn schoonzuster in Haarlem, en een arts uit het AMC, wiens naam hem niets zei.

De vingers van de programmeur snelden over het toetsenbord en de blokjes en lijnen wisselden ogenblikkelijk van positie en kleur. 'Nu ziet u bijvoorbeeld dat het programma een causaal verband tussen Kenton en James Bradey suggereert… Dat hoeft niet zo te zijn natuurlijk, de computer geeft alleen alle theoretische mogelijkheden. Ik kan u een aantal prints meegeven.'

'Graag,' zei De Niet. Van den Heuvel knikte. Hansen kon zijn ogen niet van het scherm afhouden. In al die jaren bij de dienst had hij nog nooit zo'n krankzinnige samenloop van omstandigheden meegemaakt. Krankzinnig en onverklaarbaar. De weduwe van Bradey, wier dossier zo goed als afgesloten was toen ze bezoek had gekregen van Kenton, een Surinaamse arts die hier op vakantie was en een routinematige check had meegekregen omdat hij lang geleden lid was geweest van een Surinaamse organisatie.

Geïntrigeerd keek hij toe hoe de bladen achter elkaar uit de printer schoven en hoe Van den Heuvel ze keurig op een stapeltje legde. Toen hij achter De Niet aan liep door de stille gangen geloofde Lucas Hansen het eigenlijk nog niet.

Enkele minuten later zaten ze gedrieën op De Niets kamer aan de oostkant van de vierde verdieping. Tot Hansens verwondering lagen er twee dunne dossiers op de vergadertafel, beide met het stempel FYEO: For Your Eyes Only. Van den Heuvel spreidde de vellen op tafel uit, ging zitten en haalde een blocnoteje uit de binnenzak van zijn versleten colbert.

'Goed,' zei De Niet en hij stak een sigaartje op. 'De lijn naar die schoonzus Tilly de Boer maar eerst. Mevrouw Bradey bezoekt haar op maandag en we namen toen nog aan dat het een gewoon familiebezoekje gold. Die ochtend had ze zoals verwacht naar het verpleegtehuis in Hoofddorp gebeld, waar ze nul op het rekest kreeg. Dan komt die schoonzus bij haar langs…' Hij staarde naar de foto van zijn vrouw met twee kleinkinderen op zijn bureau.

'Geen gewoon bezoek blijkt uit het telefonisch contact de dag erop tussen die twee. Tilly de Boer zegt dat ze Hans er nog niet naar heeft gevraagd. Hans is haar echtgenoot en werkt als psycholoog voor het Riagg. Waar heeft ze hem nog niet naar gevraagd? Kan van alles zijn, maar vooralsnog zie ik geen link met Bradey of Neervoort...'

Hansen zag op het bovenliggende vel een vraagteken achter de naam HANS DE BOER.

'Die schoonzus koppelde de opmerking anders wel aan de vraag waarom Margriet Bradey niet naar de politie ging,' zei hij.

De Niet knikte en blies een rookwolk uit. 'We checken de praktijk van die echtgenoot. Daar is niets uit gekomen. Tot nu toe is er geen bericht van de politie dat mevrouw Bradey bij hen is geweest.'

'En dat telefoontje maakte ook duidelijk dat de schoonzus aan het hele verhaal is gaan twijfelen,' zei Van den Heuvel. Hij haalde zijn zakdoek tevoorschijn en begon omstandig zijn neus te snuiten.

'Vervolgens belt mevrouw Bradey Frank Belusian op, maar spreekt niets in op diens antwoordapparaat. Daarna belde die Kenton haar, niet?'

'Ja,' zei Van den Heuvel. 'Vanuit een cel op de Prins Mauritslaan, niet ver van haar huis. Hij noemde zich Martin Seinpaal...' Hij borg de zakdoek weg en tikte op het gele rechthoekje met SEINPAAL. 'Hij vroeg naar James Bradey. James. Zij corrigeerde dat door "Jimmy" te zeggen. Hij wist ook niet dat Bradey vijf jaar geleden was omgekomen. Hij zei hem van de diplomatie hier gekend te hebben en hem uitgerekend die avond gezien te hebben op Schiphol. De vierde oktober.'

Hansen schudde ongelovig zijn hoofd en trok de thermoskan koffie naar zich toe.

'Vervolgens vroeg hij of hij langs kon komen. Hij vertrok na een klein halfuur. Volgens de PID Haarlem parkeerde hij daar om iets over halfnegen, zodat we ervan uit kunnen gaan dat hij rechtstreeks naar zijn logeeradres terug is gekeerd.'

'Terwijl haar vriend, die advocaat Hillenius, dan komt,' zei De

Niet en hij bestudeerde een van de prints. 'Enig idee of ze hem iets heeft verteld?'

'Waarschijnlijk niet, want ten eerste hebben ze kennelijk ruziegemaakt. Hij belde haar namelijk nog laat op vanuit zijn eigen huis om zijn excuses te maken en ze hing toen meteen op. En ten tweede heeft hij voor zover bekend geen verdere navraag gedaan naar die Danckert.'

De Niet knikte geamuseerd. 'Dat ze zich dat herinnerde.'

Hansen schonk zich een mok koffie in. 'Waarom gebruikte je toen in godsnaam de naam van die advocaat?'

De Niet glimlachte. 'Hij was ooit mijn advocaat en hij was al jaren dood. Dus waarom niet? Waarom noemt die Kenton zich Seinpaal?'

Hij zette zijn bril op zijn neus en bestudeerde een ogenblik het voorliggende printvel. 'Goed. Mevrouw Shanti Radakishun... De naam zegt je niets, Lucas?'

'Nee,' zei Hansen.

'De naam Kenton zei je ook niets?'

'Nee.'

'Hij heeft hier lang gewoond en als arts gewerkt, onder andere in Lelystad. Hij was toen nauw betrokken bij het LOSON. Ik heb het over begin jaren tachtig, de periode dat Bouterse en zijn maten tot tweemaal toe een coup pleegden.'

De Niet trok een van de dossiers naar zich toe. Het was de eerste keer dat Hansen een dossier onder ogen kreeg dat uitsluitend bestemd was voor de Hoofden van Afdelingen.

'In de zomer van 1982 meldde onze man in Paramaribo dat een zekere Roy Horb contact met hem had gezocht. Ik weet niet of die naam je nog wat zegt, maar Horb was garnizoenscommandant en zeer bevriend met Desi Bouterse. Samen met Bouterse en enkele anderen had hij twee jaar daarvoor de zogenoemde Sergeantencoup gepleegd. Bouterse en zijn vrienden deden dat nog eens dik over op

8 december 1982, waarbij ze vijftien vooraanstaande Surinamers liquideerden. Horb was toen nog bevriend met Bouterse, maar een maand later, januari 1983, werd hij gevangengenomen en volgens de geruchten bleek hij in staat zich zonder riem, touw of stropdas op te hangen in zijn cel…'

Van den Heuvel glimlachte ofschoon De Niet dat niet had gedaan.

'De beschuldiging waarop Bouterse zijn oude kompaan had laten oppakken, luidde dat Horb voor de CIA werkte. Dat was niet waar…' De Niet trok aan zijn sigaartje. 'Hij werkte voor ons.'

Het sigaartje was gedoofd en Hansen klapte zijn aansteker open.

'Horb meldde in de zomer van 1982 uiterst belastende informatie voor Bouterse te kunnen aanleveren. Dat was interessant natuurlijk. We wisten toen al dat Bouterse van plan was de totale macht naar zich toe te trekken. Het gevaar was groot dat hij vervolgens een marxistische dictatuur wilde vestigen. Dat was ook de motivatie van Horb, die er geen zin in had dat Suriname een satellietstaat van Havanna of Moskou zou worden…'

Hansen vroeg zich af waar hij op kon doelen. Wat hadden de Surinaamse verwikkelingen van indertijd in godsnaam te maken met James Bradey? Hij keek naar de prints. De stippellijntjes tussen Shanti Radakishun, Joseph Kenton en Margriet Bradey suggereerden een connectie, maar welke dan?

De Niet schoof zijn leesbril op zijn voorhoofd.

'Natuurlijk wantrouwden we Horb. Hij was per slot Bouterses beste maatje en het zou niet de eerste keer zijn dat Paramaribo ons een set-upje in de maag wilde splitsen. Dus mocht onze man daar dat contact warm houden, maar niet meer dan dat. Horb vertelde hem uiteindelijk dat hij een document zou kunnen leveren dat Bouterse en zijn kliek van de troon zou stoten. In ruil daarvoor wilde hij diplomatieke onschendbaarheid, een paar miljoen dollar en een andere identiteit. We zegden hem dat alles ten slotte toe, alsof we Sinterklaas waren, op 5 december, drie dagen voor de tweede coup. Vervolgens hoorden we niets, wat geen wonder was, want het was daar een teringzooi en ook die ene telefoonpaal had het toen begeven...'

Van den Heuvel lachte snuivend.

'Daarna werd Horb totaal onverwacht opgepakt en in Fort Zeelandia afgemaakt, zoals die vijftien een maand eerder was overkomen. Dat was een dag voor hij met dat beloofde document naar Albina aan de grens met Frans-Guyana zou komen waar onze man op hem wachtte.' De Niet bladerde door het dossier. 'Onze conclusie was vanzelfsprekend dat Bouterse doorhad dat Horb hem wilde verraden. Maar waarmee? Want dat was natuurlijk de daaruit volgende conclusie, Horbs dood maakte zijn informatie betrouwbaar...'

Op de pagina die De Niet opsloeg kon Hansen een gekopieerde foto zien van een Indisch uitziende zestiger. De kraag van zijn witte overhemd stond open en er hing een opzichtig medaillon om zijn hals. De man deed Hansen aan iemand denken maar hij wist niet aan wie.

'Ik sla vier jaar over,' zei De Niet. '1986. Dan is in Suriname de machtsstrijd gaande tussen het Jungle Commando van Ronnie Brunswijk en Desi Bouterse. Overigens is dat altijd wat overtrokken. Bouterse wist heel goed dat Brunswijk slechts een pion was, en dat hij veel meer te vrezen had van de oude orde in het land, de politici die hij zelf monddood had gemaakt. Mensen daar, maar ook hier, die Brunswijk steunden. Deze man is Jaggernath Radakishun.'

Nu was het Hansen duidelijk aan wie de man hem deed denken.

'Inderdaad, de vader van Shanti Radakishun. Jaggernath Radakishun was net als Horb een politieke vriend van Bouterse. Voor de verandering eens geen militair maar een fotograaf en een fanatiek communist die samen met een zekere Alibux begin jaren tachtig overhelde naar het Cubaans-marxistische model. We weten dat hij omstreeks 1985 ernstig teleurgesteld raakte in Bouterse, die toen een laten we zeggen meer kapitalistische invalshoek koos…'

'Van Cuba naar coke,' grinnikte Van den Heuvel.

De Niet scheen het niet te horen. 'Begin augustus 1986 hoorden we dat deze Radakishun wilde overlopen en bescherming wilde in ruil voor een document…'

Peinzend stak Hansen een sigaret op.

'Radakishun was goed bevriend geweest met Roy Horb. Kijk, toen Horb was geliquideerd, dachten wij dat als er al zo'n document bestond, Bouterse het weer had. Het zou heel goed kunnen dat nu Radakishun het uit onvrede met Bouterses nieuwe beleid wilde leveren.' De Niet gebaarde naar zijn kopje en Van den Heuvel haastte zich de thermoskan te pakken. 'De geschiedenis herhaalde zich vervolgens op een bizarre manier, want ook Jaggernath Radakishun werd vermoord. Ze vonden zijn skelet in een termietenheuvel, wat een soort folklore schijnt te zijn bij de Bosjesmannen.'

Van den Heuvel knikte enthousiast.

'Volgens Paramaribo was dat gedaan door Brunswijks Jungle Commando, maar dat leek onzin, want daarmee had Radakishun nu juist contact gelegd… In elk geval versterkte het ons in de mening dat er iets moest zijn waar Bouterse als de dood voor was. En misschien nog is…'

'Wat bedoel je?' vroeg Hansen.

De Niet gooide twee zoetjes in zijn koffie. 'Omdat we de laatste tijd geconfronteerd worden met een aantal toevalligheden, beste Lucas, én daar bedoel ik niet alleen meneer Kenton en mevrouw Bradey mee. Kijk, Desi Bouterse heeft het een aantal jaren gered, ondanks alle protesten. Eigenlijk verbazingwekkend, want het is absoluut duidelijk dat hij een van de grote coke-jongens in Zuid-Amerika is; we wisten dat al na de arrestatie van zijn kompaan Boereveen door de DEA in Miami. Hij heeft het natuurlijk slim gespeeld door de overstap naar de politiek te maken en voorzitter te worden van de NDP, de grootste partij, die bovendien de president heeft geleverd. Toch hadden we hem kunnen pakken als hij zich niet net op tijd dit afgelopen jaar had laten benoemen tot Adviseur van Staat, met de bijbehorende diplomatieke status.' De Niet sloeg het eerste dossier dicht en pakte het tweede. 'Het vreemde is dat dat plaatsvond in juli, net in de week dat het OM hier onder leiding van Dikke Arthur alles rond had om hem tijdens een bezoek aan Brazilië te arresteren. We visten dus achter het net.'

'Jezus,' zei Hansen. 'Wat wil je beweren? Dat iemand hem op de hoogte stelde?'

'Wat?' vroeg Van den Heuvel geschrokken.

De Niet zuchtte en dronk van zijn koffie. '*Could be.* We weten het niet. In elk geval heeft Dikke Arthur zich daar niet bij neergelegd, want je weet dat hij Bouterse sinds de afgelopen zomer op de opsporingslijst van Interpol heeft laten zetten.' Hij sloeg het dossier open op de eerste pagina. 'Maar gek is dat er sindsdien sprake is van een toenemende activiteit in de kringen rond Desi Bouterse. En hier. In de eerste plaats komt hun president "Bosje" opeens tweemaal informeel in een jaar langs. Zo ook de directeur van zijn Kabinet, Henck Graanoogst, maar apart en in gezelschap van het subhoofd van hun veiligheidsdienst, Renfurm. Nog vreemder is dat die Graanoogst, toch een Bouterse-paladijn, in het geheim besprekingen voerde met een zekere Iwan Behr, een man die het LOSON weer nieuw leven in heeft geblazen, nota bene tegenstanders van het regime in Paramaribo. Binnen dat LOSON, nu dus Democratisch Appel, blijkt met een nieuw elan aan een schaduwkabinet te zijn gewerkt...'

Hij sloeg een pagina om en Hansen keek naar twee gekopieerde pasfoto's van de jonge, mooie Hindoestaanse die hij met Kenton het Binnenhof op had zien lopen.

'Niet lang daarna verzoekt mevrouw Shanti Radakishun mee te mogen met een parlementaire delegatie naar Suriname. Vreemd, want ze had volgens vrienden na de dood van haar vader gezworen er nooit meer een voet te zetten. Maar het kan, al is het niet gebruikelijk dat parlementaire commissies fractiemedewerkers meenemen, want dat soort assistentie wordt meestal ter plaatse geboden door ambassadepersoneel, in Paramaribo door de cultureel attaché, freule Jacqueline Roell...' De Niet zuchtte diep. 'Deze Pien Roell kwam hier vorige week aan voor een korte vakantie bij haar ouders. Afgelopen maandagavond werd ze verkracht en met doorgesneden keel gevonden aan de Scheveningse boulevard.'

Van den Heuvel keek hulpeloos vragend naar Hansen die nietbegrijpend zijn hoofd schudde.

'Uit haar personalia blijkt dat ze in Paramaribo een relatie had met een Nederlandse arts, een zekere Jaap van Leeuwen, die daar een driejarig contract heeft met het Lands Hospitaal. Die Van Leeuwen is al drie dagen spoorloos verdwenen.'

'Het Lands Hospitaal?' vroeg Hansen verbouwereerd. 'Werkt Kenton daar ook niet?'

'Heel goed, Lucas. Ik heb je altijd al benijd om dat geheugen van je. En zoals je je misschien ook herinnert, heeft Kenton een van de eerste dagen van zijn vakantie een bezoekje gebracht aan de afdeling radiologie van het AMC. Inmiddels weten we waarom. Vanuit Paramaribo hadden hij en die Van Leeuwen om een test van het bloed van een jonge patiënt gevraagd...' Hij wierp een blik in het dossier. 'Een zekere Percy Goedschalk, die vorige week overleed. Volgens het AMC had hij een jaar of vijf geleden blootgestaan aan een korte maar zeer intensieve dosis radioactieve straling. Vrijwel onmogelijk in Suriname zelf. Broerse, die er nu nog is, meldde dat die jongen op 6 oktober 1992 binnenkwam op vliegveld Zanderij vanuit Amsterdam. Daar bleek hij gewoond te hebben in de flat Kruitberg...'

'De Bijlmer!' zei Hansen.

'*Yes sir!* De flat waar de El Al-Boeing zich in boorde op 4 oktober.

Twee dagen voor die Percy Goedschalk aankwam in Suriname. Volgens de dossiers zou hij een van de vermisten zijn bij de ramp, de lijken van z'n moeder, twee broertjes en zusje werden onder het puin vandaan gehaald. Tragisch toeval wil dat ze die avond naar Suriname terug wilden keren.'

'Jezus!' Opgewonden pakte Hansen een van de uitgeprinte vellen. 'Dat zou verklaren waarom Kenton Bradeys vrouw opzocht.'

De Niet knikte en dronk zijn koffie op.

'En waarom zij inmiddels die Belusian weer heeft gebeld om een afspraak te maken.'

'Waarom dan?' vroeg Van den Heuvel. 'Was die Belusian ook bij die El Al-ellende betrokken?'

'Ja.'

'En wij?' vroeg Hansen, hoewel hij het antwoord wel wist.

'Min of meer.' De Niet glimlachte bijna verontschuldigend en pakte een vers sigaartje.

'Jezus,' zei Van den Heuvel geïrriteerd. 'Het zou prettig zijn als we iets meer informatie hadden. Dit werkt nogal demotiverend.'

Hij keek vragend naar Hansen, maar Hansen keek naar De Niet die op zijn beurt naar het sigaartje keek.

'Je zou tenminste een clou kunnen geven, Evert,' zei Hansen, 'al is het dan FYEO.'

De Niet stak het sigaartje tussen zijn lippen en stak het bedachtzaam aan, leunde achterover en blies de rook in wolkjes naar het plafond waar ze gevangen werden in het licht van een spot.

'Laat ik dit zeggen,' zei hij met gesloten ogen. 'Als James Bradey die zondag niet in dat vliegtuig had gezeten, zou Bill Clinton waarschijnlijk niet de nieuwe president van de VS zijn geworden.'

'Wat?' vroeg Van den Heuvel onnozel.

Hansen zweeg afwachtend, maar De Niet leek ver weg met zijn gedachten. De klok aan de wand tikte hoorbaar de seconden weg.

'Drie doden en een vermiste,' zei De Niet ten slotte. 'James Bradey, die Surinaamse jongen Goedschalk, mevrouw Jacqueline Roell en haar Nederlandse vriend in Suriname.' Hij opende zijn ogen en tuurde naar het plafond. 'Gisteravond pleegde een topambtenaar van Buitenlandse Zaken zelfmoord in zijn huis te Amsterdam. Man heette Rikken, Frits Rikken. Was ambassaderaad voor het koninkrijk in Paramaribo begin jaren tachtig. Geen afscheidsbriefje, geen enkel motief zo lijkt het...' Hij kwam naar voren om zijn as af te tippen. 'Een buurtbewoner zag vroeg in de avond een auto tegenover zijn huis parkeren. Dat buurtje daar is nogal alert op vreemde auto's, buurtpreventie en zo. Die wagen was een witte Citroën Xantia...' Hij keek op met zijn scheve glimlach. 'Volgens die man zat er boven de achterbumper een sticker van de Republiek Suriname. Als het goed is, Lucas, moet jij je met dat fabelachtige geheugen van je het kenteken van die auto nog herinneren.'

23

Terwijl hij de Mercedes met een slakkengangetje tussen de gaten en scheuren van het wegdek door manoeuvreerde, herinnerde Stanley Goedschalk zich met plezier hoe hij zo'n twintig jaar geleden met Shanti had gezwommen en gevreeën bij Bigi Pan en de KoriKoribank die zich ten noorden van hem uitstrekten. Hij zette de auto stil bij de afgebladderde wegwijzer Nieuw Nickerie 5 / Waterloo 2 en tuurde door zijn zonnebril naar de zwampen en het plassengebied waarachter de Atlantische Oceaan als een zilveren meetlat de grens tussen lucht en land markeerde. De zon vonkte gemeen in de brakwaterpannen waarboven wolken zeevogels cirkelden; in het intense groen leken de flamingo's slordige vegen roze, alsof een schilder zijn werk niet had afgemaakt. Naar zee toe lagen vissersbootjes zo klein als speelgoed in de begroeide lagune en Goedschalk glimlachte sentimenteel bij de herinnering aan de oude Radakishun, die hier elk najaar in de Grote Droge Tijd met vrouw en dochter even buiten Nieuw Nickerie een vakantiehuis huurde. Meestal bij de Bigi Pan, waar hij al 's ochtends vroeg met zijn bootje heen voer, om pas tegen zonsondergang terug te komen. Naast fotoapparatuur en vogelgidsen toch altijd een verfomfaaid exemplaar van Che Guevara's dagboek bij zich. 1974, dacht Goedschalk, en hij dronk gulzig uit de waterfles, een jaar voor de Onafhankelijkheid. Shanti was toen zestien, hij tweeëntwintig. Net in militaire dienst en natuurlijk gesolliciteerd in Nieuw Nickerie bij de bewaking van de grens met wat toen nog Brits-Guiana was. Elke dag eropuit met de stokoude Jawa-motorfiets, maar in plaats van tussen de rijstvelden en de polders door te rijden, racete hij hierheen, waar Shanti op hem wachtte.

Hij veegde het zweet van zijn voorhoofd en keek naar het open medaillon op het dashboard. Ze had zich duidelijk mooi gemaakt voor de foto, een gouden diadeem in haar opgestoken haar, een witte bloem bij haar rechteroor. Jaggernath had strak in de camera gekeken, een wat weemoedige trek om zijn mond alsof hij voorvoelde wat hem niet veel later zou overkomen. Achter op de foto stond het stempel van zijn fotoatelier in de Heerenstraat, met ballpoint erin geschreven: April 1986. Hij had het fotootje teruggeschoven en toen pas de inscriptie ontdekt. '*For Daddy, with Love from Shanti.*'

Shanti was geen spat veranderd, dacht hij, terwijl hij de Mercedes startte en de roodbestofte weg op draaide. Uiterlijk in elk geval niet. En innerlijk? Ook niet, ze was altijd al even fel en koppig geweest als haar vader.

Hij vloekte omdat het rechtervoorwiel tegen een kei bonkte en stuurde de wagen naar het midden van het wegdek. Het gaat weer beter, had hij op het erf van Henck Graanoogst tegen haar gezegd, de regering van Bosje is goed bezig, kijk maar om je heen. Dat was wel zo, maar dan niet hier, in het uiterste westen, waar Suriname ophield bij Nieuw Nickerie. Hier was nooit wat veranderd. Hij had over de ruim tweehonderd kilometer vanaf Moengo in de oostpunt van het land bijna acht uur gedaan. Aanvankelijk had hij het vliegtuig willen nemen vanuit Paramaribo, maar dat vertrok alleen op dinsdag en donderdag, en Graanoogst had aangedrongen op haast. 'Je kunt nooit weten wat Bouta achter onze rug om uitspookt, *boy.*'

Acht uur was nog redelijk snel, ook al omdat hij bij Boskamp ruim een uur had moeten wachten op het veer dat afgeladen was met vrachtwagens en bussen. Bij een warung had hij een schaafijsje en een glas 'stroop' gekocht en hij had een poosje zitten kijken naar de vissers die hun vangst op straat verkochten. En hij had nagedacht over het gesprek met Henck Graanoogst de vorige avond. Bouterse. Alles draaide om Desi Bouterse.

'Stanley, natuurlijk heeft hij ontegenzeggelijk verdiensten gehad voor dit land. Maar gehad, ja? *Want una Sranang*, maar we raken geïsoleerd, *boy*, steeds meer. Toen alleen de Hollanders nog om zijn uitlevering vroegen, dachten we het wel aan te kunnen en hem bescherming te moeten bieden juist vanwege die verdiensten. Maar nu de halve wereld en Interpol hem willen, moeten we erkennen dat het als volwassen democratie moeilijk te verdedigen blijft dat een man met zijn reputatie en business zo ongeveer de belangrijkste positie van het land bekleedt. En nog hoor, Stanley, als ik er niet honderd procent zeker van was dat hij Roy Horb en Jaggernath Radakishun heeft vermoord, zou ik hem nog steeds *the benefit of the doubt* geven, man! Werkelijk waar! Maar nu... En *mind you*, Stanley, als Horb en Radakishun dood moesten omdat Bouta iets te verbergen heeft, dan wordt het ook moeilijk de dood van de vijftien op 8 december nog langer goed te praten, *i grabu*?'

Ja, dat begreep hij nu, zeker na wat Shanti allemaal had verteld. Haar partij wilde normalisering van de betrekkingen en het weer op gang brengen van de opgeschorte betalingen die het land zo hard nodig had. 'Je denkt wel dat het goed gaat, maar je weet toch ook dat nog steeds meer dan de helft van de populatie zit te *pinaren*! Ga kijken bij de indianen of bij de Ndyuka's!'

Shanti's partij zou steun verlenen onder twee voorwaarden.

Bouterse weg was de eerste en de belangrijkste. De suggestie alleen al choqueerde Goedschalk nog steeds.

'Hij mag zijn geld houden, hoor. Hij zal niet arm zijn. Hij heeft een landgoed in Brazilië en een villa in Zuid-Frankrijk.'

De tweede voorwaarde behelsde vervroegde verkiezingen die een democratisch gekozen, nationaal kabinet zouden garanderen. Dat zou bestaan uit mensen die Goedschalk nu enkele malen had ontmoet. Integere mensen met een invloedrijke positie, zoals Kamperveen, Elstak, Hofwijk, Gerard Rusland, Hardjoprajitno en Fatma Girjasing, die de belangrijkste etnische en politieke stromingen vertegenwoordigden. Maar ook uit vooraanstaande en intellectuele Surinamers uit Nederland.

'We hebben hun kennis en contacten nodig, Stanley. Dit land is leeggelopen, dat weet je. Elke *kondreman* is hard nodig. Zelfs al zijn ze zo'n beetje *petata* geworden daar.'

'Zoals ik,' had Shanti gelachen. *Petata.* Nederlands. Hoe lang Shanti daar ook al woonde, *petata* was ze niet echt geworden, bedacht Goedschalk.

'En president?' had hij cynisch gevraagd.

Graanoogst had gelachen toen Shanti zijn naam had gesuggereerd.

'Kletspraat! En Stanley hier dan de nieuwe legerleider, ja?'

'*Why not?* Is hij minder dan Bouterse of Boereveen?'

Grinnikend passeerde hij de door de zon geblakerde loodsen van de kunstmestfabriek. Vlak voor het centrum boog de weg weer af van het stadje Nieuw Nickerie, dat nooit méér was geworden dan een dorp. Zelfs de locals, voor het merendeel Hindoestanen en Javanen, moesten toegeven dat er niets te beleven viel. Goedschalk herinnerde zich gokhuisjes en goedkope bordelen als de Dolfijn en de China Nightclub met opgesmukte, oudere *motjo's* uit Colombia en Santo Domingo. Nieuw Nickerie was rijst, vis en aftandse hoeren, en dat was het.

Hij sloeg het weggetje in dat naar Papegaaieneiland en de Nannikreek voerde.

De *boeroe* Van Groningen had Jaggernath Radakishun gekend. Radakishun was eind augustus 1986 naar hem toe gevlucht en Van Groningen had hem op zijn motorfiets naar Albina willen brengen om vandaar naar Frans-Guyana over te steken. Waarom?

'Omdat papa een document bij zich had dat Bouterse wilde. Het document van Horb. Daarom liet hij hem vermoorden, net als Horb.'

Een document dat mogelijk iets te maken had met een bijeenkomst in het Nederlandse consulaat aan de vooravond van de Sergeantencoup.

De weg liep parallel aan de brede Corantijn. Op de rivier voeren korjalen tussen barkassen en pontons heen en weer.

Manus van Groningen bleek eind jaren tachtig weggetrokken uit Moengo en had hier een verwaarloosde achttiende-eeuwse Engelse plantage gekocht, een strook land langs de monding van de rivier. Eind jaren tachtig was Stanley Goedschalk nog gelegerd geweest in de Memre Boekoekazerne in Paramaribo, dus was het geen wonder dat hij de man niet kende.

'Je begrijpt dat ik niet kan gaan,' had Graanoogst spijtig gezegd. 'Al is hij een *boeroe*, hij weet wie ik ben, maar het is onwaarschijnlijk dat hij daar *in the middle of nowhere* van jou heeft gehoord.'

Goedschalk hield niet van *boeroes*. Hoeveel generaties ze ook al in het land woonden, ze bleven stugge nazaten van Nederlandse kolonisten met een wantrouwen tegen alles wat niet eigen was.

'Waarom heeft Shanti hem dan niet zelf opgezocht?'

'Ze wilde wel, maar ze had geen tijd met die parlementariërs en ze was al weg voor we erachter kwamen dat hij bij Nieuw Nickerie zat. Denk erom, Stanley, die *boeroes* hebben de pest aan alles wat overheid is, maar hij zal zeker wantrouwig zijn als er een hoge militair navraag komt doen. *Mind you*, Bouterses mannen zaten toen achter hem en Radakishun aan. Ga in burger en met je eigen wagen. En neem dit mee.'

Verrast had hij het medaillon aangepakt.

'Shanti heeft het me gegeven. Het was van Jaggernath en hij droeg het die dag. Zeg hem dat je een oude vriend bent en dat zijn dochter wil weten wat er gebeurd is. Als hij het niet gelooft, laat je de Hollandse politiepas zien.'

Tussen lage bosjes schitterde het zonlicht in langgerekte waterbassins. Het weggetje hield op bij een palissade waarachter enkele houten huisjes en loodsen lagen. Ertussendoor liep een smal kanaal door de grijzige kleigrond. Bij de bassins stonden halfnaakte, donkerbruine jongens met schepnetten en tonnetjes. Op de rivier achter hen deinden twee kleine vissersschepen tegen een steiger. De lauwe wind voerde flarden reggae met zich mee.

Goedschalk parkeerde de Mercedes vlak bij de palissade, pakte het medaillon en stapte uit. Na de koelte van de airco sloeg de hitte hem in het gezicht. Boven de poort was een bord gespijkerd waarop nauwelijks nog leesbaar: ELIZABETH'S PLANTATION 1823. Aan de palissade hingen op diverse plaatsen bordjes met: VERBODEN TOEGANG. De stank van vis vermengde zich met die van teer en smeulend houtskool. Twee honden kwamen kwispelstaartend op hem af. Bij de bassins wezen de jongens opgewonden naar de Mercedes. Hij stak het medaillon bij de ID-pas in zijn borstzak en liep onder de poort door naar een hokje waarvoor een stokoude creool in een kapotte fauteuil de krant zat te lezen. Hij droeg een vuile spijkerbroek en een nethemd, op zijn witte kroeskop de pet van een postbode.

Goedschalk groette. '*Fa yu tan?*'

'Het gaat, meneer, het gaat.'

'Ik kom voor *basi* Van Groningen. Is hij er?'

De oude creool knikte, maar kwam niet overeind. Hij wees naar een witgeschilderde loods waarvoor een Land Rover stond.

'*Gratangi*,' zei Goedschalk en hij liep erheen, de twee honden sjokten gehoorzaam achter hem aan alsof hij hun baas was. De twee ramen in de loods waren afgeschermd met shutters. Ertussenin stond in rode verf KANTOOR geschilderd. In de deuropening hingen strengen rode raffia die Goedschalk opzijduwde.

'Meneer Van Groningen?'

Achter een formica keukentafel, waarop een halfleeg bord rijst met bakkeljauw naast een fles Parbo en een zaktelefoon stond, nam een kolos van een witte man hem vragend op. Hij was vrijwel kaal op enkele losse plukken haar na bij zijn oren. Zijn ogen waren bleekblauw en klein, weggedrukt tussen zware wenkbrauwen en dikke wallen. De smalle mond stond scheef en Goedschalk zag dat de man een hazenlip had. Tegenover hem zat een Javaanse jongen met een ordner voor zich.

'Mijn naam is Goedschalk. Ik kom uit Nederland. Zou ik even onder vier ogen met u kunnen praten?'

De kolos gebaarde zwijgend naar de Javaan, die ogenblikkelijk opstond en met de ordner onder zijn arm buigend naar buiten verdween.

'Waar gaat het om?'

Van Groningen had een hese, slissende stem. Met een wijsvinger peuterde hij rijstkorrels tussen zijn tanden vandaan. Boven het bord met eten krioelde het van de zwarte vliegen. Tegen het houtwerk scharrelden kakkerlakken zo groot als muizen. De stank van vis was nauwelijks te harden.

Goedschalk ging zitten. 'Ik was een vriend van Jaggernath Radakishun, die ook een vriend van u was.'

De bleekblauwe oogjes vernauwden zich tot streepjes.

'Zijn dochter vroeg me u op te zoeken. Misschien heeft Jaggernath u verteld dat hij een dochter had. Ze heet Shanti.'

Van Groningen schudde zijn hoofd en schoof zijn stoel achteruit. 'Ik weet niet waar u het over heeft.'

Goedschalk glimlachte en herinnerde zich gevangen marrons die steevast na arrestatie ontkenden ook maar iets met Brunswijks Jungle Commando van doen te hebben. Toen had hij een wapen gedragen, nu niet. Als het goed was, was een wapen ook niet nodig.

'Ik zal u helpen,' zei hij en hij haalde het medaillon uit zijn borstzak. 'Hij zocht u op 31 augustus 1986 op, toen hij naar Frans-Guyana wilde. U nam hem mee op de motor door de bosjes bij

Patamacca...' Langzaam schoof hij het geopende medaillon over het tafelblad. 'Misschien kent u dit wel, want hij droeg het altijd. Ook die dag. Het was een geschenk van zijn dochter Shanti. Ze gaf het aan mij opdat u weet dat ik de waarheid spreek.'

De kolos bewoog zich niet, zijn oogjes waren strak op het fotootje gericht. Zweet liep in dunne stroompjes over zijn wittig gevlekte voorhoofd.

'Ik ben een volle neef van Roy Horb, meneer Van Groningen. Die naam moet u nog iets zeggen. U weet misschien dat Horb en Radakishun bevriend waren en dat Jaggernath Radakishun die dag een document bij zich had dat van Horb was...'

Goedschalk had het warm, niet alleen omdat de *boeroe* nog steeds niet reageerde, maar ook omdat het ondanks een kleine ratelende ventilator in de loods zo heet was als in een bakoven.

'Misschien heeft u gehoord dat de Nederlanders uitlevering willen van de heer Bouterse.'

Hoe miniem de beweging ook was, het ontging Goedschalk niet dat de hazenlip heel even minachtend werd opgetrokken toen hij de naam van de oud-legerleider noemde.

'Mevrouw Shanti Radakishun hoorde in Nederland van de diplomaat Lipman dat haar vader op zijn vlucht een document bij zich had en dat hij daarom door Bouterses mannen werd gedood... Zij vroeg ons om hulp...' Bijna achteloos liet hij het geplastificeerde kaartje naast het medaillon glijden, zijn pasfoto onder de donkerblauwe letters CRI/Interpol Nederland. 'Ik weet niet of u het document kent dat Radakishun bij zich had, maar zijn dochter denkt dat het behulpzaam zou kunnen zijn bij de bewijslast tegen Bouterse...'

Tot zijn verbazing scheen de Interpol-pas geen enkele indruk op de ander te maken en hij vroeg zich verontrust af of de kolos doorhad dat het om een vervalsing ging. Toen keek Van Groningen onverwacht op.

'Ze was hier.'

'Sorry?'

'Die vrouw was hier.' De gekloofde vingertoppen beroerden het medaillon. 'Jaggernath heeft het me laten zien, maar ik was het vergeten. Waarom had ze het niet bij zich?'

Het duizelde Goedschalk. Was Shanti hier geweest? Onmogelijk, Graanoogst had gezegd dat ze al weg was voor ze wisten waar de *boeroe* woonde.

'Wanneer was dat?'

'Drie dagen geleden.'

Drie dagen geleden. Dat kon bijna niet. Shanti was toen al vertrokken. Nerveus wierp hij even een blik door het raam, waar achter de glazen shutters het blauw van de hemel schemerde. Buiten schreeuwde iemand, een van de honden blafte schel en hoog. De *boeroe* moest zich vergissen! Of... Met natte vingers van het zweet viste hij zijn pakje sigaretten uit zijn broekzak.

Als het Shanti niet was geweest, wie dan wel? Iemand namens Bouterse? Wist Bouterse hiervan?

De sigaret bleef aan zijn vingers plakken.

'Weet u zeker dat het deze vrouw was?'

'Ze zei dat ze zijn dochter was, maar ik geloofde haar niet. Er zijn er meer geweest. Maar niemand die de naam Lipman noemde.'

Van Groningen schoof zijn stoel nog verder achteruit en stak een hand uit om de deur van een roestige dossierkast open te trekken. Hij boog zich opzij en tastte met zijn dikke witte vingers langs stapels met touw aan elkaar gebonden papieren. Het zweet gutste over Goedschalks rug.

Als Shanti hier was geweest, waarom had ze dan het medaillon niet laten zien of haar paspoort om de *boeroe* te overtuigen? Waarom had ze het medaillon dan wel aan Graanoogst gegeven? Omdat ze zich dat pas later had gerealiseerd? Had hij gewoon stom geluk gehad door die Lipman te noemen? Had de *boeroe* dat document al die jaren daar tussen de troep bewaard? Een document waarom Horb was opgehangen en Radakishun aan de termieten was gevoerd? Dat zou goddomme…

Met grote ogen van schrik keek hij naar het ouderwetse jachtgeweer dat Van Groningen hijgend op hem richtte.

'*Sortu kka!*' zei hij schor. '*Ye male no?*'

Maar grijnzend stak Van Groningen een pink in de loop en schoof die wat heen en weer. Toen hij zijn pink terugtrok, kwam er een stijf opgerold velletje papier mee. Hij pakte het met zijn andere hand en rolde het over tafel naar Goedschalk.

'Hij gaf het me toen die schoften begonnen te schieten,' zei hij hees en hij pakte de fles Parbo. 'Ik moest het op een veilige plaats bewaren tot er iemand uit Nederland zou komen. Een man die Lipman heet. U zei die naam. U heeft het medaillon.' Hij grijnsde weer, legde het geweer voor zich neer en zette de fles aan zijn lippen.

Goedschalk ontrolde het velletje en las de handgeschreven regels met stomme verbazing. Eronder stonden vier handtekeningen. Hij herkende alleen die van Bouterse en van Roy Horb, maar de tekst maakte het zonneklaar van wie de andere twee waren.

'Jezuschristus,' zei hij zonder op te kijken. 'Wilde Radakishun hiermee naar Brunswijk?'

'*I don't know.*'

'Wat?'

Van Groningen zette de lege fles neer en boerde. 'Ik weet niet wat het is. Ik kan niet lezen.'

'Wat?' Goedschalks ogen flitsten even naar de valse Interpol-pas.

'Ik moest hem beloven het aan niemand te laten zien. Het kon me ook niks meer schelen wat het is. Brunswijk heeft m'n huis kapotgeschoten en Bouterse m'n land verbrand. Ik…'

Nog voor hij de raffia hoorde ritselen, wist Goedschalk door de panische blik in de bleekblauwe oogjes dat er iemand in de deuropening stond. Met een ruk draaide hij zich om, en hij lachte wat onnozel toen hij Glenn Renfurm zag, als altijd onberispelijk gekleed in een wit linnen kostuum.

'Verdomme hé,' riep hij. 'Wat doe jij hier nou?' Hij zweeg abrupt bij het zien van het pistool in Renfurms hand. '*Don't be stupid!*' zei hij en hij hield het velletje papier op. '*It's okay, man! It's okay!*'

'*You bastard!*' De hese stem van de *boeroe* sloeg over. De kolos greep naar het geweer. 'Jij was erbij toen...'

Het schot daverde door de loods alsof er een bom explodeerde. Bloed kletterde als een slagregen over Goedschalks gezicht en borst. Schreeuwend wierp hij zich op de grond, krabbelde meteen weer overeind en veegde kokhalzend zijn lippen en wangen schoon. Van Groningen was door de kracht van het schot met stoel en al achteruitgeslingerd en hing tegen de dossierkast, waarin de paperassen helrood kleurden.

'Godverdomme, *saka-saka*! Waarom deed je dat?'

'Goedschalk, hij probeerde je neer te schieten, dat zag je toch?'

Uitdrukkingsloos liep Renfurm terug naar het raffiagordijn.

'*Okay.*'

Met een schok herkende Goedschalk de massieve gestalte van Henck Graanoogst achter de rode strengen. '*Mi gado*, wat een stank!'

'Wat doen jullie hier, verdomme?'

'*It's all right, Stanley, it's all right, boy...*' Graanoogsts ogen lichtten op toen hij het vel papier op tafel zag. '*A boen!* Waar had hij het?'

'In de *gun*.'

'Wat?' Graanoogst grijnsde breed. 'Shit, man. Wat denk je van zo'n *boeroe*?' Hij kwam naar voren en pakte het papier. 'Heb je het gelezen?'

Goedschalk knikte. Zijn handen beefden. 'Is het de kopie die Radakishun die nacht moest maken?'

Maar Graanoogst las de tekst met samengeknepen ogen.

‘Die avond,’ zei hij zachtjes alsof hij het tegen zichzelf had, ‘hadden Rikken en Vink een ontmoeting geregeld op het consulaat tussen Bouterse en Horb en de Nederlandse premier met zijn ministers van Buitenlandse Zaken en Defensie. Die laatste drie kwamen in het diepste geheim over van Curaçao. Rikken had eerder het contact gelegd op instigatie van Den Haag.’ Hij keek Goedschalk aan. ‘Je weet wat voor corrupte zooi het toen was, beste Stanley. Den Haag kon er zelf niets tegen doen, dus vroegen ze ons...’

‘Ons?’

‘Bouta, Naarendorp, Horb en mij. Ze wisten dat wij al lang ontevreden waren, maar wat konden we? We waren simpele onderofficieren. Je ziet dat ze ons steun toezegden als we Arron en zijn kliek zouden afzetten. Niemand zou ons een strobreed in de weg leggen. Maar je ziet ook wat de voorwaarden waren. Herstel van de democratie en nieuwe verkiezingen...’

Terwijl Graanoogst zijn sigarettenkoker tevoorschijn haalde en een sigaret opstak, drong het plotseling tot Goedschalk door dat niemand van Van Groningens personeel op het geluid van het schot was afgekomen.

‘Bouta kwam die belofte na, maar je weet ook dat het land daarna net zo hard verpauperde onder de nieuwe politici. In december 1982 grepen Bouta, Radakishun, Alibux en anderen weer in, ditmaal zonder goedkeuring uit Nederland...’ Graanoogst blies de rook naar de vliegen die vastgekleefd leken in Van Groningens bloed dat in de hitte tot een slijmerige pasta was gestold. ‘Op de boot vroeg ik je waarom de Amerikanen en Nederlanders nooit ingrepen, *remember*? Dat was hierom, *boy...*’ Glimlachend tikte hij met zijn wijsvinger op het gekreukelde vel papier. ‘De Nederlanders lieten Bouterse en Horb die avond tekenen. Er was maar één stuk en Rikken moest dat in de kluis van het consulaat bergen om het de volgende dag per diplomatieke koerier naar Den Haag te laten brengen. *Got it?* Zo zou Den Haag altijd een pressiemiddel hebben om Bouterse zich aan zijn woord te laten houden. Want als aan het volk bekend zou worden dat hij de coup met steun van de kolonialen had gepleegd, had dat zijn einde betekend.'

'Vink moest het naar Radakishun brengen, die er een kopie van maakte,' zei Goedschalk langzaam. 'En Den Haag kon niets meer, want evengoed waren zij gecompromitteerd als het stuk bekend zou worden.'

'Bijna goed, *boy*. Alleen is dit geen kopie.'

'Wat?'

'Zo dom was Desi niet. Hij liet Vink de kopie terugleggen in de kluis en hield zelf het origineel. Jaggernath was een vakman, Stanley. Op de kopie die naar Den Haag werd gevlogen stonden geen handtekeningen van Bouterse en Horb. Begrijp je? Den Haag kon niets! Integendeel. Ze wisten dat ze bedrogen waren en dat wij hier het stuk hadden waarmee we hen konden bedreigen. Wat zou er gebeuren als in Holland bekend werd dat hun kabinet Desi had gesteund om de wettig gekozen regering ten val te brengen?' Graanoogst schudde zijn hoofd.

Renfurm stond als een wassen beeld bij het raffiagordijn. Ondanks de brandende hitte werkten Goedschalks hersens op topsnelheid.

'Daarom werd hij nooit gepakt.'

'*Off course.* Hij hoefde maar te dreigen en ze scheten daar in hun broek. Natuurlijk had hij het geluk dat de partij van de premier daar jarenlang aan de macht bleef.'

'Waarom moest Horb dan dood?'

'Horb. Natuurlijk zaten ze niet stil daar in Holland. Hun geheime dienst, de BVD, benaderde hem en de anderen in de herfst van 1982.'

'De anderen?'

'De vijftien. Slagveer, Kamperveen, Wijngaarde, enfin... Den Haag wilde koste wat het kost het document. Horb was de man die het zou kunnen bemachtigen, hij was per slot Desi's *brada*.

Horb was huiverig van Desi's flirt met Castro en de Russen. Desi wantrouwde hém nog niet, maar de vijftien anderen wél, toen het document bleek te zijn gepikt. Een van hen moet Horbs naam hebben genoemd. Bouta liet hem in januari 1983 oppakken.'

'Had hij het document?'

'Ja. Maar we vonden het nooit. Je weet dat zijn huis en dat van zijn chauffeur in brand werden gestoken, en toen het niet meer opdook namen we aan dat het in vlammen was opgegaan. Maar naar Den Haag toe maakten we duidelijk dat we het nog steeds hadden, *see*?'

Buiten klonk motorgeraas en tot zijn verwondering herkende Goedschalk het typische geluid van een jeep. Renfurms mensen?

'Hij had het document de dag voor zijn arrestatie in een enveloppe gedaan. Hij wist dat Bouta hem in de gaten hield, dus durfde hij hem niet te sturen naar zijn contactman van die BVD, maar gaf hem aan een van zijn lijfwachten. Die vent is doodsbang geworden nadat Horb dood was. Hoe dan ook, ruim drie jaar later heeft Radakishun het van hem gekregen. Bedenk goed dat Jaggernath communist was en op zijn beurt teleurgesteld was toen Bouterse een andere kant uit ging. Jaggernath wist van het document, hij had immers zelf de vervalsing gemaakt voor Nederland. Uit pure frustratie zocht hij voorjaar 1986 contact met Brunswijk en zei het document te kunnen leveren. Brunswijk vond dat prachtig, want eigenlijk nam niemand hem serieus. Hij liet via het LOSON bekendmaken dat hij het stuk kon leveren mits Den Haag hem militair zou steunen...'

'Wilde Jaggernath die dag naar hem toe?'

'Naar Ronnie en een BVD-man bij Albina. Natuurlijk was Bouta erop gespinsd. Als Nederland het toen in handen had gekregen...'

'En nu?'

'Nu is het voor hen nauwelijks nog van belang. Het CDA is geen factor meer van betekenis. Maar hier, Stanley, hier zou het nog steeds dezelfde schok betekenen, zeker nu Desi het volk achter zich probeert te krijgen met de NDP wegens dat internationale uitleveringsbevel.'

'Daarom willen Shanti en jullie het?'

'Ja.'

Goedschalk raakte het medaillon even aan. 'Shanti was hier.'

'Zei de *boeroe* dat?'

'Ja. Drie dagen geleden. Hij geloofde haar niet omdat ze het medaillon niet bij zich had en zich niet kon identificeren. Ik begrijp het niet, je zei toch dat ze hier niet was geweest?'

Graanoogst staarde naar het roerloze lichaam tegen de dossierkast.

'Hij moet zich vergist hebben.'

'Nee, want hij herkende haar van de foto met Jaggernath.'

'Vreemd.'

Het ontging Goedschalk niet dat Renfurm naar buiten keek en een hand opstak. Plotseling drongen de laatste woorden van de *boeroe* tot hem door. '*You bastard!* Jij was erbij toen...'

Renfurm had gezegd hem te hebben neergeschoten omdat Van Groningen naar zijn geweer greep. Was dat zo? Hij had gedacht dat Van Groningen bedoelde dat hij hem verraden had toen Renfurm binnen was gekomen, maar nu was hij daar niet zeker van. Het had er eerder op geleken dat Van Groningen Renfurm had herkend.

'Ik zal het haar vanavond vragen wanneer ik haar bel,' zei Graanoogst. 'Het doet er ook niet toe. We hebben...'

Vanuit zijn ooghoek zag Goedschalk de raffia bewegen. Een breedgeschouderde man met een baseballpet op stapte naar binnen. Hij had een keurig getrimde baard en snor. Evenals Renfurm droeg hij een wit pak, het colbert open over een felpaarse *bamborita* die tot op de met goud behangen borst was opengeknoopt.

'Hé, Stanley,' zei Desi Bouterse met zijn lijzige stem. '*Fa yu tan*, majoor?'

Zijn donkere ogen namen Goedschalk even geamuseerd op en richtten zich toen op Graanoogst, die hem met een triomfantelijke grijns het vel overhandigde.

'Dus hij had het toch, de *dagu*!'

Hoewel Goedschalk enkele seconden ten prooi was aan een verlammende paniek en zich alleen maar realiseerde dat er iets verschrikkelijk mis moest zijn, handelde zijn lichaam na jaren van militaire training razendsnel. Toen hij zag dat ook Renfurm afgeleid was door de aanwezigheid van de Bevel, graaide hij de ventilator naar zich toe en sloeg die in dezelfde beweging tegen het kale hoofd, sprong opzij en trapte Graanoogst in het middenrif. Bouterse keek gealarmeerd op, maar Goedschalk had het papier al uit zijn handen getrokken en vloog de loods uit. Achter hem schreeuwde Renfurm van pijn en woede, vóór hem bij de palissade stonden drie militaire jeeps waarbij enkele soldaten rondhingen. Heel even stond hij stil en rende toen naar de waterbassins. In het voorste dreef het lichaam van een van de Javaanse jongens. Als een gek sprintte hij over de betonnen randen, sprong over een stapel tonnetjes en holde naar het kanaal, het papier als een prop in zijn vuist, zijn hart bonkend achter zijn ribben, zijn ogen strak op de wazige streep van de Corantijnrivier.

Het eerste schot trof hem tussen zijn schouderbladen zodat het leek alsof hij plotseling door een windstoot werd opgetild, zijn benen hulpeloos malend in de lucht; nog voor zijn voeten de drassige grond weer raakten rukte een tweede kogel zijn achterhoofd weg en tegelijkertijd trof een ratelend salvo hem in zijn rug. Al dood vloog hij nog struikelend verder, als een voertuig dat door zijn remmen is geschoten, en klapte voorover in het laatste bassin waar hij even later als een reusachtige spons tussen de krioelende vissen boven kwam drijven.

Enkele minuten daarna bracht een van de soldaten de natte prop naar Bouterse. De inkt van de handtekeningen was doorgelopen en het papier scheurde zuigend.

‘Het maakt niet uit,’ zei Bouterse. ‘We hadden er toch niets meer aan sinds het nieuwe Hollandse kabinet, maar zij kunnen het in elk geval ook niet meer gebruiken.’ Met een knikje nam hij een sigaret aan van Graanoogst en hij neigde wat voorover voor een vuurtje.

‘Hoe staat het met Iwan daar?’

Graanoogst blikte naar Renfurm, die op zijn horloge keek.

‘Als het goed is,’ zei Glenn Renfurm, ‘praten ze nu met die CIA-man.’

Bouterse rechtte zijn rug en inhaleerde diep terwijl hij naar de soldaten keek die met lange stokken het lijk van Stanley Goedschalk naar de kant probeerden te krijgen.

‘Treur niet, Henck. Goedschalk was een goed soldaat,’ zei hij. ‘Misschien wat naïef, maar hij stierf niet voor niets.’

Graanoogst herinnerde zich dat Bouterse dat in exact dezelfde bewoordingen had gezegd toen Horb opgehangen was aangetroffen in de Devil. En net als toen viel er geen spoortje ironie in Bouterses stem te onderscheiden. Hij wist dat Bouterse gelijk had. Stanley had net als zij *wan Sranang* gewild, al was het nodig geweest hem te laten geloven dat het anders kon dan met Bouterse. Maar het kon niet anders. Natuurlijk niet. Suriname wás Bouterse. Aanvankelijk had hij Stanley willen inlichten over de ware plannen – hij was per slot van rekening een goed en loyaal militair en bovendien een familielid –, maar Bouta had dat te riskant geacht na de vondst van het recordertje uit het Israëlische vliegtuig. ‘Hij is nog steeds verliefd op die *motjo* van Radakishun, Henck. Je hebt het me zelf gezegd. Mannen die verliefd zijn praten, als ze neuken, als ze slapen. Hij kan zich verspreken, hij kan haar willen bellen…’

Dat was zo, dacht Graanoogst, Bouterse had gelijk. Hoe ellendig het ook was, de zaak was belangrijker, net als indertijd bij de vijftien in Zeelandia en bij Horb in de Devil. Zij waren verraders geweest van de Revolutie. Net als nu Elstak, Hofwijk, Kamperveen,

Girjasing, Joseph Kenton en vooral Shanti Radakishun met hun gevaarlijke waanideeën.

De soldaten hesen het lichaam op de kant. Een van de jeeps reed er langzaam naartoe. In de lichtval van de zon leek het of er tranen in Graanoogsts ogen blonken.

Nee, dacht hij, Stanley was niet voor niets gestorven, evenmin als zijn neef Percy.

24

Om even over acht uur draaide een lichtgrijze Lincoln Continental het zijstraatje in en parkeerde onder een straatlantaarn.

'Dat is Frank Belusian,' zei Margriet nerveus.

Kenton knikte en keek nieuwsgierig door het grote raam naar de man die uitstapte en even controlerend om de glanzende limousine liep. Belusian was een goedgebouwde vijftiger, hij had een gebruind gezicht en lichtblond haar. Ondanks het herfstweer droeg hij geen overjas over zijn maatpak. Hij leek Kenton een man in uitstekende conditie, hoewel hij, zag Kenton toen hij overstak, enigszins mank liep. Maar op de een of andere manier leek die handicap hem juist een uitstraling van vitaliteit te geven. Type Vietnamveteraan, dacht Kenton, een opportunistische intellectueel die altijd aan de zonnige kant van het leven staat.

'Gaat u maar opendoen, mevrouw Bradey. We wachten hier wel.'

Haastig liep ze langs de man die een kwartier geleden met Seinpaal mee was gekomen en aan haar was voorgesteld als Iwan Behr. Seinpaal had eerder aan de telefoon gezegd dat de man er toen op Schiphol ook bij was geweest en hem daar had zien praten met Jimmy. Zodra Behr de foto van Jimmy op de secretaire had gezien, had hij nadrukkelijk geknikt. 'Ik weet het weer, want ik dacht echt even dat mister John Travolta *himself* daar zat.'

Ze rilde terwijl ze achter Zooey door de gang liep. Zo innemend als die Martin Seinpaal was, zo afstotelijk vond ze zijn vriend: met een pokdalig gezicht en schichtige ogen die steeds van je weg dwaalden. De hand die hij haar had gegeven, een hand met aan elke vinger een ring, voelde week aan. Hij had nauwelijks iets gezegd, maar wat hij zei had onecht geklonken, zoals de complimenten over het huis en de hond. Seinpaal had verteld dat hij journalist was voor een Surinaams weekblad, maar zijn opzichtige kleding en de ringen deden haar denken aan films waarin zwarten als hij in drugs of vrouwen handelden. Hij had ook steeds schijnbaar en passant naar haar benen gekeken. Wat beschaamd vroeg ze zich af of ze discrimineerde. Of was de reden, zoals Jimmy graag beweerd had, dat alle witten in het diepst van hun hart naar een zwarte verlangden en zich daarom juist superieur opstelden? Wat een onzin, dacht ze geërgerd, misschien is hij alleen maar verlegen, hoewel ze dat ook weer niet kon rijmen met zijn beroep en zeker niet met zijn arrogante gedrag.

Zooey sprong blaffend en kwispelstaartend tegen de deur op toen Belusian het hekje van de voortuin opende. Ze aarzelde en beet op haar lip. Deed ze hier nu echt goed aan? Hoe zou Frank reageren als Seinpaal zijn verhaal deed? Hoe dan ook had zij de twee Surinamers binnengelaten en het zou duidelijk zijn dat ze nog steeds aan zijn verhaal twijfelde. God nog aan toe! dacht ze bij zichzelf, en wat dan nog? Had Frank na Jimmy's dood dan zoveel laten blijken? Of iemand anders van de ambassade? En er was toch die brief? En waarom zou een aardige diplomaat als die Martin Seinpaal liegen? Hij had niet eens geweten dat Jim dood was.

Ze trok de deur open en rook de vage geur van bourbon.

'*Hello, darling.*' Hij kuste haar drie keer vluchtig op de wangen. '*Are you all right?*'

'Ja en jij?'

'*I'm fine.*' Hij hield haar op armafstand en nam haar onderzoekend op. '*What's wrong, Margy?*'

'Niks, ik wou je alleen… Kom eerst even binnen, wil je? Zooey, af!'

Belusian kroelde de labrador onder de kin. 'Zooey! Je bent groot geworden, *doggy*!'

'Waar was je?'

Zenuwachtig ging ze hem voor.

'Just a few days in the "campagne". Een *chateau* aan de Loire. *Really fantastic.* De ouders van Mylene hebben er...' Met een verbaasde glimlach bleef hij op de drempel van de woonkamer staan. *'Sorry, I didn't know there was a party!'*

Ze slaagde erin te glimlachen. 'Dit is de heer Martin Seinpaal... Meneer Seinpaal, Frank Belusian... De heer Seinpaal was een kennis van Jimmy, Frank...'

'Oh really? Pleasure to meet you, mister Seinpaal.'

'En dit is meneer Behr.'

'Beer? *Like the animal?'*

Iwan Behrs lippen krulden zich tot een flauwe glimlach. *'With an "h".'*

'Ah.' Belusian bleef staan, evenals de twee Surinamers, zodat ze naar de bank gebaarde.

'Alsjeblieft, ga toch zitten. Wil iemand iets drinken?'

Haar stem beefde en ze voelde zich slap worden van de spanning toen ze naar de kast liep. 'Er is sherry, witte of rode wijn, fris en whisky. Sorry, Frank, alleen Schotse, ben ik bang.'

'Er is niets tegen Schotten als je ze maar jong vangt,' grinnikte Belusian en hij ging zitten. 'Graag een dubbele zonder ijs, *darling.*'

Seinpaal wilde rode wijn, Behr vroeg om frisdrank.

Terwijl ze de glazen inschonk in de keuken hoorde ze Belusian vragen: 'Waar kende u Jim Bradey van?'

'Ik werkte hier indertijd op de Surinaamse ambassade,' klonk de rauwe stem van Seinpaal. 'Ik kwam hem een keer tegen op een receptie.'

'Wanneer was dat?'

Dat was Frank ten voeten uit, dacht ze terwijl ze zich afvroeg of ze naast de drankjes ook iets anders zou serveren, directe vragen stellen, zoals zoveel Amerikanen.

'Als ik me goed herinner in het voorjaar van 1992.'

'Aha. En u?'

Het antwoord van Behr ontging haar omdat ze geschrokken meende dat er iemand door haar achtertuin liep, even een gestalte langs de bomen bij de tuinmuur, maar toen ze haar neus tegen het glas van de keukendeur drukte, zag ze niets anders dan de silhouetten van stammen en struiken. Geïrriteerd omdat ze besefte zich niet in de hand te hebben, pakte ze het dienblad en liep naar de woonkamer.

'U lijkt verdomd veel op Louis Armstrong,' lachte Belusian toen zij binnenkwam. '*Even your voice sounds like good ol' Satchmo!*'

'*I know.* Sommige mensen vragen zelfs om een handtekening.'

'*You're kiddin'!*'

Ze zette de glazen neer en ging zelf tegenover de bank zitten met een glas witte sancerre. Terwijl ze proostten, voelde ze zich steeds ongemakkelijker worden.

Eigenlijk, dacht ze, zou het veel verstandiger zijn geweest als ze toch eerst zelf met Frank had gepraat; nu had ze geen idee hoe erover te beginnen.

Opeens viel het haar op hoe schemerig het was en vervolgens dat de gordijnen dicht waren, zowel bij de erker als bij de zijramen. Dat verbaasde haar, omdat ze er zeker van was dat ze open waren toen ze Frank had binnengelaten. Ze had toch met Seinpaal door het raam naar zijn auto gekeken? Had een van de twee Surinamers ze gesloten? Waarom dan? Bevreemd wilde ze overeind komen om een lamp aan te knippen, maar bleef zitten toen Seinpaal zei: 'Meneer Belusian, ik hoorde van mevrouw Bradey dat Jim om het leven kwam bij een auto-ongeluk in Wassenaar.'

'Ja,' zei Belusian. '*Poor old Jimmy.* Hij reed te hard, *you see.*'

'Mevrouw Bradey vertelde dat u en hij op een receptie waren bij uw ambassadeur thuis.'

'*Sure.*' Belusian glimlachte vragend. '*Why do you ask?*'

'De heren Seinpaal en Behr spraken met Jimmy die avond, Frank.' Tot haar verrassing klonk haar stem weer vast. 'Op Schiphol.'

Belusian trok zijn wenkbrauwen op. *'Is that so?'*

'Ja!' Opgewonden boog ze zich voorover. 'Herinner je je die anonieme brief nog? Een man die schreef dat hij met een collega Jimmy uit een verpleegtehuis bij Hoofddorp moest halen? Frank, Jim was daar, op Schiphol die vroege avond. Hij kan nooit bij Joe Melville zijn geweest toen! Je moet je vergist hebben!'

'*Sorry, darling.*' Belusian zette zijn glas neer. '*He was there.* Ik denk eerder dat deze *gentlemen* zich vergissen. *I mean*, hoe laat zag u Jim dan op *the airport*?'

De bel galmde door de gang, de echo hol in de stilte. Toen blafte Zooey. Ze glimlachte onzeker en stond op. 'Misschien iemand van de buren.' De drie mannen zwegen terwijl ze in het voorbijgaan de schemerlamp aandeed en toen de gang in liep.

Zooey stond grommend recht overeind tegen de deur, zijn snuit in de brievenbus. Door het raampje in de voordeur zag ze een man in het schijnsel van de buitenlamp.

'Af, Zooey. Af!'

Ze trok de hond aan zijn halsband achteruit en deed de deur open.

'Ja?'

De man was een zwarte, nauwelijks groter dan zijzelf. Hij had een bol gezicht en opgeschoren haar. Hij droeg een donker pak en een donker overhemd dat aan de kraag openstond zodat het buitenlicht op een gouden halsketting vonkte.

'Ik kom voor meneer Seinpaal.'

Zijn stem klonk hoog als van een jonge jongen.

'Wat zegt u?'

Voor ze er erg in had, duwde hij haar opzij en trapte de deur achter zich dicht. Hij drukte plotseling een pistool tegen haar keel.

'Sorry mevrouw,' zei hij glimlachend. 'Ik doe u geen kwaad, als u die hond vasthoudt, *ya*?'

Vanuit de geblindeerde Volkswagenbus op het middenpad kon Hansen door de overhangende heg bij het tuinhek niet meer zien dan dat Margriet Bradey de zwarte binnen had gelaten. Verbaasd keek hij even naar Van den Heuvel, die van zijn koffie slurpte. 'Kenton, Behr, en nou weer een… wat is in jezusnaam de bedoeling?'

Van den Heuvel knipoogde en stak zijn duim tussen wijs- en middelvinger.

'Sodemieter op!' zei Hansen geërgerd. 'We hadden daar verdomme afluisterapparatuur moeten plaatsen.'

Hij schudde zijn hoofd en keek weer tussen de blinden door naar de wittige gordijnen waarachter zacht licht schemerde. De Niet had geen afluisterapparatuur willen plaatsen zonder toestemming van de drie betrokken departementen. 'We hebben toch al rotzooi genoeg. We houden het gewoon op een A3.'

A3 stond voor schaduwen en niet meer dan dat. Toestemming van de drie ministers zou enkele dagen in beslag hebben genomen, als die al zou worden gegeven.

Verdomme, dacht Hansen en hij stak een zoveelste Gitane op, De Niet werd oud.

'We hebben hier een bandopname, meneer Belusian, waarover we u graag enkele vragen willen stellen. Het lijkt me verstandig wanneer u niet al te lang aarzelt met antwoord geven.'

De kleine zwarte man haalde een kleine cassetterecorder uit zijn schoudertas en legde die op de salontafel.

Belusians gebruinde gezicht was een masker. Onder zijn linkerjukbeen stroomde traag donkerrood bloed uit een lange wond; het drupte langs zijn neus op zijn broek, maar hij leek het niet te merken.

'Het spijt me werkelijk, mevrouw Bradey,' zei Seinpaal vriendelijk, 'maar we kunnen niet anders. De heer Belusian heeft u al die tijd bedrogen.'

Lijkbleek keek ze naar Belusian, die gebiologeerd naar de recorder staarde. Haar stem was niet meer dan een hees fluisteren. 'Maar waarom? Wie bent u dan?'

'Dat heb ik gezegd. Een vriend van Jimmy. Als u geduld heeft, zal het u allemaal duidelijk worden...'

'Don't believe the motherfuckers, Margy...' Belusian sprak op zachte toon, het was duidelijk dat het spreken hem pijn deed. *'Whatever they tell you, don't believe it.'*

Seinpaal glimlachte ironisch. 'Mevrouw Bradey, u bent zelf tot de overtuiging gekomen dat uw man die vierde oktober niet bij zijn ambassadeur thuis was. De heer Belusian blijft echter maar zeggen dat het wel zo was. Of toch niet, meneer Belusian?'

Belusian zweeg.

'Frank... alsjeblieft, waar was Jimmy?'

Belusians gezicht vertrok van pijn. 'Margy... Laten we eens kijken of de *bastards* inderdaad je vrienden zijn. Vraag of je de politie mag bellen. Als die er is, zal ik je zeggen *what happened. Please...*'

Verward keek ze naar Seinpaal.

'Mevrouw Bradey, meneer Belusian werkt samen met de Nederlandse politie. U zei zelf dat hij navraag had gedaan naar het ongeluk en dat ze dat bevestigden. Maar toch was Jimmy op Schiphol die avond... En ik heb u dat niet verteld, u was zelf al zover, nietwaar?'

Ze knikte zwijgend.

'Nogmaals, het stuit me tegen de borst wat hier gebeurt... Geloof me alstublieft als ik zeg dat meneer Belusian ons zelf aanviel en laten we afspreken dat u ons vijf minuten geeft. Daarna maakt u dan zelf uit of u de politie wilt bellen... En of meneer Belusian dat dan nog wil. Mag ik dat nog van u vragen?'

Zijn galante woorden klonken bespottelijk absurd, maar toch knikte ze weer, machteloos.

Belusian snoof en schudde zijn hoofd.

'Dank u,' zei Seinpaal. 'Op 4 oktober 1992, mevrouw Bradey, steeg om een uur of halfzeven een vrachtvliegtuig van El Al op van Schiphol... Ik zou graag willen dat u nu luistert... net als de heer Belusian.'

Een fractie van een seconde zag ze de paniek onmiskenbaar in Belusians ogen, voor hij ze sloot en met een verbeten trek om zijn mond vooroverleunde.

Behr toetste een knop in. Geruis klonk in de kamer, dat ogenblikkelijk werd gevolgd door het loeien van vliegtuigmotoren.

'Aan boord bevonden zich vier Israëli's die die middag laat uit New York waren aangekomen. Het toestel was een Boeing 747-200 die tien minuten later op de Bijlmer zou neerstorten. U hoort nu gesprekken die de *Cockpit Voice Recorder* opnam...'

De Bijlmer? Wat had dat met Jimmy te maken?

'Amsterdam, El Al 1862, goedenavond,' kraakte een metaalachtige stem.

'Uw man was die vooravond echt op Schiphol en niet zoals meneer Belusian en anderen beweren op een receptie bij zijn ambassadeur. We weten dat dat vliegtuig illegaal plutonium aan boord had. Het werd op Kennedy Airport geladen door een bedrijf Interglobal Forwarding Services. Beter, door een joodse werknemer die Ruben Levy heet.'

Geraas van vliegtuigmotoren vulde enkele seconden de woonkamer, zwakte toen af.

'Heette, moet ik zeggen, want Ruben Levy schoot zichzelf een dag later dood.'

Belusian leek te slapen, het bloed als verf op zijn wang.

Uit het recordertje klonken onverstaanbare keelklanken.

Hoewel ze verlamd was van angst en ongeloof, dwong Margriet zichzelf voorover te komen en een sigaret te pakken. In de hoek bij de erker stond de zwarte man roerloos alsof hij onderdeel was van het meubilair, zijn schaduw grotesk tegen het gordijn afgetekend, het pistool rustend op zijn onderarm.

Wie was hij? Wie was Seinpaal? Werkelijk een diplomaat die Jim had gekend? Waarom zei Frank niets?

'Dat plutonium werd de nacht tevoren uit een kernreactor niet ver van New York gehaald door de enige passagier van de Boeing van wie bekend was dat ze voor de Israëlische geheime dienst werkte.'

De band ruiste en kraakte. Een stem klonk hoog boven anderen uit en Margriet hoorde een mannenstem '*Emergency!*' roepen. Een andere stem zei in het Engels: 'We hebben een probleem met de...'

Het leek of er een deur dichtsloeg.

'*Who are you?*' vroeg een vrouw.

'*Will you please stay where you are...*'

De stem trof haar als een bliksemflits. 'Dat is Jimmy!'

'Inderdaad, mevrouw Bradey.'

IJskoude rillingen liepen haar over de rug. Jimmy?

De metaalachtige stem kwam zeer luid door. 'El Al 1862, *where are you heading?*'

'*Who are you?*'

'*What's the problem?*'

'Frank!' Haar stem schoot uit. 'Frank! Wat deed Jimmy daar? Frank!'

Belusians mond vertrok tot een bittere glimlach. '*Sorry, darling. I don't know.*'

'We moeten terug naar Schiphol! Ohad, vraag toestemming voor baan 06.'

'*Sorry captain Fuchs, I want you to...*'

Perplex luisterde ze naar het stemmengekrakeel en de haperende motorgeluiden.

Jimmy! Jimmy die in dat vliegtuig zat? Het vliegtuig dat op de Bijlmermeer was gestort? Verbrand! Zijn lijk niet gezien! Twee mannen die het hadden opgehaald... De uitgebrande Rover bij Wassenaar...

'*Charlie Parker for Condor...*'

Condor?

'Captain Fuchs, ask permission for the Buitenveldertbaan.'

Condor. Charlie Parker.

In het schemerlicht glansden de ruggen van Jimmy's oude elpees in de boekenkast. Waarom noemde Jimmy zich Charlie Parker? De tekst van de anonieme brief schoot haar ineens te binnen. 'Ik heb nooit geweten wat de reden is geweest waarom zijn dood gemaskeerd diende te worden, al neem ik aan dat het te maken had met het werk dat uw man voor de Amerikaanse ambassade verrichtte...'

'Hoe snel dalen we?' vroeg een broodnuchtere stem op de band.

'Honderd voet per vier seconden.'

'Snelheid?'

'Tweehonderdvijfennegentig knopen.'

'We moeten over die woontorens. Trek de *flaps* in...'

Woontorens... De Bijlmermeer! Jimmy had echt in dat vliegtuig gezeten! Jimmy was gestorven daar in die hel van brandende flats die ze die avond op de televisie had gezien!

'Mayday! Mayday!'

'Going down, 1862, going down, going down, copied going down.'

Het was doodstil toen Iwan Behr het apparaatje uitschakelde. Alleen het getik van de klok in de gang drong tot hen door.

'U was Condor, meneer Belusian,' zei Seinpaal zacht. 'We zouden graag van u willen horen waarom Bradey en u daar waren en wat de Nederlandse autoriteiten hiermee van doen hebben.'

Belusian wreef zich over zijn ogen. 'Margriet, bel de politie, wil je?'

Ze aarzelde. Seinpaals donkere ogen namen haar medelijdend op. 'Hij bedriegt u, mevrouw Bradey. Meneer Belusian werkt voor de CIA. Net als uw man dat deed. Er is iets gebeurd met dat vliegtuig wat niet bekend mag worden... en daarom mogen ook de omstandigheden rond de dood van uw man dat niet. Al die jaren bent u bedrogen, door meneer Belusian en door de politieautoriteiten.

U bent net als ik een intelligent mens, mevrouw Bradey. U kunt dezelfde conclusies trekken.'

'Wie bent u?'

Hij zuchtte en schudde zijn hoofd. 'In elk geval iemand die het goed met u...'

'Freddy!' Behr knikte naar de kleine zwarte die naderbij kwam en stak zijn hand uit naar diens pistool.

Seinpaal draaide zich geschrokken om. 'Geen geweld, Iwan, ik ben er zeker van dat hij zal praten.'

'*Don't be stupid, man.* Je ziet toch dat die klootzak niks wil zeggen? Geluiddemper, Freddy.'

'Iwan!' Woedend kwam Seinpaal overeind. 'Je weet donders goed wat Shanti en Graanoogst...'

'*Fuck Shanti.*'

'Wat?'

De loop van het pistool zwenkte razendsnel in de richting van Seinpaal.

'Kenton, je bent een lul. *Hear me?* Je weet niet waar dit om gaat, man, je snapt er de ballen van. *So sit down* voor ik ze eraf schiet!'

Kenton?

Bevend over haar hele lichaam drukte Margriet zich tegen de rugleuning van haar stoel.

'Ga zitten, Kenton! *Don't move, mister Belusian!*'

Als verdwaasd zonk Kenton terug in de kussens van de bank. Belusian bewoog zich niet.

Terwijl hij geroutineerd de geluiddemper op de loop schroefde en vervolgens het pistool op Belusian richtte, zei Behr op spottende toon: 'Je bent te zachtaardig, Joseph. Dit soort *assholes* kent maar één manier... Freddy, pak de handboeien uit m'n tas.'

'Wat moet dit allemaal betekenen? Dit is verdomme mijn huis! Ik verzoek u om meneer Belusian...'

'Kenton, laat haar haar mond houden.'

‘Mevrouw Bradey, alstublieft…’ Kentons stem klonk nog heser dan hij van nature was. ‘Iwan, luister. Ik stel voor dat we…’

‘*No way, man.* We doen dit op mijn manier. Hoe sneller we klaar zijn, hoe beter.’

Radeloos zag ze hoe de kleine zwarte handboeien om Belusians gekruiste polsen klikte en ook om een van zijn enkels, die hij aan een poot van de bank vastmaakte.

Waarom noemde hij Martin Seinpaal Joseph Kenton? Wat gingen ze in godsnaam doen met Frank? Weg! Ze moest hier weg!

Met de moed der wanhoop schoof ze enkele centimeters naar voren, haar ogen gefixeerd op de glanzende geluiddemper die tegen een van Belusians knieën drukte.

‘*Okay, mister Belusian,*’ zei Behr. ‘Ik wacht nog vijf seconden. Dan geeft u antwoord. U weet ongetwijfeld dat een schot uit een 9mm op zo’n korte afstand een kniegewricht onherstelbaar verbrijzelt. Ik herinner u eraan dat u er twee van heeft plus twee ellebogen.’

De kleine zwarte grinnikte.

‘Jezus, Iwan…’

‘Kop dicht, Kenton. Vijf seconden, meneer Belusian. En als ik u was, zou ik de zaak niet besodemieteren. Hoe kwam die Levy aan het plutonium?’

Het zweet stroomde van Belusians voorhoofd en mengde zich met het bloed uit de wond.

Behr drukte een toets op het recordertje in. ‘Eén,’ zei hij zachtjes, ‘twee…’

In het busje doofde Hansen zijn zoveelste sigaret en rekte zich uit. Het was bij halfnegen. Hij geeuwde en vroeg zich een moment af of Daantje al in bed lag. En of Marina thuis was en niet, als zoveel avonden, een babysit voor de jongen had opgetrommeld om zelf uit te kunnen gaan. Donald! Een of andere klootzak die verdomme op zijn kosten daar at en dronk en de jongen god mocht weten wat voor verhalen vertelde.

Hij schrok op omdat Van den Heuvel hem op zijn schouder tikte.

'Daar heb je dat vriendje van haar,' zei hij, zijn vingers tussen de blinden. Hansen boog zich voorover. Er kwam een gezette man in een lange regenjas aanfietsen. Aan zijn stuur bengelde een plastic tasje.

'Wat doen we?' vroeg Van den Heuvel.

Maar Hansen gaf geen antwoord en schoof het portier van het busje al open.

'Nathan Goldsmith was lid van een belangrijke zionistische vereniging.' Belusian sprak monotoon en hij staarde voor zich uit alsof hij zich niet bewust van de anderen. 'Een rijke Amerikaan van joodse afkomst. Hij was bovendien een van Clintons voornaamste adviseurs in de race naar het Witte Huis. Zijn teleurstelling was groot toen hij begreep dat Clinton zich voornam om, als hij president zou worden, de Palestijnse zaak meer steun te geven. Goldsmiths vader was een naaste medewerker geweest van David Ben-Gurion bij de stichting van de staat Israël en hij had er nog een zuster en broer wonen. Clinton wilde af van de Camp David-akkoorden. Hij wilde Arafat steunen om op die manier het terrorisme in te dammen en vrede te bereiken. Goldsmith dacht daar, net als de politici in Jeruzalem, natuurlijk anders over. Een Palestijnse staat zou juist een oncontroleerbaar broeinest van terrorisme jegens Israël zijn, zeker ook omdat Clintons nieuwe regering de militaire en financiële steun aan Jeruzalem wilde minderen. Mag ik wat drinken?'

Behr knikte en hield het glas whisky bij zijn lippen, het pistool bleef onveranderd tegen zijn linkerknie gedrukt.

'Ruben Levy hoorde ook bij die zionisten. Hij was adjunct-directeur van Interglobal Forwarding Services, een firma die militair materieel verlaadde op Kennedy Airport. Hij was getrouwd met een dochter van de topman van een kerncentrale bij Conway, niet ver van New York...'

Ademloos luisterde Margriet toe, haar lichaam gespannen als een veer. Schuin tegenover haar zat de grote creool die zoveel leek op Louis Armstrong, zijn gezicht verborgen in zijn handen.

'Op Langley kreeg de CIA door dat Levy enkele telefoongesprekken met iemand op die Nuclear Power Plant had gevoerd. Zionistische groepen worden niet afgeluisterd, maar Levy wel omdat we wisten dat hij contacten onderhield met een Israëlisch stel dat voor de Mossad werkzaam was...'

'De vrouw in het vliegtuig,' zei Behr.

'Ja. Anat Solomon. We begrepen te laat wat er gebeurde, pas nadat dat het El Al-vliegtuig was vertrokken. Maar toen wisten we ook dat een van Clintons topadviseurs erbij was betrokken. De directeur van de CIA was een vriend van Clinton en informeerde hem en zijn staf. We konden natuurlijk niet naar buiten brengen dat Goldsmith betrokken was bij de diefstal van plutonium voor Israël net nu Clinton hoog scoorde in de polls met zijn nieuwe beleid voor het Midden-Oosten, dus besloten we het toestel bij zijn tussenlanding op Schiphol te onderscheppen. Maar tot onze verbazing kregen we daarvoor geen toestemming van Nederland.'

'Waarom niet?'

Belusian keek even op met een bittere grijns. 'Omdat ons bleek dat de Nederlanders erbij waren betrokken, *that's why*.'

Stomverbaasd keek Kenton op. 'Wat?'

Belusian knikte en veegde met zijn geboeide handen het bloed van zijn gezicht. 'Een minister en drie topambtenaren hier hadden buiten kabinet en parlement om opdracht gegeven om de El Al ongestoord door te laten.'

'Namen!' zei Behr gespannen.

'Geen idee,' zei Belusian en hij verstrakte even toen de beringde vinger zich om de trekker van het pistool spande. '*Really, I don't know!*'

De vinger kromde zich nog enkele millimeters, verslapte toen.

'Okay, go on.'

'Op Langley besloten ze ons van de ambassade hier in te zetten. Jimmy Bradey en *myself.* Jim zou via het cargo-terrein van American Airlines bij El Al kunnen komen. De vrouw aan boord zou daar haar verloofde ontmoeten, een stafmedewerker van de Mossad. Nadat ze dat gedaan had, keerde ze terug naar de Boeing. Jim schakelde die verloofde uit en stal zijn pasje. De rest was simpel. Het El Al-bevrachtingspersoneel liet hem door en hij verborg zich in het vrachtruim.'

Margriet staarde naar de foto op de secretaire, en zag Jimmy voor zich, die met haar in een platte boot over het donkere water van de vijver bij het Binnenhof roeide. '*Where are we going to marry, honey?*' CIA? 'Al neem ik aan dat het te maken had met het werk dat uw man voor de Amerikaanse ambassade verrichtte.'

'Het was de bedoeling dat hij, nadat ze waren opgestegen, de piloot zou dwingen te landen op de Amerikaanse militaire basis Ramstein in Duitsland...' Belusian glimlachte afwezig. '*As you know, things went wrong...*'

Behr knikte met samengeknepen ogen. 'En hij wilde geen noodlanding op het IJsselmeer omdat hij dan de hele reut aan Nederlandse politie over zich heen zou krijgen?'

'De *captain* wilde terug naar El Al. *Off course.* Jim besloot de gok te wagen en naar de Buitenveldertbaan te gaan om in de buurt van American Airlines te komen...'

'En daarom vroeg hij naar Condor. Naar jou. Zodat jij daar de boel kon dichtgooien.'

Belusian knikte en voor het eerst sinds hij sprak, keek hij Margriet aan. '*I'm sorry, Margy. Hope you'll understand.*'

Krampachtig vocht ze tegen haar tranen. 'Jawel.'

Hij glimlachte verwonderd alsof hij die reactie niet had verwacht.

'Wie was die meneer Neervoort?'

'Een medewerker van de Nederlandse geheime dienst. Ze konden niet anders meer na de ramp dan met ons meewerken om de boel stil te houden.'

'O mijn god.'

Het was even doodstil. Toen zette Behr het recordertje uit en kwam overeind, maar hij hield het pistool nog steeds op Belusian gericht.

'Freddy, neem Belusian mee naar de hal en wacht op me.'

De kleine zwarte jongen knikte en hurkte neer om de handboei om Belusians enkel los te maken.

Kenton haalde zwaar adem en kwam overeind. 'Gaan we naar Shanti?'

Behr schudde zijn hoofd.

'Wij gaan niets, Kenton. Freddy en ik gaan met meneer Belusian naar de ambassade om te zien wie de mensen zijn die hier toestemming...'

'De ambassade? Ben je helemaal!'

Kentons gezicht werd asgrauw toen Behr het pistool plotseling op hem richtte.

'Beste Joseph, je noemde jezelf net intelligent. Dat zal wel, maar je bent vooral uiterst naïef. Net als Shanti en de ratten in Paramaribo, die net als Horb en Radakishun Bouterse willen verraden... *You're just a fool*, Kenton.' Grinnikend pakte hij het recordertje van tafel. 'Met de bekentenis van Belusian zullen Washington en Den Haag het wel uit hun hoofd laten om Bouta te laten uitleveren, denk je niet? Ik ben benieuwd naar hun reactie. Wat jammer dat die arme mevrouw Bradey en jij dit niet zullen...'

De bel galmde als een kerkklok. In de keuken sloeg de hond aan.

Behr wendde zich met een ruk naar Margriet.

'Verwacht u iemand?'

Bevend schudde ze haar hoofd.

'Freddy, ga met Belusian en Kenton naar de achterkamer.' Behr overhandigde het pistool aan de kleine zwarte en trok Margriet ruw uit haar stoel omhoog. 'Ga opendoen, en wie het ook is, doe normaal en zeg dat u bezoek heeft...'

Er werd opnieuw gebeld.

Behr duwde Margriet voor zich uit naar de deur en trok die achter hen dicht. Tot haar afschuw zag ze dat hij een stiletto uit zijn binnenzak haalde en het lemmet uit het heft liet springen. 'Kenton zei het al, u bent een intelligente vrouw. Ik sta niet ver van u af...'

'Margriet! Doe eens open. Ik weet dat je thuis bent.'

Behr stond stil. 'Wie?' vormden zijn lippen.

'Mijn... mijn vriend...'

De lippen krulden zich tot een glimlach. '*Okay.* Doe open en zeg dat u hem straks zult bellen.'

'Maar waarom?'

'*I don't care.*'

Hij gaf haar een zet, zodat ze half struikelend tegen de tochtdeur botste. In de keuken ging Zooey als een gek tekeer.

Achter het raampje schemerde Marius' gezicht. Hij hield een fles wijn op. 'Châteauneuf-du-Pape, 1992. Om iets goed te maken!'

Met trillende vingers opende ze de deur op een kier.

'Marius, ik...'

Ze besefte nauwelijks wat ze deed. Ze kromde haar rug, trok de deur verder open en wierp zich naar buiten. Daarbij viel ze tegen Marius aan, zodat hij zich met een schreeuw van pijn wankelend vastgreep aan de deurpost. Ze vloog over de tegels naar het tuinhek en zag in paniek de schim van een man opdoemen, die haar vastgreep, naar zich toe trok en zich met haar op de stoep stortte. Er denderden voetstappen langs haar heen en iemand riep schel om ongewapend naar buiten te komen. Zooey blafte en toen sloeg de voordeur dicht, ze hoorde een schreeuw van pijn en vervolgens weergalmden twee schoten, terwijl ze huilend met haar gezicht in de stof van een jasje lag dat naar zware sigaretten geurde.

'Kunt u opstaan, denkt u?' vroeg een stem. Heel langzaam drong het tot haar door dat ze de stem kende. Ze voelde hoe twee handen haar overeind wilden tillen en krabbelde zelf op.

In het melkwitte licht van de straatlantaarn keek ze verdwaasd door haar tranen naar het gezicht van de man met wie ze naar het Rode Kruisziekenhuis was gefietst.

Zijn mond lachte, maar zijn ogen namen haar bezorgd op.

'Gaat het, denkt u?'

'Wat?'

Er klonken voetstappen achter haar, de opgewonden, angstige stemmen van buren en het aanzwellend gejank van een sirene.

'Mijn naam is Hansen,' zei de man, 'Lucas Hansen. Het is in orde, mevrouw Bradey.'

EPILOOG

Shanti Radakishun werd gehoord inzake de zelfmoord van de topambtenaar Rikken. Haar verklaring dat zij op verzoek van twee fractieleden die avond advies bij hem had gevraagd over een interne nota betreffende de relaties tussen Nederland en Suriname werd bevestigd door de twee Kamerleden Vos en Schouten. Shanti Radakishun verklaarde dat Rikken haar in goede gezondheid uitgeleide had gedaan en dat ze geen idee had waarom hij zichzelf van het leven kon hebben beroofd.

Niet lang daarna nam ze ontslag als fractiemedewerkster.

Het formele standpunt van haar partij bleef dat de ex-legerleider Desi Bouterse diende te worden uitgeleverd.

De lijken van Joseph Kenton en Frank Belusian werden na pathologisch-anatomisch onderzoek respectievelijk naar Paramaribo en naar Washington gevlogen. Bij beiden werd als doodsoorzaak doodslag opgegeven. Zij waren als kennissen van een mevrouw Bradey op bezoek in haar huis en werden overvallen door een inbreker van Surinaamse herkomst die door een gealarmeerde politieman werd neergeschoten.

In Amsterdam werd niet veel later uit het water van de Hobbemakade het lichaam van een Surinaamse man gedregd. Zijn papieren wezen uit dat het ging om de voormalige journalist Iwan Behr. In de dossiers van de BVD stond over hem vermeld dat hij waarschijnlijk onder het mom van een fel tegenstander van Bouterse zich had ingewerkt als infiltrant namens het regime in Paramaribo in kringen van het LOSON en DA. In die kringen werd dat heftig ontkend en er werd verwezen naar het feit dat de broer van Iwan Behr een van de vijftien slachtoffers in Fort Zeelandia, december 1982, was geweest.

De Economische Opsporingsdienst ontdekte echter een bankrekening van Iwan Behr in Zürich met een saldo van ruim drie miljoen gulden, dat afkomstig zou zijn vanuit regeringskringen in Paramaribo.

Naar buiten toe werd bekendgemaakt dat Behr, pooier van enkele vrouwen op de Hobbemakade, waarschijnlijk het slachtoffer was van een afrekening binnen het criminele Surinaamse wereldje in de hoofdstad.

In Paramaribo kwam de voormalige minister van Cultuur, Lucien Hofwijk, bij een auto-ongeluk om het leven. De oud-politicus werd niet ver van zijn huis aangereden. Niemand die het ongeluk had gezien.

Tegen mevrouw Fatma Girjasing werd door haar fractie een motie van wantrouwen ingediend wegens het aannemen van steekpenningen. Hoewel zij krachtig ontkende, kon zij geen verklaring geven voor een bankrekening op haar naam in Cayenne, Frans-Guyana.

David Elstak ontkwam aan arrestatie wegens zakelijke malversaties en keerde in het geheim terug naar zijn woonplaats op Curaçao.

Lesley Kamperveen werd enkele weken nadien afgezet bij het populaire radiostation ABC vanwege 'verschil van inzicht' met het bestuur.

De voormalige Javaanse politicus Hardjoprajitno vertrok naar eigen zeggen wegens familieverplichtingen naar Nederland.

Eind oktober pleegde de Surinaamse topambtenaar Gerard Rusland, net als eerder zijn Nederlandse ambtgenoot Rikken, om nooit opgehelderde redenen zelfmoord.

De directeur van Bouwcom NV, Herman Asmus, werd de maand erop door zijn raad van bestuur overgeplaatst naar Nederland.

Op 2 november werd tijdens het schoonmaken van een kreek bij de vroegere plantage Einde Rust het lichaam van een man aangetroffen dat in verregaande staat van ontbinding verkeerde. Na grondig forensisch onderzoek bleek dat het ging om de al enige weken vermiste Nederlandse arts Jaap van Leeuwen. Een misdrijf werd niet uitgesloten.

Lucas Hansen zag Margriet Bradey nog één keer dat najaar. Ze wandelde op een zondag met haar vriend en diens zoon door het Westbroekpark, terwijl hij met Daantje daar in de speeltuin aan het spelen was. De vriend liep moeilijk en trok met zijn linkerbeen.

Hoewel ze hem ogenblikkelijk herkende, groette ze niet en liep verder alsof Hansen niet bestond.

De naam van Desi Bouterse bleef op de Interpol-lijst van gezochte drugshandelaren vermeld staan. Ondanks enkele buitenlandse bezoeken werd hij niet gearresteerd, hoewel zijn diplomatieke status niet verder reikte dan de grenzen van zijn vaderland.